Ehre und Moral, Liebe und Schuld, seelische Krisen und innere Abgründe – das sind die Themen, um die sich Schnitzlers große Erzählungen drehen. Während das Ehepaar Albertine und Fridolin in der *Traumnovelle* seine unterdrückten erotischen Begierden in Traumphantasien auslebt, hat der engstirnige und verkniffene *Leutnant Gustl* mit sich selbst zu kämpfen, als er um seine Ehre und gesellschaftliche Stellung bangt. An den Folgen einer rigiden Doppelmoral zerbricht dagegen *Fräulein Else*, eine junge Frau, die sich, um ihren Vater aus der Schuldennot zu befreien, einem anderen Mann hingeben soll.

Arthur Schnitzler ist einer der bedeutendsten deutschsprachigen Schriftsteller. Mit der *Traumnovelle* (1926), *Fräulein Else* (1924) und *Leutnant Gustl* (1900) versammelt dieser Band seine drei berühmtesten und meistgelesenen Erzählungen.

Arthur Schnitzler, am 15. Mai 1862 in Wien geboren, studierte Medizin, praktizierte als Arzt und widmete sich dem Schreiben. 1891 wurde sein erstes Theaterstück uraufgeführt. Er verfaßte neben Dramen auch Romane, Novellen und Erzählungen. Schnitzler, der als einer der einflußreichsten deutschen Autoren gilt, starb am 21. Oktober 1931 in Wien.

insel taschenbuch 4521

Arthur Schnitzler

Traumnovelle | Fräulein Else
Leutnant Gustl

ARTHUR SCHNITZLER

Traumnovelle
Fräulein Else
Leutnant Gustl

Insel Verlag

Umschlagabbildung: Gustav Klimt, Goldfische, 1901/02

insel taschenbuch 4521
Originalausgabe
Erste Auflage 2012

Vertrieb durch den Suhrkamp Taschenbuch Verlag
Umschlaggestaltung: bürosüd, München
Satz: Hümmer GmbH, Waldbüttelbrunn
Druck: CPI – Ebner & Spiegel, Ulm
Printed in Germany
ISBN 978-3-458-36221-0

1 2 3 4 5 6 – 17 16 15 14 13 12

INHALT

Traumnovelle
9

Fräulein Else
111

Leutnant Gustl
195

TRAUMNOVELLE

I

»Vierundzwanzig braune Sklaven ruderten die prächtige Galeere, die den Prinzen Amgiad zu dem Palast des Kalifen bringen sollte. Der Prinz aber, in seinen Purpurmantel gehüllt, lag allein auf dem Verdeck unter dem dunkelblauen, sternbesäten Nachthimmel, und sein Blick –«

Bis hierher hatte die Kleine laut gelesen; jetzt, beinahe plötzlich, fielen ihr die Augen zu. Die Eltern sahen einander lächelnd an, Fridolin beugte sich zu ihr nieder, küßte sie auf das blonde Haar und klappte das Buch zu, das auf dem noch nicht abgeräumten Tische lag. Das Kind sah auf wie ertappt.

»Neun Uhr«, sagte der Vater, »es ist Zeit schlafen zu gehen.« Und da sich nun auch Albertine zu dem Kind herabgebeugt hatte, trafen sich die Hände der Eltern auf der geliebten Stirn, und mit zärtlichem Lächeln, das nun nicht mehr dem Kinde allein galt, begegneten sich ihre Blicke. Das Fräulein trat ein, mahnte die Kleine, den Eltern gute Nacht zu sagen; gehorsam erhob sie sich, reichte Vater und Mutter die Lippen zum Kuß und ließ sich von dem Fräulein ruhig aus dem Zimmer führen. Fridolin und Albertine aber, nun allein geblieben unter dem rötlichen Schein der Hängelampe, hatten es mit einemmal eilig, ihre vor dem Abendessen begonnene Unterhaltung über die Erlebnisse auf der gestrigen Redoute wieder aufzunehmen.

Es war in diesem Jahr ihr erstes Ballfest gewesen, an dem sie gerade noch vor Karnevalschluß teilzunehmen sich entschlossen hatten. Was Fridolin betraf, so war er gleich beim Eintritt in den Saal wie ein mit Ungeduld erwarteter Freund von zwei roten Dominos begrüßt worden, über deren Person er sich nicht klar zu werden vermochte, obzwar sie über allerlei Geschichten aus seiner Studenten- und Spitalzeit auffallend genauen Bescheid wußten. Aus der Loge, in die sie ihn mit verheißungsvoller Freundlichkeit geladen, hatten sie sich mit dem Versprechen entfernt, sehr bald, und zwar unmaskiert, zurückzukommen, waren aber so lange fortgeblieben, daß er, ungeduldig geworden, vorzog, sich ins Parterre zu begeben, wo er den beiden fragwürdigen Erscheinungen wieder zu begegnen hoffte. So angestrengt er auch umherspähte, nirgends vermochte er sie zu erblicken; statt ihrer aber hing sich unversehens ein anderes weibliches Wesen in seinen Arm: seine Gattin, die sich eben jäh einem Unbekannten entzogen, dessen melancholisch-blasiertes Wesen und fremdländischer, anscheinend polnischer Akzent sie anfangs bestrickt, der sie aber plötzlich durch ein unerwartet hingeworfenes, häßlich-freches Wort verletzt, ja erschreckt hatte. Und so saßen Mann und Frau, im Grunde froh, einem enttäuschend banalen Maskenspiel entronnen zu sein, bald wie zwei Liebende, unter andern verliebten Paaren, im Büfettraum bei Austern und Champagner, plauderten sich vergnügt, als hätten sie eben erst Bekanntschaft miteinander geschlossen, in eine Komödie der Galanterie, des Widerstandes, der Verführung und des Gewährens hinein; und nach einer raschen Wagenfahrt durch die weiße Winternacht sanken sie einander daheim zu einem schon lange Zeit nicht mehr so heiß erlebten Liebesglück in die Arme. Ein grauer Morgen weckte sie allzubald. Den Gatten forderte sein Beruf schon in früher Stunde an die Betten seiner Kranken; Hausfrau- und Mutterpflichten ließen Albertine kaum länger ruhen. So waren die Stunden nüchtern und vorbestimmt in Alltagspflicht und Arbeit hingegangen, die vergangene Nacht, Anfang wie Ende, war verblaßt; und jetzt erst, da beider Tagewerk vollendet, das Kind schlafen gegangen und von nirgendher eine Störung zu gewärtigen war, stiegen die Schattengestalten von der Redoute, der melancholische Unbekannte und die roten Dominos, wieder zur Wirklichkeit empor; und jene unbeträchtlichen Erlebnisse waren mit einemmal vom trügerischen Scheine versäumter Möglichkeiten zauberhaft und schmerzlich umflossen. Harmlose und doch lauernde Fragen, verschmitzte, doppeldeutige Antworten wechselten hin und her; keinem von beiden entging, daß der andere es an der letzten Aufrichtigkeit fehlen ließ, und so fühlten sich beide zu gelinder Rache aufgelegt. Sie übertrieben das Maß der Anziehung, das von ihren unbekannten Redoutenpartnern auf sie ausgestrahlt hätte, spotteten der eifersüchtigen Regungen, die der andere merken ließ, und leugneten ihre eigenen weg. Doch aus dem leichten Geplauder über die nichtigen Abenteuer der verflossenen Nacht gerieten sie in ein ernsteres Gespräch über jene verborgenen, kaum geahnten Wünsche, die auch in die klarste und reinste Seele trübe und gefährliche Wirbel zu reißen vermögen, und sie redeten von den geheimen Bezirken, nach denen sie kaum Sehnsucht verspürten und wohin der unfaßbare Wind des Schicksals sie doch einmal, und wär's auch nur im Traum, verschlagen könnte. Denn so völlig sie einander in Gefühl und Sinnen angehörten, sie wußten, daß gestern nicht zum erstenmal ein Hauch von Abenteuer, Freiheit und Gefahr sie angerührt; bang, selbstquälerisch, in unlauterer Neugier versuchten sie eines aus dem andern Geständnisse hervorzulocken und, ängstlich näher zusammenrückend, forschte jedes in sich nach irgendeiner Tatsache, so gleichgültig, nach einem Erlebnis, so nichtig es sein mochte, das für das Unsagbare als Ausdruck gelten und dessen aufrichtige Beichte sie vielleicht von einer Spannung und einem Mißtrauen befreien könnte, das allmählich unerträglich zu werden anfing. Albertine, ob sie nun die Ungeduldigere, die Ehrlichere oder die Gütigere von den beiden war, fand zuerst den Mut zu einer offenen Mitteilung; und mit etwas schwankender Stimme fragte sie Fridolin, ob er sich des jungen Mannes erinnere, der im letztverflossenen Sommer am dänischen Strand eines Abends mit zwei Offizieren am benachbarten Tisch gesessen, während des Abendessens ein Telegramm erhalten und sich daraufhin eilig von seinen Freunden verabschiedet hatte.

Fridolin nickte. »Was war's mit dem?« fragte er.

»Ich hatte ihn schon des Morgens gesehen«, erwiderte Albertine, »als er eben mit seiner gelben Handtasche eilig die Hoteltreppe hinanstieg. Er hatte mich flüchtig gemustert, aber erst ein paar Stufen höher blieb er stehen, wandte sich nach mir um, und unsere Blicke mußten sich begegnen. Er lächelte nicht, ja, eher schien mir, daß sein Antlitz sich verdüsterte, und mir erging es wohl ähnlich, denn ich war bewegt wie noch nie. Den ganzen Tag lag ich traumverloren am Strand. Wenn er mich riefe – so meinte ich zu wissen –, ich hätte nicht widerstehen können. Zu allem glaubte ich mich bereit; dich, das Kind, meine Zukunft hinzugeben, glaubte ich mich so gut wie entschlossen, und zugleich – wirst du es verstehen? – warst du mir teurer als je. Gerade an diesem Nachmittag, du mußt dich noch erinnern, fügte es sich, daß wir so vertraut über tausend Dinge, auch über unsere gemeinsame Zukunft, auch über das Kind plauderten, wie schon seit lange nicht mehr. Bei Sonnenuntergang saßen wir auf dem Balkon, du und ich, da ging er vorüber unten am Strand, ohne aufzublicken, und ich war beglückt, ihn zu sehen. Dir aber strich ich über die Stirne und küßte dich aufs Haar, und in meiner Liebe zu dir war zugleich viel schmerzliches Mitleid. Am Abend war ich sehr schön, du hast es mir selber gesagt, und trug eine weiße Rose im Gürtel. Es war vielleicht kein Zufall, daß der Fremde mit seinen Freunden in unserer Nähe saß. Er blickte nicht zu mir her, ich aber spielte mit dem Gedanken, aufzustehen, an seinen Tisch zu treten und ihm zu sagen: Da bin ich, mein Erwarteter, mein Geliebter – nimm mich hin. In diesem Augenblick brachte man ihm das Telegramm, er las, erblaßte, flüsterte dem jüngeren der beiden Offiziere einige Worte zu, und mit einem rätselhaften Blick mich streifend, verließ er den Saal.«

»Und?« fragte Fridolin trocken, als sie schwieg.

»Nichts weiter. Ich weiß nur, daß ich am nächsten Morgen mit einer gewissen Bangigkeit erwachte. Wovor mir mehr bangte – ob davor, daß er abgereist, oder davor, daß er noch da sein könnte –, das weiß ich nicht, das habe ich auch damals nicht gewußt. Doch als er auch mittags verschwunden blieb, atmete ich auf. Frage mich nicht weiter, Fridolin, ich habe dir die ganze Wahrheit gesagt. – Und auch du hast an jenem Strand irgend etwas erlebt, – ich weiß es.«

Fridolin erhob sich, ging ein paarmal im Zimmer auf und ab, dann sagte er: »Du hast recht.« Er stand am Fenster, das Antlitz im Dunkel. »Des Morgens«, begann er mit verschleierter, etwas feindseliger Stimme, »manchmal sehr früh noch, ehe du aufgestanden warst, pflegte ich längs des Ufers dahinzuwandern, über den Ort hinaus; und, so früh es war, immer lag schon die Sonne hell und stark über dem Meer. Da draußen am Strand gab es kleine Landhäuser, wie du weißt, die, jedes, dastanden, eine kleine Welt für sich, manche mit umplankten Gärten, manche auch nur von Wald umgeben, und die Badehütten waren von den Häusern durch die Landstraße und ein Stück Strand getrennt. Kaum daß ich je in so früher Stunde Menschen begegnete; und Badende waren überhaupt niemals zu sehen. Eines Morgens aber wurde ich ganz plötzlich einer weiblichen Gestalt gewahr, die, eben noch unsichtbar gewesen, auf der schmalen Terrasse einer in den Sand gepfählten Badehütte, einen Fuß vor den andern setzend, die Arme nach rückwärts an die Holzwand gespreitet, sich vorsichtig weiterbewegte. Es war ein ganz junges, vielleicht fünfzehnjähriges Mädchen mit aufgelöstem blonden Haar, das über die Schultern und auf der einen Seite über die zarte Brust herabfloß. Das Mädchen sah vor sich hin, ins Wasser hinab, langsam glitt es längs der Wand weiter, mit gesenktem Auge nach der andern Ecke hin, und plötzlich stand es mir gerade gegenüber; mit den Armen griff sie weit hinter sich, als wollte sie sich fester anklammern, sah auf und erblickte mich plötzlich. Ein Zittern ging durch ihren Leib, als müßte sie sinken oder fliehen. Doch da sie auf dem schmalen Brett sich doch nur ganz langsam hätte weiterbewegen können, entschloß sie sich innezuhalten – und stand nun da, zuerst mit einem erschrockenen, dann mit einem zornigen, endlich mit einem verlegenen Gesicht. Mit einemmal aber lächelte sie, lächelte wunderbar; es war ein Grüßen, ja ein Winken in ihren Augen – und zugleich ein leiser Spott, mit dem sie ganz flüchtig zu ihren Füßen das Wasser streifte, das mich von ihr trennte. Dann reckte sie den jungen schlanken Körper hoch, wie ihrer Schönheit froh, und, wie leicht zu merken war, durch den Glanz meines Blicks, den sie auf sich fühlte, stolz und süß erregt. So standen wir uns gegenüber, vielleicht zehn Sekunden lang, mit halboffenen Lippen und flimmernden Augen. Unwillkürlich breitete ich meine Arme nach ihr aus, Hingebung und Freude war in ihrem Blick. Mit einemmal aber schüttelte sie heftig den Kopf, löste einen Arm von der Wand, deutete gebieterisch, ich solle mich entfernen; und als ich es nicht gleich über mich brachte zu gehorchen, kam ein solches Bitten, ein solches Flehen in ihre Kinderaugen, daß mir nichts anderes übrigblieb, als mich abzuwenden. So rasch als möglich setzte ich meinen Weg wieder fort; ich sah mich kein einziges Mal nach ihr um, nicht eigentlich aus Rücksicht, aus Gehorsam, aus Ritterlichkeit, sondern darum, weil ich unter ihrem letzten Blick eine solche, über alles je Erlebte hinausgehende Bewegung verspürt hatte, daß ich mich einer Ohnmacht nah fühlte.« Und er schwieg.

»Und wie oft«, fragte Albertine, vor sich hinsehend und ohne jede Betonung, »bist du nachher noch denselben Weg gegangen?«

»Was ich dir erzählt habe«, erwiderte Fridolin, »ereignete sich zufällig am letzten Tag unseres Aufenthalts in Dänemark. Auch ich weiß nicht, was unter anderen Umständen geworden wäre. Frag' auch du nicht weiter, Albertine.«

Er stand immer noch am Fenster, unbeweglich. Albertine erhob sich, trat auf ihn zu, ihr Auge war feucht und dunkel, leicht gerunzelt die Stirn. »Wir wollen einander solche Dinge künftighin immer gleich erzählen«, sagte sie.

Er nickte stumm.

»Versprich's mir.«

Er zog sie an sich. »Weißt du das nicht?« fragte er; aber seine Stimme klang immer noch hart.

Sie nahm seine Hände, streichelte sie und sah zu ihm auf

mit umflorten Augen, auf deren Grund er ihre Gedanken zu lesen vermochte. Jetzt dachte sie seiner andern, wirklicherer, dachte seiner Jünglingserlebnisse, in deren manche sie eingeweiht war, da er, ihrer eifersüchtigen Neugier allzu willig nachgebend, ihr in den ersten Ehejahren manches verraten, ja, wie ihm oftmals scheinen wollte, preisgegeben, was er lieber für sich hätte behalten sollen. In dieser Stunde, er wußte es, drängte manche Erinnerung sich ihr mit Notwendigkeit auf, und er wunderte sich kaum, als sie, wie aus einem Traum, den halbvergessenen Namen einer seiner Jugendgeliebten aussprach. Doch wie ein Vorwurf, ja wie eine leise Drohung klang er ihm entgegen.

Er zog ihre Hände an seine Lippen.

»In jedem Wesen – glaub' es mir, wenn es auch wohlfeil klingen mag –, in jedem Wesen, das ich zu lieben meinte, habe ich immer nur dich gesucht. Das weiß ich besser, als du es verstehen kannst, Albertine.«

Sie lächelte trüb. »Und wenn es auch mir beliebt hätte, zuerst auf die Suche zu gehen?« sagte sie. Ihr Blick veränderte sich, wurde kühl und undurchdringlich. Er ließ ihre Hände aus den seinen gleiten, als hätte er sie auf einer Unwahrheit, auf einem Verrat ertappt; sie aber sagte: »Ach, wenn ihr wüßtet«, und wieder schwieg sie.

»Wenn wir wüßten –? Was willst du damit sagen?«

Mit seltsamer Härte erwiderte sie: »Ungefähr, was du dir denkst, mein Lieber.«

»Albertine – so gibt es etwas, was du mir verschwiegen hast?«

Sie nickte und blickte mit einem sonderbaren Lächeln vor sich hin.

Unfaßbare, unsinnige Zweifel wachten in ihm auf.

»Ich verstehe nicht recht«, sagte er. »Du warst kaum siebzehn, als wir uns verlobten.«

»Sechzehn vorbei, ja, Fridolin. Und doch« – sie sah ihm hell in die Augen – »lag es nicht an mir, daß ich noch jungfräulich deine Gattin wurde.«

»Albertine –!«

Und sie erzählte:

»Es war am Wörthersee, ganz kurz vor unserer Verlobung, Fridolin, da stand an einem schönen Sommerabend ein sehr hübscher, junger Mensch an meinem Fenster, das auf die große weite Wiese hinaussah, wir plauderten miteinander, und ich dachte im Laufe dieser Unterhaltung, ja höre nur, was ich dachte: Was ist das doch für ein lieber, entzückender, junger Mensch – er müßte jetzt nur ein Wort sprechen, freilich, das richtige müßte es sein, so käme ich zu ihm hinaus auf die Wiese und spazierte mit ihm, wohin es ihm beliebte – in den Wald vielleicht; – oder schöner noch wäre es, wir führen im Kahn zusammen in den See hinaus – und er könnte von mir in dieser Nacht alles haben, was er nur verlangte. Ja, das dachte ich mir. – Aber er sprach das Wort nicht aus, der entzückende junge Mensch; er küßte nur zart meine Hand, – und am Morgen darauf fragte er mich – ob ich seine Frau werden wollte. Und ich sagte ja.«

Fridolin ließ unmutig ihre Hand los. »Und wenn an jenem Abend«, sagte er dann, »zufällig ein anderer an deinem Fenster gestanden hätte und ihm wäre das richtige Wort eingefallen, zum Beispiel – –«, er dachte nach, welchen Namen er nennen sollte, da streckte sie schon wie abwehrend die Arme vor.

»Ein anderer, wer immer es gewesen wäre, er hätte sagen können, was er wollte – es hätte ihm wenig geholfen. Und wärst nicht du es gewesen, der vor dem Fenster stand« – sie lächelte zu ihm auf –, »dann wäre wohl auch der Sommerabend nicht so schön gewesen.«

Er verzog spöttisch den Mund. »So sagst du in diesem Augenblick, so glaubst du vielleicht in diesem Augenblick. Aber –«

Es klopfte. Das Dienstmädchen trat ein und meldete, die Hausbesorgerin aus der Schreyvogelgasse sei da, den Herrn Doktor zum Hofrat zu holen, dem es wieder sehr schlecht gehe. Fridolin begab sich ins Vorzimmer, erfuhr von der Botin, daß der Hofrat einen Herzanfall erlitten und sich sehr übel befinde; und er versprach, unverzüglich hinzukommen.

»Du willst fort –?« fragte ihn Albertine, als er sich rasch zum Fortgehen bereit machte, so ärgerlichen Tons, als füge er ihr mit Vorbedacht ein Unrecht zu.

Fridolin erwiderte, beinahe verwundert: »Ich muß wohl.«

Sie seufzte leicht.

»Es wird hoffentlich nicht so schlimm sein«, sagte Fridolin, »bisher haben ihm drei Centi Morphin immer noch über den Anfall weggeholfen.«

Das Stubenmädchen hatte den Pelz gebracht, Fridolin küßte Albertine ziemlich zerstreut, als wäre das Gespräch der letzten Stunde aus seinem Gedächtnis schon weggewischt, auf Stirn und Mund und eilte davon.

2

Auf der Straße mußte er den Pelz öffnen. Es war plötzlich Tauwetter eingetreten, der Schnee auf dem Fußsteig beinahe weggeschmolzen, und in der Luft wehte ein Hauch des kommenden Frühlings. Von Fridolins Wohnung in der Josefstadt nahe dem Allgemeinen Krankenhaus, war es kaum eine Viertelstunde in die Schreyvogelgasse; und so stieg Fridolin bald die schlecht beleuchtete gewundene Treppe des alten Hauses in das zweite Stockwerk hinauf und zog an der Glocke; doch ehe der altväterische Klingelton sich vernehmen ließ, merkte er, daß die Türe nur angelehnt war; er trat durch den unbeleuchteten Vorraum in das Wohnzimmer und sah sofort, daß er zu spät gekommen war. Die grün verhängte Petroleumlampe, die von der niederen Decke herabhing, warf einen matten Schein über die Bettdecke, unter der regungslos ein schmaler Körper hingestreckt lag. Das Antlitz des Toten war überschattet, doch Fridolin kannte es so gut, daß er es in aller Deutlichkeit zu sehen vermeinte – hager, runzlig, hochgestirnt, mit dem weißen, kurzen Vollbart, den auffallend häßlichen weißbehaarten Ohren. Marianne, die Tochter des Hofrats, saß am Fußende des Bettes mit schlaff herabhängenden Armen, wie in tiefster Ermüdung. Es roch nach alten Möbeln, Medikamenten, Petroleum, Küche; auch ein wenig nach Kölnisch Wasser und Rosenseife, und irgendwie spürte Fridolin auch den süßlich faden Geruch dieses blassen Mädchens, das noch jung war und seit Monaten, seit Jahren in schwerer häuslicher Arbeit, anstrengender Krankenpflege und Nachtwachen langsam verblühte.

Als der Arzt eingetreten war, hatte sie den Blick zu ihm gewandt, doch in der kärglichen Beleuchtung sah er kaum, ob ihre Wangen sich röteten wie sonst, wenn er erschien. Sie wollte sich erheben, eine Handbewegung Fridolins verwehrte es ihr, sie nickte ihm mit großen, aber trüben Augen einen Gruß zu. Er trat an das Kopfende des Bettes, berührte mechanisch die Stirn des Toten, dessen Arme, die in weiten offenen Hemdärmeln über der Bettdecke lagen, dann senkte er mit leichtem Bedauern die Schultern, steckte die Hände in die Taschen seines Pelzrockes, ließ den Blick im Zimmer umherschweifen und endlich auf Marianne verweilen. Ihr Haar war reich und blond, aber trocken, der Hals wohlgeformt und schlank, doch nicht ganz faltenlos und von gelblicher Tönung, und die Lippen wie von vielen ungesagten Worten schmal.

»Nun ja«, sagte er flüsternd und fast verlegen, »mein liebes Fräulein, es trifft Sie wohl nicht unvorbereitet.«

Sie streckte ihm die Hand entgegen. Er nahm sie teilnahmsvoll, fragte pflichtgemäß nach dem Verlauf des letzten tödlichen Anfalls, sie berichtete sachlich und kurz und sprach dann von den letzten, verhältnismäßig guten Tagen, in denen Fridolin den Kranken nicht mehr gesehen hatte. Fridolin hatte einen Stuhl herangerückt, setzte sich Marianne gegenüber und gab ihr tröstend zu bedenken, daß ihr Vater in den letzten Stunden kaum gelitten haben dürfte; dann erkundigte er sich, ob Verwandte verständigt seien. Ja; die Hausbesorgerin sei schon auf dem Weg zum Onkel, und jedenfalls werde bald Herr Doktor Roediger erscheinen, »mein Verlobter«, setzte sie hinzu und blickte Fridolin auf die Stirn statt ins Auge.

Fridolin nickte nur. Er war Doktor Roediger im Verlaufe eines Jahres zwei- oder dreimal hier im Hause begegnet. Der überschlanke, blasse, junge Mensch mit kurzem, blondem Vollbart und Brille, Dozent für Geschichte an der Wiener Universität, hatte ihm recht gut gefallen, ohne weiter sein Interesse anzuregen. Marianne sähe sicher besser aus, dachte er, wenn sie seine Geliebte wäre. Ihr Haar wäre weniger trokken, ihre Lippen röter und voller. Wie alt mag sie sein? fragte er sich weiter. Als ich zum erstenmal zum Hofrat gerufen wurde, vor drei oder vier Jahren, war sie dreiundzwanzig. Damals lebte ihre Mutter noch. Sie war heiterer, als ihre Mutter noch lebte. Hat sie nicht eine kurze Zeit hindurch Gesangslektionen genommen? Also diesen Dozenten wird sie heiraten. Warum tut sie das? Verliebt ist sie gewiß nicht in ihn, und viel Geld dürfte er auch nicht haben. Was wird das für eine Ehe werden? Nun, eine Ehe wie tausend andere. Was kümmert's mich. Es ist wohl möglich, daß ich sie niemals wiedersehen werde, denn nun habe ich in diesem Hause nichts mehr zu tun. Ach, wie viele Menschen habe ich nie mehr wiedergesehen, die mir näher standen als sie.

Während ihm diese Gedanken durch den Kopf gingen, hatte Marianne von dem Verstorbenen zu reden begonnen – mit einer gewissen Eindringlichkeit, als wäre er durch die einfache Tatsache seines Todes plötzlich ein merkwürdigerer Mensch geworden. Also wirklich erst vierundfünfzig Jahre war er alt gewesen? Freilich, die vielen Sorgen und Enttäuschungen, die Gattin immer leidend – und der Sohn hatte ihm so viel Kummer bereitet! Wie, sie besaß einen Bruder? Gewiß. Sie hatte es dem Doktor doch schon einmal erzählt. Der Bruder lebte jetzt irgendwo im Auslande, da drin in Mariannens Kabinett hing ein Bild, das er im Alter von fünfzehn Jahren gemalt hatte. Es stellte einen Offizier dar, der einen Hügel hinuntersprengt. Der Vater hatte immer getan, als sähe er das Bild überhaupt nicht. Aber es war ein gutes Bild. Der Bruder hätte es schon weiterbringen können unter günstigern Umständen.

Wie erregt sie spricht, dachte Fridolin, und wie ihre Augen glänzen! Fieber? Wohl möglich. Sie ist magerer geworden in der letzten Zeit. Spitzenkatarrh vermutlich.

Sie sprach immer weiter, aber ihm schien, als wüßte sie gar

nicht recht, zu wem sie sprach; oder als spräche sie zu sich selbst. Zwölf Jahre war der Bruder nun fort vom Haus, ja, sie war noch ein Kind gewesen, als er plötzlich verschwand. Vor vier oder fünf Jahren zu Weihnachten war die letzte Nachricht von ihm gekommen, aus einer kleinen italienischen Stadt. Sonderbar, sie hatte den Namen vergessen. So redete sie noch eine Weile gleichgültige Dinge, ohne Notwendigkeit, fast ohne Zusammenhang, bis sie mit einemmal schwieg und nun stumm dasaß, den Kopf in den Händen. Fridolin war müde und noch mehr gelangweilt, wartete sehnlich, daß jemand käme, die Verwandten oder der Verlobte. Das Schweigen im Raume lastete schwer. Es war ihm, als schwiege der Tote mit ihnen; nicht etwa weil er nun unmöglich mehr reden konnte, sondern absichtsvoll und mit Schadenfreude.

Und mit einem Seitenblick auf ihn sagte Fridolin: »Jedenfalls, wie die Dinge nun einmal liegen, ist es gut, Fräulein Marianne, daß Sie nicht mehr allzulange in dieser Wohnung bleiben müssen« – und da sie den Kopf ein wenig hob, ohne aber zu Fridolin aufzuschauen –, »Ihr Bräutigam wird wohl bald eine Professur erhalten; an der philosophischen Fakultät liegen ja die Verhältnisse in dieser Beziehung günstiger als bei uns.« – Er dachte daran, daß er vor Jahren auch eine akademische Laufbahn angestrebt, daß er aber bei seiner Neigung zu einer behaglicheren Existenz sich am Ende für die praktische Ausübung seines Berufes entschieden hatte; – und plötzlich kam er sich dem vortrefflichen Doktor Roediger gegenüber als der Geringere vor.

»Im Herbst werden wir übersiedeln«, sagte Marianne, ohne sich zu regen, »er hat eine Berufung nach Göttingen.«

»Ah«, sagte Fridolin und wollte eine Art Glückwunsch anbringen, aber das schien ihm wenig angemessen in diesem

Augenblick und in dieser Umgebung. Er warf einen Blick nach dem geschlossenen Fenster und, ohne vorher um Erlaubnis zu fragen, wie in Ausübung eines ärztlichen Rechtes öffnete er beide Flügel und ließ die Luft herein, die, indes noch wärmer und frühlingshafter geworden, einen linden Duft aus den erwachenden fernen Wäldern mitzubringen schien. Als er sich wieder ins Zimmer wandte, sah er die Augen Mariannens wie fragend auf sich gerichtet. Er trat näher zu ihr hin und bemerkte: »Die frische Luft wird Ihnen hoffentlich wohl tun. Es ist geradezu warm geworden, und gestern nacht« – er wollte sagen: fuhren wir im Schneegestöber von der Redoute nach Hause, aber er formte rasch den Satz um und ergänzte: »Gestern abend lag der Schnee noch einen halben Meter hoch in den Straßen.«

Sie hörte kaum, was er sagte. Ihre Augen wurden feucht, große Tränen liefen ihr über die Wangen herab, und wieder verbarg sie ihr Gesicht in den Händen. Unwillkürlich legte er seine Hand auf ihren Scheitel und strich ihr über die Stirn. Er fühlte, wie ihr Körper zu zittern begann, sie schluchzte in sich hinein, kaum hörbar zuerst, allmählich lauter, endlich ganz ungehemmt. Mit einemmal war sie vom Sessel herabgeglitten, lag Fridolin zu Füßen, umschlang seine Knie mit den Armen und preßte ihr Antlitz daran. Dann sah sie zu ihm auf mit weit offenen, schmerzlich-wilden Augen und flüsterte heiß: »Ich will nicht fort von hier. Auch wenn Sie niemals wiederkommen, wenn ich Sie niemals mehr sehen soll; ich will in Ihrer Nähe leben.«

Er war mehr ergriffen als erstaunt; denn er hatte es immer gewußt, daß sie in ihn verliebt war oder sich einbildete, es zu sein.

»Stehen Sie doch auf, Marianne«, sagte er leise, beugte sich zu ihr herab, richtete sie milde auf und dachte: natürlich ist auch Hysterie dabei. Er warf einen Seitenblick auf den toten Vater. Ob er nicht alles hört, dachte er. Vielleicht ist er scheintot? Vielleicht ist jeder Mensch in diesen ersten Stunden nach dem Verscheiden nur scheintot –? Er hielt Marianne in den Armen, aber zugleich etwas entfernt von sich, und drückte beinahe unwillkürlich einen Kuß auf ihre Stirn, was ihm selbst ein wenig lächerlich vorkam. Flüchtig erinnerte er sich eines Romans, den er vor Jahren gelesen und in dem es geschah, daß ein ganz junger Mensch, ein Knabe fast, am Totenbett der Mutter von ihrer Freundin verführt, eigentlich vergewaltigt wurde. Im selben Augenblick, er wußte nicht warum, mußte er seiner Gattin denken. Bitterkeit gegen sie stieg in ihm auf und ein dumpfer Groll gegen den Herrn in Dänemark mit der gelben Reisetasche auf der Hotelstiege. Er zog Marianne fester an sich, doch verspürte er nicht die geringste Erregung; eher flößte ihm der Anblick des glanzlos trockenen Haares, der süßlich-fade Geruch ihres ungelüfteten Kleides einen leichten Widerwillen ein. Nun ertönte die Glocke draußen, er fühlte sich wie erlöst, küßte Marianne die Hand rasch, gleichwie in Dankbarkeit, und ging öffnen. Es war Doktor Roediger, der in der Tür stand, in dunkelgrauem Havelock, mit Überschuhen, einen Regenschirm in der Hand, mit einem den Umständen angemessenen ernsten Gesichtsausdruck. Die beiden Herren nickten einander zu, vertrauter, als es ihren tatsächlichen Beziehungen entsprach. Dann traten sie beide ins Zimmer, Roediger drückte Marianne nach einem befangenen Blick auf den Toten seine Teilnahme aus; Fridolin begab sich ins Nebenzimmer, um die ärztliche Todesanzeige abzufassen, drehte die Gasflamme über dem Schreibtisch höher, und sein Blick fiel auf das Bildnis des weißuniformierten Offiziers, der mit geschwungenem Säbel den Hügel hinabsprengte, einem unsichtbaren Feind entgegen. Es war in einen altgoldenen schmalen Rahmen gespannt und wirkte nicht viel besser als ein bescheidener Öldruck.

Mit dem ausgefüllten Totenschein trat Fridolin wieder in den Nebenraum, wo am Bett des Vaters, die Hände ineinander verschlungen, die Brautleute saßen.

Wieder ertönte die Türglocke, Doktor Roediger erhob sich und ging öffnen; indessen sagte Marianne, unhörbar fast, auf den Boden blickend: »Ich liebe dich.« Fridolin erwiderte nur, indem er, nicht ohne Zärtlichkeit, Mariannens Namen aussprach. Roediger trat wieder ein mit einem älteren Ehepaar. Es waren der Onkel und die Tante Mariannens; einige Worte, den Umständen entsprechend, wurden gewechselt, mit der Befangenheit, die die Anwesenheit eines eben Verstorbenen rings zu verbreiten pflegt. Das kleine Zimmer sah plötzlich wie von Trauergästen überfüllt aus, Fridolin erschien sich überflüssig, empfahl sich und wurde von Roediger zur Tür geleitet, der sich zu einigen Dankesworten verpflichtet fühlte und die Hoffnung baldiger Wiederbegegnung aussprach.

3

Fridolin, vor dem Haustor, sah zu dem Fenster auf, das er früher selbst geöffnet hatte; die Flügel zitterten leise im Vorfrühlingswinde. Die Menschen, die dort oben zurückgeblieben waren, die lebendigen geradeso wie der Tote, waren ihm in gleicher Weise gespensterhaft unwirklich. Er selbst erschien sich wie entronnen; nicht so sehr einem Erlebnis als vielmehr einem schwermütigen Zauber, der keine Macht über ihn gewinnen sollte. Als einzige Nachwirkung empfand er eine merkwürdige Unlust, sich nach Hause zu begeben. Der Schnee in den Straßen war geschmolzen, links und rechts waren kleine schmutzig-weiße Häuflein aufgeschichtet, die Gasflammen in den Laternen flackerten, von einer nahen Kirche schlug es elf. Fridolin beschloß, vor dem Schlafengehen noch eine halbe Stunde in einer stillen Kaffeehausecke nahe seiner Wohnung zu verbringen, und nahm den Weg durch den Rathauspark. Auf beschatteten Bänken saß da und dort ein Paar eng aneinandergeschmiegt, als wäre wirklich schon der Frühling da und die trügerisch-warme Luft nicht schwanger von Gefahren. Auf einer Bank der Länge nach ausgestreckt, den Hut in die Stirn gedrückt, lag ein ziemlich zerlumpter Mensch. Wenn ich ihn aufweckte, dachte Fridolin, und ihm Geld für ein Nachtlager schenkte? Ach, was wäre damit getan, überlegte er weiter, dann müßte ich morgen auch für eines sorgen, sonst hätte es ja keinen Sinn, und am Ende würde ich noch sträflicher Beziehungen mit ihm verdächtigt. Und er beschleunigte seinen Schritt, wie um jeder Art von Verantwortung und Versuchung so rasch als möglich zu entfliehen. Warum gerade der? fragte er sich, Tausende von solchen armen Teufeln gibt's in Wien allein. Wenn man sich um die alle kümmern wollte – um die Schicksale aller Unbekannten! Und der Tote fiel ihm ein, den er eben verlassen, und mit einigem Schauer, ja nicht ohne Ekel dachte er daran, daß in dem langdahingestreckten mageren Leib unter der braunen Flanelldecke nach ewigen Gesetzen Verwesung und Zerfall ihr Werk schon begonnen hatten. Und er freute sich, daß er noch lebte, daß für ihn aller Wahrscheinlichkeit nach all diese häßlichen Dinge noch ferne waren; ja daß er noch mitten in seiner Jugend stand, eine reizende und liebenswerte Frau zu eigen hatte und auch noch eine oder mehrere dazuhaben konnte, wenn es ihm gerade beliebte. Zu dergleichen hätte freilich mehr Muße gehört, als ihm vergönnt war; und es fiel ihm ein, daß er morgen um acht Uhr früh auf der Abteilung sein, von elf bis eins Privatpatienten besuchen, nachmittags von drei bis fünf Ordination halten mußte und daß ihm auch für die Abendstunden noch einige Krankenbesuche bevorstanden. – Nun – hoffentlich würde er wenigstens nicht wieder mitten in der Nacht geholt werden, wie es ihm heute geschehen war.

Er überquerte den Rathausplatz, der trüb erglänzte wie ein bräunlicher Teich, und wandte sich dem heimatlichen Josefstädter Bezirk zu. Von weitem hörte er dumpfe, regelmäßige Schritte und sah, noch ziemlich entfernt, eben um eine Straßenecke biegend, einen kleinen Trupp von Couleurstudenten, die, sechs oder acht an der Zahl, ihm entgegenkamen. Als die jungen Leute in den Schein einer Laterne gerieten, glaubte er die blauen Alemannen in ihnen zu erkennen. Er selbst hatte nie einer Verbindung angehört, aber seinerzeit ein paar Säbelmensuren ausgefochten. Im Zusammenhang mit dieser Erinnerung an seine Studentenzeit fielen ihm die roten Dominos ein, die ihn gestern nacht in die Loge gelockt und so bald wieder schnöde verlassen hatten. Die Studenten waren ganz nahe, sie redeten laut und lachten; – ob er nicht einen oder den andern aus dem Spitale kennen mochte? Doch bei der unsicheren Beleuchtung war es nicht möglich, die Physiognomien deutlich auszunehmen. Er mußte sich ganz nahe an die Mauer halten, um nicht mit ihnen zusammenzustoßen; – jetzt waren sie vorbei; nur der zuletzt ging, ein langer Kerl im offnen Winterrock, eine Binde über dem linken

Auge, schien geradezu absichtlich ein Stückchen zurückzubleiben und stieß mit seitlich abgestrecktem Ellbogen an ihn an. Es konnte kein Zufall sein. Was fällt dem Kerl ein, dachte Fridolin und blieb unwillkürlich stehen; der andere nach zwei Schritten tat desgleichen, und so sahen sie einander einen Moment lang aus mäßiger Entfernung in die Augen. Plötzlich aber wandte Fridolin sich wieder ab und ging weiter. Er hörte ein kurzes Lachen hinter sich – fast hätte er sich nochmals umgewandt, um den Burschen zu stellen, aber er verspürte ein sonderbares Herzklopfen – ganz wie einmal vor zwölf oder vierzehn Jahren, als es so heftig an seine Tür gepocht hatte, während das anmutige junge Ding bei ihm war, das immer von einem entfernt lebenden, wahrscheinlich gar nicht existierenden Bräutigam zu faseln liebte; es war auch tatsächlich nur der Briefträger gewesen, der so drohend gepocht hatte. – Und geradeso wie damals fühlte er jetzt sein Herz klopfen. Was ist das, fragte er sich ärgerlich und merkte nun, daß ihm die Knie ein wenig zitterten. Feig –? Unsinn, erwiderte er sich selbst. Soll ich mich mit einem betrunkenen Studenten herstellen, ich, ein Mann von fünfunddreißig Jahren, praktischer Arzt, verheiratet, Vater eines Kindes! – Kontrahage! Zeugen! Duell! Und am Ende wegen einer solchen dummen Rempelei einen Hieb in den Arm? Und für ein paar Wochen berufsunfähig? – Oder ein Auge heraus? – Oder gar Blutvergiftung? – Und in acht Tagen so weit wie der Herr in der Schreyvogelgasse unter der Bettdecke aus braunem Flanell! Feig –? Drei Säbelmensuren hatte er ausgefochten, und auch zu einem Pistolenduell war er einmal bereit gewesen, und nicht auf *seine* Veranlassung war die Sache damals gütlich beigelegt worden. Und sein Beruf! Gefahren von allen Seiten und in jedem Augenblick – man vergaß nur immer wieder dran. Wie lange war es her, daß das diphtheritiskranke Kind ihm ins Gesicht gehustet hatte? Drei oder vier Tage, nicht mehr. Das war immerhin eine bedenklichere Sache als so eine kleine Säbelfechterei. Und er hatte überhaupt nicht mehr daran gedacht. Nun, wenn er dem Kerl wieder begegnete, ließ sich die Angelegenheit immer noch ins reine bringen. Keineswegs war er verpflichtet, um Mitternacht auf dem Weg von einem Kranken oder auch zu einem Kranken, das hätte ja schließlich auch der Fall sein können – nein, er war wirklich nicht verpflichtet, auf solch eine alberne Studentenrempelei zu reagieren. Wenn jetzt zum Exempel der junge Däne ihm entgegenkäme, mit dem Albertine – ach nein, was fiel ihm denn nur ein? Nun – es war ja doch nicht anders, als wenn sie seine Geliebte gewesen wäre. Schlimmer noch. Ja, der sollte ihm jetzt entgegenkommen. Oh, eine wahre Wonne wäre es, dem irgendwo in einer Waldlichtung gegenüberzustehen und auf die Stirn mit dem glattgestrichenen Blondhaar den Lauf einer Pistole zu richten.

Er fand sich, mit einem Male, schon über sein Ziel hinaus in einer engen Gasse, durch die nur ein paar armselige Dirnen auf nächtlichem Männerfang umherstrichen. Gespenstisch, dachte er. Und auch die Studenten mit den blauen Kappen wurden ihm plötzlich gespenstisch in der Erinnerung, ebenso Marianne, ihr Verlobter, Onkel und Tante, die er sich nun alle, Hand in Hand, um das Totenbett des alten Hofrats gereiht vorstellte; auch Albertine, die ihm nun im Geist als tief Schlafende, die Arme unter dem Nacken verschränkt, vorschwebte – sogar sein Kind, das jetzt zusammengerollt in dem schmalen weißen Messingbettchen lag, und das rotbäckige Fräulein mit dem Muttermal an der linken Schläfe –, sie alle waren ihm völlig ins Gespenstische entrückt. Und in dieser Empfindung, obzwar sie ihn ein wenig schaudern machte, war zugleich etwas Beruhigendes, das ihn von aller Verantwortung zu befreien, ja aus jeder menschlichen Beziehung zu lösen schien.

Eines der herumstreifenden Mädchen forderte ihn zum Mitgehen auf. Es war ein zierliches, noch ganz junges Geschöpf, sehr blaß mit rotgeschminkten Lippen. Könnte gleichfalls mit Tod enden, dachte er, nur nicht *so* rasch! *Auch* Feigheit? Im Grunde schon. Er hörte ihre Schritte, bald ihre Stimme hinter sich. »Willst nicht mitkommen, Doktor?«

Unwillkürlich wandte er sich um. »Woher kennst du mich?« fragte er.

»Ich kenn' Ihnen nicht«, sagte sie, »aber in dem Bezirk sind ja alle Doktors.«

Seit seiner Gymnasiastenzeit hatte er mit einem Frauenzimmer dieser Art nichts zu tun gehabt. Geriet er plötzlich in seine Knabenjahre zurück, daß dieses Geschöpf ihn reizte? Er erinnerte sich eines flüchtigen Bekannten, eines eleganten jungen Mannes, dem man ein fabelhaftes Glück bei Frauen nachsagte, mit dem er als Student nach einem Ball in einem Nachtlokal gesessen hatte und der, ehe er sich mit einer der gewerbsmäßigen Besucherinnen entfernte, Fridolins etwas verwunderten Blick mit den Worten erwidert hatte: »Es bleibt immer das Bequemste; – und die Schlimmsten sind es auch nicht.«

»Wie heißt du?« fragte Fridolin.

»No, wie wir i denn heißen? Mizzi natürlich.« Schon hatte sie den Schlüssel im Haustor umgedreht, trat in den Flur und wartete, daß Fridolin ihr folgte.

»G'schwind!« sagte sie, als er zögerte. Plötzlich stand er neben ihr, das Tor fiel hinter ihm zu, sie sperrte ab, zündete ein Wachskerzchen an und leuchtete ihm vor. – Bin ich verrückt? fragte er sich. Ich werde sie natürlich nicht anrühren.

In ihrem Zimmer brannte eine Öllampe. Sie drehte den Docht weiter auf, es war ein ganz behaglicher Raum, nett gehalten und jedenfalls roch es da viel angenehmer als zum Beispiel in Mariannens Behausung. Freilich – hier hatte kein alter Mann monatelang krank gelegen. Das Mädchen lächelte, näherte sich ohne Zudringlichkeit Fridolin, der sie sanft abwehrte. Dann wies sie auf einen Schaukelstuhl, in den er sich gerne sinken ließ.

»Bist gewiß sehr müd«, meinte sie. Er nickte. Und sie, während sie sich ohne Hast entkleidete:

»Na ja, so ein Mann, was der den ganzen Tag zu tun hat. Da hat's unsereiner leichter.«

Er merkte, daß ihre Lippen gar nicht geschminkt, sondern von einem natürlichen Rot gefärbt waren, und machte ihr ein Kompliment darüber.

»Ja warum soll ich mich denn schminken?« fragte sie. »Was glaubst denn du, wie alt ich bin?«

»Zwanzig?« riet Fridolin.

»Siebzehn«, sagte sie, setzte sich auf seinen Schoß und schlang wie ein Kind den Arm um seinen Nacken.

Wer auf der Welt möchte vermuten, dachte er, daß ich mich jetzt gerade in diesem Raum befinde? Hätte ich selbst es vor einer Stunde, vor zehn Minuten für möglich gehalten? Und – warum? Warum? Sie suchte mit ihren Lippen die seinen, er bog sich zurück, sie sah ihn groß, etwas traurig an, ließ sich von seinem Schoß heruntergleiten. Fast tat es ihm leid, denn in ihrer Umschlingung war viel tröstende Zärtlichkeit gewesen.

Sie nahm einen roten Schlafrock, der über der Lehne des

offenen Bettes hing, schlüpfte hinein und preßte die Arme über der Brust zusammen, so daß ihre ganze Gestalt verhüllt war.

»Ist's dir jetzt recht?« fragte sie ohne Spott, wie schüchtern, als gäbe sie sich Mühe, ihn zu verstehen. Er wußte kaum, was antworten.

»Du hast es richtig erraten«, sagte er dann, »ich bin wirklich müd, und ich finde es sehr angenehm, hier im Schaukelstuhl zu sitzen und dir einfach zuzuhören. Du hast so eine liebe, sanfte Stimme. Red' nur, erzähl' mir was.«

Sie saß auf dem Bett und schüttelte den Kopf.

»Du fürchtest dich halt«, sagte sie leise – und dann vor sich hin, kaum vernehmlich, »schad'!«

Dieses letzte Wort jagte eine heiße Welle durch sein Blut. Er trat zu ihr hin, wollte sie umfassen, erklärte ihr, daß sie ihm völliges Vertrauen einflöße, und sprach damit sogar die Wahrheit. Er zog sie an sich, er warb um sie, wie um ein Mädchen, wie um eine geliebte Frau. Sie widerstand, er schämte sich und ließ endlich ab.

Sie sagte: »Man kann ja nicht wissen, irgendeinmal muß es ja doch kommen. Du hast ganz recht, wenn du dich fürchten tust. Und wenn was passiert, dann möchtest du mich verfluchen.«

Die Banknoten, die er ihr bot, lehnte sie mit solcher Bestimmtheit ab, daß er nicht weiter in sie dringen konnte. Sie nahm einen schmalen blauen Wollschal um, zündete eine Kerze an, leuchtete ihm, begleitete ihn hinab und sperrte das Tor auf. »Ich bleib heut schon z'Haus«, sagte sie. Er nahm ihre Hand und küßte sie unwillkürlich. Sie sah erstaunt, fast erschrocken zu ihm auf, dann lachte sie verlegen und beglückt. »Wie einer Fräuln«, sagte sie.

Das Tor fiel hinter ihm zu, und Fridolin prägte mit einem raschen Blick seinem Gedächtnis die Hausnummer ein, um in der Lage zu sein, dem lieben armen Ding morgen Wein und Näschereien heraufzuschicken.

4

Es war indes noch etwas wärmer geworden. Der laue Wind brachte in die enge Gasse einen Duft von feuchten Wiesen und fernem Bergfrühling. Wohin jetzt? dachte Fridolin, als wäre es nicht das Selbstverständliche, endlich nach Hause zu gehen und sich schlafen zu legen. Aber dazu konnte er sich nicht entschließen. Wie heimatlos, wie hinausgestoßen erschien er sich seit der widerwärtigen Begegnung mit den Alemannen ... Oder seit Mariannens Geständnis? – Nein, länger schon – seit dem Abendgespräch mit Albertine rückte er immer weiter fort aus dem gewohnten Bezirk seines Daseins in irgendeine andere, ferne, fremde Welt.

Er wandelte kreuz und quer durch die nächtlichen Straßen, ließ den leichten Föhn um seine Stirne wehen, und endlich, entschlossenen Schritts, als wäre er nun an ein langgesuchtes Ziel gelangt, trat er in ein Kaffeehaus niederen Ranges ein, das altwienerisch gemütlich, nicht besonders geräumig, mäßig beleuchtet und zu dieser späten Stunde nur wenig besucht war.

In einer Ecke spielten drei Herren Karten; ein Kellner, der ihnen bisher zugeschaut hatte, half Fridolin beim Ablegen des Pelzes, nahm seine Bestellung entgegen und legte ihm illustrierte Zeitungen und Abendblätter auf den Tisch. Fridolin erschien sich wie geborgen und begann flüchtig die Journale zu durchblättern. Da und dort blieb sein Blick haften. In irgendeiner böhmischen Stadt waren deutschsprachige Straßentafeln heruntergerissen worden. In Konstantinopel gab es eine Konferenz wegen eines Bahnbaus in Kleinasien, an der auch Lord Cranford teilnahm. Die Firma Benies & Weingruber war insolvent geworden. Die Prostituierte Anna Tiger hatte auf ihre Freundin Hermine Drobizky ein Eifersuchtsattentat mit Vitriol verübt. Heute abend fand ein Heringsschmaus in den Sophiensälen statt. Ein junges Mädchen, Marie B., wohnhaft Schönbrunner Hauptstraße 28, hatte sich mit Sublimat vergiftet. – Alle diese Tatsachen, die gleichgültigen und die traurigen, in ihrer trockenen Alltäglichkeit wirkten irgendwie ernüchernd und beruhigend auf Fridolin. Das junge Mädchen, Marie B., tat ihm leid; Sublimat, wie dumm. In dieser Sekunde, während er gemütlich im Café sitzt und Albertine ruhig schläft mit im Nacken verschränkten Armen und der Hofrat schon alles irdische Leid überwunden hat, windet sich Marie B., Schönbrunner Hauptstraße 28, in sinnlosen Schmerzen.

Er blickte von der Zeitung auf. Da sah er von einem gegenüberliegenden Tisch zwei Augen auf sich gerichtet. War es möglich? Nachtigall –? Der hatte ihn schon erkannt, hob freudig überrascht beide Arme, trat auf Fridolin zu, ein großer, ziemlich breiter, beinahe plumper, noch junger Mensch mit langem, leicht gelocktem, blondem, schon etwas graumeliertem Haar und einem blonden, in polnischer Art herunterhängenden Schnurrbart. Er trug einen offenen grauen Havelock, darunter einen etwas speckigen Frack, ein zerdrücktes Hemd mit drei falschen Brillantknöpfen, einen zerknitterten Kragen und eine flatternde weiße Seidenkrawatte. Seine Lider waren gerötet wie von vielen durchwachten Nächten, doch die Augen strahlten heiter und blau.

»Du bist in Wien, Nachtigall?« rief Fridolin.

»Du weißt nicht«, sagte Nachtigall in polnisch weichem Akzent mit mäßigem jüdischen Beiklang. »Wie weißt du nicht? Ich bin doch so beriehmt.« Er lachte laut und gutmütig und setzte sich Fridolin gegenüber.

»Wie?« fragte Fridolin. »Vielleicht Professor der Chirurgie geworden im geheimen?«

Nachtigall lachte noch heller auf: »Hast du mich jetzt nicht geheert? Jetzt äben?«

»Wieso gehört? – Ach ja!« Und nun erst kam es Fridolin zu Bewußtsein, daß er während seines Eintretens, ja schon früher, als er sich dem Kaffeehaus genähert, aus irgendeiner Kellertiefe Klavierspiel heraufklingen gehört hatte. »Also das warst du?« rief er aus.

»Wer denn als ich?« lachte Nachtigall.

Fridolin nickte. Natürlich; – dieser eigentümlich energische Anschlag, diese sonderbaren, etwas willkürlichen, aber wohlklingenden Harmonien der linken Hand waren ihm ja gleich so bekannt vorgekommen. »Also du hast dich ganz darauf verlegt?« meinte er. Er erinnerte sich, daß Nachtigall das Studium der Medizin schon nach der zweiten, sogar geglückten, wenn auch mit siebenjähriger Verspätung abgelegten Vorprüfung in Zoologie, endgültig aufgegeben hatte. Doch noch durch geraume Zeit hatte er sich in Krankenhaus, Seziersaal, Laboratorien und Hörsälen herumgetrieben, wo er mit seinem blonden Künstlerkopf, seinem stets zerknitterten Kragen, der flatternden, einst weiß gewesenen Krawatte eine auffallende, im heiteren Sinn populäre und nicht nur bei Kollegen, sondern auch bei manchen Professoren geradezu beliebte Figur vorgestellt hatte. Sohn eines jüdischen Branntweinschenkers in einem polnischen Nest war er seinerzeit aus der Heimat nach Wien gekommen, um Medizin zu studieren. Die geringfügigen elterlichen Unterstützungen waren von Anfang an kaum der Rede wert gewesen und überdies bald gänzlich eingestellt worden, was ihn nicht hinderte, auch weiterhin im Riedhof an einem Stammtisch von Medizinern zu erscheinen, dem auch Fridolin angehörte. Die Bezahlung seiner Zeche hatte von einem gewissen Zeitpunkt an jedesmal ein anderer der wohlhabenderen Kollegen übernommen. Auch Kleidungsstücke erhielt er manchmal zum Geschenk, was er sich gleichfalls gern und ohne falschen Stolz gefallen ließ. Schon in seinem Heimatstädtchen hatte er bei einem dort gestrandeten Pianisten die Anfangsgründe des Klavierspielens gelernt, und in Wien als Studiosus medicinae besuchte er zugleich das Konservatorium, wo er angeblich als vielversprechendes pianistisches Talent galt. Aber auch hier war er nicht ernst und fleißig genug, um sich regelrecht weiter auszubilden; und bald ließ er es sich an seinen musikalischen Erfolgen im Kreise seiner Bekannten, vielmehr an dem Vergnügen, das er ihnen durch sein Klavierspiel bereitete, vollauf genügen. Eine Zeitlang wirkte er in einer vorstädtischen Tanzschule als Pianist. Universitätskollegen und Tischgenossen versuchten ihn in besseren Häusern in gleicher Eigenschaft einzuführen, doch spielte er bei solcher Gelegenheit immer nur, was ihm eben und solange es ihm beliebte, ließ sich mit den jungen Damen in Unterhaltungen ein, die von seiner Seite nicht immer harmlos geführt waren, und trank mehr, als er vertragen konnte. Einmal spielte er im Hause eines Bankdirektors zum Tanze auf. Nachdem er schon vor Mitternacht durch anzüglich-galante Bemerkungen die vorbeitanzenden jungen Mädchen in Verlegenheit gebracht und bei ihren Herren Anstoß erregt hatte, fiel es ihm ein, einen wüsten Cancan zu spielen und mit seinem gewaltigen Baß ein zweideutiges Couplet dazu zu singen. Der Bankdirektor verwies es ihm heftig. Nachtigall, wie von seliger Heiterkeit erfüllt, erhob sich, umarmte den Direktor, dieser, empört, fauchte, obwohl selbst Jude, dem Pianisten ein landesübliches Schimpfwort ins Gesicht, das Nachtigall unverzüglich mit einer gewaltigen Ohrfeige quittierte – womit seine Laufbahn in den besseren Häusern der Stadt endgültig abgeschlossen erschien. In intimeren Zirkeln wußte er sich im allgemeinen anständiger zu betragen, wenn man auch bei solchen Gelegenheiten in vorgerückten Stunden manchmal genötigt war, ihn gewaltsam aus dem Lokal zu entfernen. Doch am nächsten Morgen waren solche Zwischenfälle von allen Beteiligten verziehen und vergessen. – Eines Tages, seine Kollegen hatten längst alle ihre Studien beendet, war er plötzlich ohne Abschied aus der Stadt verschwunden. Einige Monate hindurch trafen noch Kartengrüße von ihm aus verschiedenen russischen und polnischen Städten ein; und einmal, ohne weitere Erklärung, wurde Fridolin, den Nachtigall stets besonders in sein Herz geschlossen hatte, nicht nur durch einen Gruß, sondern durch die Bitte um einen mäßigen Geldbetrag an Nachtigalls Existenz erinnert. Fridolin sandte die Summe unverzüglich ab, ohne jemals einen Dank oder sonst ein Lebenszeichen von Nachtigall zu erhalten.

In diesem Augenblick aber, um dreiviertel ein Uhr nachts, nach acht Jahren, bestand Nachtigall darauf, dieses Versäumnis unverzüglich gutzumachen, und in genau stimmender Anzahl entnahm er Banknoten einer ziemlich defekten Brieftasche, die übrigens leidlich gefüllt war, so daß Fridolin sich die Rückzahlung mit gutem Gewissen durfte gefallen lassen ...

»Also es geht dir gut«, meinte er lächelnd, wie zu seiner eigenen Beruhigung.

»Kann nicht klagen«, erwiderte Nachtigall. Und seine Hand auf Fridolins Arm legend: »Aber jetzt sag' einmal, wie kommst du mitten in der Nacht daher?«

Fridolin erklärte seine Anwesenheit zu so später Stunde mit dem dringenden Bedürfnis, nach einem nächtlichen Krankenbesuch noch eine Tasse Kaffee zu sich zu nehmen; verschwieg aber, ohne recht zu wissen warum, daß er seinen Patienten nicht mehr am Leben getroffen. Dann äußerte er sich ganz im allgemeinen über seine ärztliche Tätigkeit an der Poliklinik und seine Privatpraxis und erwähnte, daß er verheiratet, glücklich verheiratet und Vater eines sechsjährigen Mädchens sei.

Nun berichtete Nachtigall. Er hatte sich, wie Fridolin richtig vermutet, die ganzen Jahre über als Pianist in allen möglichen polnischen, rumänischen, serbischen und bulgarischen Städten und Städtchen fortgebracht, in Lemberg lebte ihm eine Frau mit vier Kindern; – und er lachte hell, als wäre es ausnehmend lustig, vier Kinder zu haben, alle in Lemberg und alle von ein und derselben Frau. Seit dem vergangenen Herbst hielt er sich wieder in Wien auf. Das Varieté, das ihn engagiert hatte, war sofort verkracht, nun spielte er in den verschiedensten Lokalen, wie es sich eben fügte, manchmal auch in zweien oder dreien in derselben Nacht, hier unten zum Beispiel, im Keller – kein sehr vornehmes Etablissement, wie er bemerkte, eigentlich eine Art von Kegelbahn, und was das Publikum anbelangt ... »Aber wenn man für vier Kinder zu sorgen hat und eine Frau in Lemberg« – und er lachte wieder, nicht mehr ganz so lustig wie vorher. »Auch privat habe ich manchmal zu tun«, fügte er rasch hinzu. Und als er ein erinnerndes Lächeln auf Fridolins Antlitz gewahrte – »nicht bei Bankdirektoren und soo, nein, in allen mäglichen Kreisen, auch gräßere, äffentliche und gehäime.«

»Geheime?«

Nachtigall blickte düster-pfiffig vor sich hin. »Sofort werd' ich wieder abgeholt.«

»Wie, heute noch spielst du?«

»Ja, dort fangt es nämlich erst um zwei an.«

»Das ist ja besonders fein«, sagte Fridolin.

»Ja und nein«, lachte Nachtigall, wurde aber gleich wieder ernst.

»Ja und nein –?« wiederholte Fridolin neugierig.

Nachtigall beugte sich über den Tisch zu ihm.

»Ich spielle heute in einem Privathaus, aber wem es gehärt, weiß ich nicht.«

»Du spielst also heute zum erstenmal dort?« fragte Fridolin mit steigendem Interesse.

»Nein, das drittemal. Aber es wird wahrscheinlich wieder ein anderes Haus sein.«

»Das versteh' ich nicht.«

»Ich auch nicht«, lachte Nachtigall. »Besser du fragst nicht.«

»Hm«, machte Fridolin.

»Oh, du irrst dich. Nicht was du glaubst. Ich hab' schon viel gesehen, man glaubt nicht, in solchen kleinen Städten – besonders Rumänien –, man erläbt vieles. Aber hier ...« Er schlug den gelben Fenstervorhang ein wenig zurück, blickte auf die Straße hinaus und sagte wie für sich: »Noch nicht da« – dann zu Fridolin, erklärend, »nämlich der Wagen. Immer holt mich ein Wagen ab, und immer ein anderer.«

»Du machst mich neugierig, Nachtigall«, meinte Fridolin kühl.

»Här' zu«, sagte Nachtigall nach einigem Zögern. »Wenn ich einem auf der Welt vergennte – aber, wie macht man nur –«, und plötzlich: »Hast du Courage?«

»Sonderbare Frage«, sagte Fridolin im Ton eines beleidigten Couleurstudenten.

»Ich meine nicht soo.«

»Also wie meinst du eigentlich? Wozu braucht man bei dieser Gelegenheit so besondere Courage? Was kann einem denn passieren?« Und er lachte kurz und verächtlich.

»*Mir* kann nichts passieren, heechstens, daß ich zum letzten Male heite – aber das ist vielleicht auch soo.« Er schwieg und blickte wieder durch den Vorhangspalt hinaus.

»Na also?«

»Wie meinst du?« fragte Nachtigall wie aus einem Traum.

»Erzähl' doch weiter. Wenn du schon einmal angefangen hast... Geheime Veranstaltung? Geschlossene Gesellschaft? Geladene Gäste?«

»Ich weiß nicht. Neilich waren dreißig Menschen, das erstemal nur sechzehn.«

»Ein Ball?«

»Natürlich ein Ball.« Er schien jetzt zu bereuen, daß er überhaupt gesprochen hatte.

»Und du machst Musik dazu?«

»Wieso dazu? Ich weiß nicht wozu. Wirklich, ich weiß nicht. Ich spielle, ich spielle – mit verbundene Augen.«

»Nachtigall, Nachtigall, was singst du da für ein Lied!«

Nachtigall seufzte leise. »Aber leider nicht ganz verbunden. Nicht so, daß ich gar nichts sehe. Ich seh' nämlich im Spiegel durch das schwarze Seidentuch über meine Augen ...« Und wieder schwieg er.

»Mit einem Wort«, sagte Fridolin ungeduldig und verächtlich, fühlte sich aber sonderbar erregt ... »nackte Frauenzimmer.«

»Sag nicht Frauenzimmer, Fridolin«, erwiderte Nachtigall wie beleidigt, »solche Weiber hast du nie gesehen.«

Fridolin räusperte sich leicht. »Und wie hoch ist das Entrée?« fragte er beiläufig.

»Billetts meinst du und soo? Ha, was fallt dir ein.«

»Also wie verschafft man sich Eintritt?« fragte Fridolin mit gepreßten Lippen und trommelte auf die Tischplatte.

»Parolle mußt du kennen, und jedesmal ist eine andere.«

»Und die heutige?«

»Weiß ich noch nicht. Erfahr' ich erst vom Kutscher.«

»Nimm mich mit, Nachtigall.«

»Unmeglich, zu gefährlich.«

»Vor einer Minute hattest du doch selbst die Absicht ... mir zu ›vergennen‹. Es wird schon möglich sein.«

Nachtigall betrachtete ihn prüfend. »So wie du bist – kenntest du auf keinen Fall, nämlich alle sind maskiert, Herren und Damen. Hast du eine Maske bei dir und soo? Unmeglich. Vielleicht nächstes Mal. Werde mir was ausspekulieren.« Er horchte auf und blickte wieder durch den Vorhangspalt auf die Straße, und aufatmend: »Da ist der Wagen. Adieu.«

Fridolin hielt ihn beim Arm fest. »So kommst du mir nicht davon. Du wirst mich mitnehmen.«

»Aber Kollega ...«

»Überlaß mir alles Weitere. Ich weiß schon, daß es ›gefährlich‹ ist – vielleicht lockt mich gerade das.«

»Aber ich sage dir schon – ohne Kostim und Larve –«

»Es gibt Maskenleihanstalten.«

»Um ein Uhr früh –!«

»Hör einmal zu, Nachtigall. Ecke Wickenburgstraße befindet sich so ein Unternehmen. Täglich gehe ich ein paarmal an der Tafel vorbei.« Und hastig, in wachsender Erregung: »Du bleibst hier noch eine Viertelstunde, Nachtigall, ich versuch' indessen dort mein Glück. Der Besitzer der Leihanstalt wohnt vermutlich im gleichen Haus. Wenn nicht – dann verzichte ich eben. Das Schicksal soll entscheiden. Im selben Haus ist ein Café, Café Vindobona heißt es, glaube ich. Du sagst dem Kutscher – daß du in dem Café irgend etwas vergessen hast, gehst hinein, ich warte nah der Tür, du sagst mir rasch die Parole, steigst wieder in deinen Wagen; ich, wenn es mir gelungen ist, ein Kostüm zu bekommen, nehme mir rasch einen andern, fahre dir nach – das Weitere muß sich finden. Dein Risiko, Nachtigall, mein Ehrenwort, trage ich in jedem Falle mit.«

Nachtigall hatte einige Male versucht, Fridolin zu unterbrechen, doch vergeblich. Fridolin warf die Zeche auf den Tisch mit einem allzu reichlichen Trinkgeld, wie ihm das in den Stil dieser Nacht zu passen schien, und ging. Draußen stand ein geschlossener Wagen, unbeweglich auf dem Bock saß ein Kutscher, ganz in Schwarz, mit hohem Zylinder; – wie eine Trauerkutsche, dachte Fridolin. Nach wenigen Minuten, im Laufschritt, war er zu dem Eckhaus gelangt, das er suchte, läutete, erkundigte sich beim Hausmeister, ob der Maskenverleiher Gibiser hier im Hause wohnte, und hoffte im stillen, daß es nicht der Fall wäre. Aber Gibiser wohnte tatsächlich hier, im Stockwerk unterhalb der Leihanstalt, der Hausmeister schien nicht einmal sonderlich erstaunt über den späten Besuch, sondern, durch das ansehnliche Trinkgeld Fridolins leutselig gestimmt, bemerkte er, daß während des Faschings gar nicht so selten auch in solcher Nachtstunde Leute kämen, um Kostüme auszuleihen. Er leuchtete von unten aus so lange mit der Kerze, bis Fridolin im ersten Stockwerk geklingelt hatte. Herr Gibiser, als hätte er an der Türe gewartet, öffnete selbst, er war hager, bartlos, kahl, trug einen altmodischen geblümten Schlafrock und eine türkische Mütze mit einer Troddel, so daß er wie ein lächerlicher Alter auf dem Theater aussah. Fridolin brachte sein Begehren vor und erwähnte, daß der Preis keine Rolle spiele, worauf Herr Gibiser beinahe wegwerfend bemerkte: »Ich verlange, was mir zukommt, nicht mehr.«

Er führte Fridolin über eine Wendeltreppe ins Magazin hinauf. Es roch nach Seide, Samt, Parfüms, Staub und trockenen Blumen; aus schwimmendem Dunkel blitzte es silbern und rot; und plötzlich glänzten eine Menge kleiner Lämpchen zwischen offenen Schränken eines engen, langgestreckten Gangs, der sich rückwärts in Finsternis verlor. Rechts und links hingen Kostüme aller Art; auf der einen Seite Ritter, Knappen, Bauern, Jäger, Gelehrte, Orientalen, Narren, auf der anderen Hofdamen, Ritterfräulein, Bäuerinnen, Kammerzofen, Königinnen der Nacht. Oberhalb der Kostüme waren die entsprechenden Kopfbedeckungen zu sehen, und es war Fridolin zumute, als wenn er durch eine Allee von Gehängten schritte, die im Begriffe wären, sich gegenseitig zum Tanz aufzufordern. Herr Gibiser ging hinter ihm einher. »Haben der Herr einen besonderen Wunsch? Louis Quatorze? Directoire? Altdeutsch?«

»Ich brauche eine dunkle Mönchskutte und eine schwarze Larve, nichts weiter.«

In diesem Augenblick tönte vom Ende des Gangs her ein gläsernes Geklirr. Fridolin sah dem Maskenverleiher erschrocken ins Gesicht, als sei dieser zu sofortiger Aufklärung verpflichtet. Gibiser selbst aber stand starr, tastete nach einem irgendwo versteckten Schalter – und eine blendende Helle ergoß sich sofort bis zum Ende des Gangs, wo ein kleines gedecktes Tischchen mit Tellern, Gläsern und Flaschen zu sehen war. Von zwei Stühlen rechts und links erhoben sich je ein Femrichter in rotem Talar, während ein zierliches helles Wesen im selben Augenblick verschwand. Gibiser stürzte mit langen Schritten hin, griff über den Tisch und hielt eine weiße Perücke in der Hand, während zugleich unter dem Tisch sich hervorschlängelnd ein anmutiges, ganz junges Mädchen, fast noch ein Kind, im Pierrettenkostüm mit weißen Seidenstrümpfen durch den Gang bis zu Fridolin gelaufen kam, der sie notgedrungen in seinen Armen auffing. Gibiser hatte die weiße Perücke auf den Tisch fallen lassen und hielt rechts und links die Femrichter an den Falten ihrer Talare fest. Zugleich rief er zu Fridolin hin: »Herr, halten Sie mir das Mädel fest.« Die Kleine preßte sich an Fridolin, als müßte er sie schützen. Ihr kleines schmales Gesicht war weiß bestäubt, mit einigen Schönheitspflästerchen bedeckt, von ihren zarten Brüsten stieg ein Duft von Rosen und Puder auf; – aus ihren Augen lächelte Schelmerei und Lust.

»Meine Herren«, rief Gibiser, »Sie bleiben hier so lange, bis ich Sie der Polizei übergeben habe.«

»Was fällt Ihnen ein?« riefen die beiden. Und wie aus einem Munde: »Wir sind einer Einladung des Fräuleins gefolgt.«

Gibiser ließ sie beide los, und Fridolin hörte, wie er zu ihnen sagte: »Hierüber werden Sie nähere Auskunft zu geben haben. Oder sahen Sie nicht sofort, daß Sie es mit einer Wahnsinnigen zu tun hatten?« und zu Fridolin gewendet: »Verzeihen Sie den Zwischenfall, mein Herr.«

»Oh, es tut nichts«, sagte Fridolin. Am liebsten wäre er dageblieben oder hätte die Kleine gleich mitgenommen, wohin immer – und was immer daraus gefolgt wäre. Sie sah lokkend und kindlich zu ihm auf, wie gebannt. Die Femrichter am Ende des Ganges unterhielten sich aufgeregt miteinander. Gibiser wandte sich sachlich an Fridolin mit der Frage: »Sie wünschen eine Kutte, mein Herr, einen Pilgerhut, eine Larve?«

»Nein«, sagte die Pierrette mit leuchtenden Augen, »einen Hermelinmantel mußt du diesem Herrn geben und ein rotseidenes Wams.«

»Du rührst dich nicht von meiner Seite«, sagte Gibiser und wies auf eine dunkle Kutte, die zwischen einem Landsknecht und einem venezianischen Senator hing. »Dieses entspricht Ihrer Größe, hier der passende Hut, nehmen Sie, rasch.«

Nun meldeten sich von neuem die Femrichter. »Sie werden uns unverzüglich hinauslassen, Herr Chibisier«, sie sprachen den Namen Gibiser zu Fridolins Befremden französisch aus.

»Davon kann keine Rede sein«, erwiderte der Maskenverleiher höhnisch, »vorläufig werden Sie die Freundlichkeit haben, hier meine Rückkehr abzuwarten.«

Indes fuhr Fridolin in die Kutte, band die Enden der herunterhängenden weißen Schnur in einen Knoten, Gibiser reichte ihm, auf einer schmalen Leiter stehend, den schwarzen, breitkrempigen Pilgerhut herunter, und Fridolin setzte ihn auf; doch dies alles tat er wie unter einem Zwang, denn immer stärker empfand er es wie eine Verpflichtung, zu bleiben und der Pierrette in einer drohenden Gefahr beizustehen. Die Larve, die Gibiser ihm nun in die Hand drückte und die er gleich probierte, roch nach einem fremdartigen, etwas widerlichen Parfüm.

»Du gehst mir voran«, sagte Gibiser zu der Kleinen und wies gebieterisch zur Treppe. Pierrette wandte sich um, blickte zum Ende des Gangs und winkte einen wehmütig-heiteren Abschiedsgruß hin. Fridolin folgte ihrem Blick; dort standen keine Femrichter mehr, sondern zwei schlanke junge Herrn in Frack und weißer Krawatte, doch beide noch mit den roten Larven über den Gesichtern. Pierrette schwebte die Wendeltreppe hinab, Gibiser ging hinter ihr, ihnen folgte Fridolin. Im Vorzimmer unten öffnete Gibiser eine Tür, die nach den inneren Räumen führte, und sagte zu Pierrette: »Du gehst augenblicklich zu Bette, verworfenes Geschöpf, wir sprechen uns, sobald ich mit den Herren oben abgerechnet habe.«

Sie stand in der Türe, weiß und zart, und schüttelte mit einem Blick auf Fridolin traurig den Kopf. Fridolin erblickte in einem großen Wandspiegel rechts einen hageren Pilger, der niemand anderer war als er selbst, und wunderte sich darüber, mit so natürlichen Dingen es eigentlich zuging.

Pierrette war verschwunden, der alte Maskenverleiher sperrte hinter ihr ab. Dann öffnete er die Wohnungstür und drängte Fridolin ins Stiegenhaus.

»Verzeihen Sie«, sagte Fridolin, »meine Schuldigkeit ...«

»Lassen Sie, mein Herr, Bezahlung erfolgt bei Rückstellung, ich traue Ihnen.«

Doch Fridolin rührte sich nicht vom Fleck. »Sie schwören mir, daß Sie dem armen Kind nichts Böses tun werden?«

»Was kümmert Sie das, Herr?«

»Ich hörte, wie Sie die Kleine vorher als wahnsinnig bezeichneten – und jetzt nannten Sie sie ein verworfenes Geschöpf. Ein auffallender Widerspruch, Sie werden es nicht leugnen.«

»Nun, mein Herr«, entgegnete Gibiser mit einem Ton wie auf dem Theater, »ist der Wahnsinnige nicht verworfen vor Gott?«

Fridolin schüttelte sich angewidert.

»Wie immer«, bemerkte er dann, »es wird sich Rat schaffen lassen. Ich bin Arzt. Wir reden morgen weiter über die Sache.«

Gibiser lachte höhnisch und lautlos. Im Stiegenhaus flammte plötzlich Licht auf, die Türe zwischen Gibiser und Fridolin schloß sich, und sofort wurde der Riegel vorgelegt. Fridolin entledigte sich, während er die Treppe hinunterging, des Huts, der Kutte, der Larve, nahm alles unter den Arm, der Hausbesorger öffnete das Tor, die Trauerkutsche stand gegenüber, mit dem unbeweglichen Lenker auf dem Bock. Nachtigall schickte sich eben an, das Café zu verlassen, und schien nicht sehr angenehm berührt, daß Fridolin pünktlich zur Stelle war.

»Du hst dir also richtig ein Kostüm verschafft?«

»Wie du siehst. Und die Parole?«

»Du bestehst also darauf?«

»Unbedingt.«

»Also – Parole ist Dänemark.«

»Bist du toll, Nachtigall?«

»Weshalb toll?«

»Nichts, nichts. – Ich war zufällig heuer im Sommer an der dänischen Küste. Also steig ein – aber nicht gleich, damit ich Zeit habe, mir drüben einen Wagen zu nehmen.«

Nachtigall nickte, zündete sich gemächlich eine Zigarette an, indes überquerte Fridolin rasch die Straße, nahm einen Fiaker und wies im harmlosen Ton, als handle es sich um einen Scherz, seinen Kutscher an, dem Trauerwagen zu folgen, der sich eben vor ihnen in Bewegung setzte.

Sie fuhren über die Alserstraße, dann unter einem Bahnviadukt der Vorstadt zu und weiter durch schlecht beleuchtete menschenleere Nebengassen. Fridolin erwog die Möglichkeit, daß der Kutscher seines Wagens die Spur des vorderen verlieren könnte; doch sooft er den Kopf durch das offene Fenster in die unnatürlich warme Luft hinausstreckte, immer sah er den anderen Wagen in mäßiger Entfernung vor sich, und unbeweglich saß der Kutscher mit dem hohen schwarzen Zylinder auf dem Bock. Es könnte auch übel ausgehen, dachte Fridolin. Dabei spürte er immer noch den Geruch von Rosen und Puder, der von Pierrettens Brüsten zu ihm aufgestiegen war. An welch einem seltsamen Roman bin ich da vorübergestreift? fragte er sich. Ich hätte nicht fortgehen sollen, vielleicht nicht dürfen. Wo bin ich nun eigentlich?

Zwischen bescheidenen Villen in langsamer Steigung ging es hinan. Nun glaubte Fridolin sich zurechtzufinden; Spaziergänge hatten ihn vor Jahren manchmal hierhergeführt: es mußte der Galitzinberg sein, den er hinanfuhr. Zur Linken in der Tiefe sah er die in Dunst verschwimmende, von tausend Lichtern flimmernde Stadt. Er hörte Räderrollen hinter sich und blickte aus dem Fenster nach rückwärts. Zwei Wagen fuhren hinter ihm, und das war ihm lieb, so konnte er dem Trauerkutscher in keinem Fall verdächtig sein.

Plötzlich, mit einem sehr heftigen Ruck, bog der Wagen seitlich ab, und zwischen Gittern, Mauern, Abhängen ging es abwärts wie in eine Schlucht. Fridolin fiel es ein, daß es höchste Zeit war, sich zu maskieren. Er zog den Pelz aus, fuhr in die Kutte, geradeso wie er jeden Morgen auf der Spitalabteilung in die Ärmel seines Leinenkittels zu schlüpfen pflegte; und wie an etwas Erlösendes dachte er daran, daß er in wenigen Stunden schon, wenn alles gut ging, wie jeden Morgen zwischen den Betten seiner Kranken herumgehen würde – ein hilfsbereiter Arzt.

Der Wagen stand still. Wie wär's, dachte Fridolin, wenn

ich gar nicht erst ausstiege – sondern lieber gleich zurückkehrte? Aber wohin? Zu der kleinen Pierrette? Oder zu dem Dirnchen in der Buchfeldgasse? Oder zu Marianne, der Tochter des Verstorbenen? Oder nach Hause? Und mit einem leichten Schauer empfand er, daß er nirgendshin sich weniger sehnte als gerade dorthin. Oder war es, weil dieser Weg ihn der weiteste dünkte? Nein, ich kann nicht zurück, dachte er bei sich. Weiter meinen Weg, und wär's mein Tod. Er lachte selbst zu dem großen Wort, aber sehr heiter war ihm dabei nicht zumut.

Ein Gartentor stand weit offen. Die Trauerkutsche vor ihm fuhr eben tiefer in die Schlucht hinab oder in das Dunkel, das ihm so erschien. Nachtigall war also jedenfalls schon ausgestiegen. Fridolin sprang rasch aus dem Wagen, wies den Kutscher an, oben an jener Biegung seine Rückkehr abzuwarten, solange es auch dauern sollte. Und um sich seiner zu versichern, entlohnte er ihn im vorhinein reichlich und versprach ihm einen gleichen Betrag für die Rückfahrt. Die Wagen, die dem seinen gefolgt waren, kamen angefahren. Aus dem ersten sah Fridolin eine verhüllte Frauengestalt steigen; dann trat er in den Garten, nahm die Larve vor, ein schmaler, vom Hause her beleuchteter Pfad führte bis zum Tor, zwei Flügel sprangen auf, und Fridolin befand sich in einer schmalen weißen Vorhalle. Harmoniumklänge tönten ihm entgegen, zwei Diener in dunkler Livree, die Gesichter grau verlarvt, standen rechts und links.

»Parole?« umflüsterte es ihn zweistimmig. Und er erwiderte: »Dänemark.« Der eine Diener nahm seinen Pelz in Empfang und verschwand damit in einem Nebenraum, der andere öffnete eine Tür, und Fridolin trat in einen dämmerigen, fast dunklen hohen Saal, der ringsum von schwarzer Seide umhangen war. Masken, durchaus in geistlicher Tracht, schritten auf und ab, sechzehn bis zwanzig Personen, Mönche und Nonnen. Die Harmoniumklänge, sanft anschwellend, eine italienische Kirchenmelodie, schienen aus der Höhe herabzutönen. In einem Winkel des Saales stand eine kleine Gruppe, drei Nonnen und zwei Mönche; von dort aus hatte man sich flüchtig zu ihm hin und gleich wieder, wie mit Absicht, abgewandt. Fridolin merkte, daß er als einziger das Haupt bedeckt hatte, nahm den Pilgerhut ab und wandelte so harmlos als möglich auf und nieder; ein Mönch streifte seinen Arm und nickte einen Gruß; doch hinter der Maske bohrte sich ein Blick, eine Sekunde lang, tief in Fridolins Augen. Ein fremdartiger, schwüler Wohlgeruch, wie von südländischen Gärten, umfing ihn. Wieder streifte ihn ein Arm. Diesmal war es der einer Nonne. Wie die andern hatte auch sie um Stirn, Haupt und Nacken einen schwarzen Schleier geschlungen, unter den schwarzen Seidenspitzen der Larve leuchtete ein blutroter Mund. Wo bin ich? dachte Fridolin. Unter Irrsinnigen? Unter Verschwörern? Bin ich in die Versammlung irgendeiner religiösen Sekte geraten? War Nachtigall vielleicht beordert, bezahlt, irgendeinen Uneingeweihten mitzubringen, den man zum besten haben wollte? Doch für einen Maskenscherz schien ihm alles zu ernst, zu eintönig, zu unheimlich. Den Harmoniumklängen hatte sich eine weibliche Stimme beigesellt, eine altitalienische geistliche Arie tönte durch den Raum. Alle standen still, schienen zu lauschen, auch Fridolin gab sich für eine Weile der wundervoll anschwellenden Melodie gefangen. Plötzlich flüsterte eine weibliche Stimme hinter ihm: »Wenden Sie sich nicht nach mir um. Noch ist es Zeit, daß Sie sich entfernen. Sie gehören nicht hierher. Wenn man es entdeckte, erginge es Ihnen schlimm.«

Fridolin schrak zusammen. Eine Sekunde lang dachte er der Warnung zu folgen. Aber die Neugier, die Lockung und vor allem sein Stolz waren stärker als jedes Bedenken. Nun bin ich einmal so weit, dachte er, mag es enden, wie es wolle. Und er schüttelte verneinend den Kopf, ohne sich umzuwenden.

Da flüsterte die Stimme hinter ihm: »Es täte mir leid um Sie.«

Jetzt wandte er sich um. Er sah den blutroten Mund durch die Spitzen schimmern, dunkle Augen sanken in die seinen. »Ich bleibe«, sagte er in einem heroischen Ton, den er nicht an sich kannte, und wandte das Antlitz wieder ab. Der Gesang schwoll wundersam an, das Harmonium tönte in einer neuen, durchaus nicht mehr kirchlichen Weise, sondern weltlich, üppig, wie eine Orgel brausend; und um sich schauend, merkte Fridolin, daß die Nonnen alle verschwunden waren und sich nur mehr Mönche im Saale befanden. Auch die Gesangsstimme war indes aus ihrem dunklen Ernst über einen kunstvoll ansteigenden Triller ins Helle und Jauchzende übergegangen, statt des Harmoniums aber hatte irdisch und frech ein Klavier eingesetzt. Fridolin erkannte sofort Nachtigalls wilden, aufreizenden Anschlag, und die vorher so edle weibliche Frauenstimme hatte sich in einem letzten grellen, wollüstigen Aufschrei gleichsam durch die Decke davongeschwungen in die Unendlichkeit. Türen rechts und links hatten sich aufgetan, auf der einen Seite erkannte Fridolin am Klavier die verdämmernden Umrisse von Nachtigalls Gestalt, der gegenüberliegende Raum aber strahlte in blendender Helle, und Frauen standen unbeweglich da, alle mit dunklen Schleiern um Haupt, Stirn und Nacken, schwarze Spitzenlarven über dem Antlitz, aber sonst völlig nackt. Fridolins Augen irrten durstig von üppigen zu schlanken, von zarten zu prangend erblühten Gestalten; – und daß jede dieser Unverhüllten doch ein Geheimnis blieb und aus den schwarzen Masken als unlöslichste Rätsel große Augen zu ihm herüberstrahlten, das wandelte ihm die unsägliche Lust des Schauens in eine fast unerträgliche Qual des Verlangens. Doch wie ihm erging es wohl auch den andern. Die ersten entzückten Atemzüge wandelten sich zu Seufzern, die nach einem tiefen Weh klangen; irgendwo entrang sich ein Schrei; – und plötzlich, als wären sie gejagt, stürzten sie alle, nicht mehr in ihren Mönchskutten, sondern in festlichen weißen, gelben, blauen, roten Kavalierstrachten aus dem dämmerigen Saal zu den Frauen hin, wo ein tolles, beinahe böses Lachen sie empfing. Fridolin war der einzige, der als Mönch zurückgeblieben war, und schlich sich, einigermaßen ängstlich, in die entfernteste Ecke, wo er sich Nachtigall nahe befand, der ihm den Rücken zugewendet hatte. Fridolin sah wohl, daß Nachtigall eine Binde um die Augen trug, aber zugleich glaubte er zu bemerken, wie hinter dieser Binde seine Augen in den hohen Spiegel gegenüber sich bohrten, in dem die bunten Kavaliere mit ihren nackten Tänzerinnen sich drehten.

Plötzlich stand eine der Frauen neben Fridolin und flüsterte – denn niemand, als müßten auch die Stimmen Geheimnis bleiben, sprach ein lautes Wort –: »Warum so einsam? Warum schließest du dich vom Tanze aus?«

Fridolin sah, daß von einer anderen Ecke her ihn zwei Edelleute scharf ins Auge gefaßt hatten, und er vermutete, daß das Geschöpf an seiner Seite – es war knabenhaft und schlank gewachsen – zu ihm gesandt war, ihn zu prüfen und zu versuchen. Trotzdem breitete er die Arme nach ihr aus, um sie an sich zu ziehen, als ein anderes der Weiber sich von ihrem

Tänzer löste und geradewegs zu Fridolin gelaufen kam. Er wußte sofort, daß es seine Warnerin von früher war. Sie stellte sich an, als erblicke sie ihn zum erstenmal, und flüsterte, doch so vernehmlich, daß man sie auch in jener anderen Ecke hören mußte: »Bist du endlich zurück?« Und heiter lachend: »Es ist alles vergeblich, du bist erkannt.« Und zu der Knabenhaften gewandt: »Laß mir ihn nur für zwei Minuten. Dann sollst du ihn gleich wieder, wenn du willst, bis zum Morgen haben.« Und leiser zu ihr, wie freudig: »Er ist es, ja, er.« Die andere erstaunt: »Wirklich?« und schwebte fort in die Ecke zu den Kavalieren.

»Frage nicht«, sprach nun die Zurückbleibende zu Fridolin, »und wundere dich über nichts. Ich versuchte sie irrezuführen, aber ich sage dir gleich: auf die Dauer kann es nicht gelingen. Flieh, ehe es zu spät ist. Und es kann in jedem Augenblick zu spät sein. Und gib acht, daß man deine Spur nicht verfolgt. Niemand darf erfahren, wer du bist. Mit deiner Ruhe, mit dem Frieden deines Daseins wäre es vorbei für immer. Geh!«

»Seh' ich dich wieder?«

»Unmöglich.«

»So bleib' ich.«

Ein Zittern ging durch ihren nackten Leib, das sich ihm mitteilte und ihm fast die Sinne umnebelte.

»Es kann nicht mehr auf dem Spiel stehen als mein Leben«, sagte er, »und das bist du mir in diesem Augenblick wert.« Er faßte ihre Hände, versuchte sie an sich zu ziehen.

Sie flüsterte wieder, wie verzweifelt: »Geh!«

Er lachte und hörte sich, wie man sich im Traume hört. »Ich sehe ja, wo ich bin. Ihr seid doch nicht nur darum da, ihr alle, damit man von euerm Anblick toll wird! Du treibst nur einen besondern Spaß mit mir, um mich völlig verrückt zu machen.«

»Es wird zu spät, geh!«

Er wollte sie nicht hören. »Es sollte hier keine verschwiegenen Gemächer geben, in die Paare sich zurückziehen, die sich gefunden haben? Werden alle, die hier sind, mit höflichen Handküssen voneinander Abschied nehmen? Sie sehen nicht danach aus.«

Und er wies auf die Paare, die nach den rasenden Klängen des Klaviers in dem überhellen, spiegelnden Nebenraume weitertanzten, glühende, weiße Leiber an blaue, rote, gelbe Seide geschmiegt. Ihm war, als kümmerte sich jetzt niemand um ihn und die Frau neben ihm; sie standen in dem fast dunklen Mittelsaal ganz allein.

»Vergebliche Hoffnung«, flüsterte sie. »Es gibt hier keine Gemächer, wie du sie dir träumst. Es ist die letzte Minute. Flieh!«

»Komme mit mir.«

Sie schüttelte heftig den Kopf, wie verzweifelt.

Er lachte wieder und kannte sein Lachen nicht. »Du hältst mich zum besten. Sind diese Männer und diese Frauen hierher gekommen, nur um einander zu entflammen und dann zu verschmähen? Wer kann dir verbieten, mit mir fortzugehen, wenn du willst?«

Sie atmete tief auf und senkte das Haupt.

»Ah, nun versteh' ich«, sagte er. »Es ist die Strafe, die ihr dem bestimmt habt, der sich ungeladen einschleicht. Ihr hättet keine grausamere ersinnen können. Erlasse sie mir. Begnadige mich. Verhänge eine andere Buße über mich. Nur nicht diese, daß ich ohne dich gehen soll!«

»Du bist wahnsinnig. Ich kann nicht mit dir von hier fortgehen, sowenig – wie mit irgendeinem andern. Und wer versuchen wollte, mir zu folgen, hätte sein und mein Leben verwirkt.«

Fridolin war wie trunken, nicht nur von ihr, ihrem duftenden Leib, ihrem rotglühenden Mund, nicht nur von der Atmosphäre dieses Raums, den wollüstigen Geheimnissen, die ihn hier umgaben; – er war berauscht und durstig zugleich von all den Erlebnissen dieser Nacht, deren keines einen Abschluß gehabt hatte; von sich selbst, von seiner Kühnheit, von der Wandlung, die er in sich spürte. Und er rührte mit den Händen an den Schleier, der um ihr Haupt geschlungen war, als wollte er ihn herunterziehen.

Sie ergriff seine Hände. »Es war eine Nacht, da fiel es einem ein, einer von uns im Tanz den Schleier von der Stirn zu reißen. Man riß ihm die Larve vom Gesicht und peitschte ihn hinaus.«

»Und – sie?«

»Du hast vielleicht von einem schönen, jungen Mädchen gelesen . : . es sind erst wenige Wochen her, die am Tag vor ihrer Hochzeit Gift nahm.«

Er erinnerte sich, auch des Namens. Er nannte ihn. War es nicht ein Mädchen aus fürstlichem Hause, das mit einem italienischen Prinzen verlobt gewesen war?

Sie nickte.

Plötzlich stand einer der Kavaliere da, der vornehmste von allen, der einzige in weißer Tracht; und mit einer kurzen, zwar höflichen, doch zugleich gebieterischen Verneigung forderte er die Frau, mit der Fridolin sprach, zu einem Tanze auf. Es war Fridolin, als zögerte sie einen Augenblick. Doch schon hatte der andere sie umfaßt und wirbelte mit ihr davon zu den andern Paaren im erleuchteten Nebensaal.

Fridolin fand sich allein, und diese plötzliche Verlassenheit überfiel ihn wie Frost. Er sah um sich. In diesem Augenblick schien sich niemand um ihn zu kümmern. Vielleicht war jetzt noch eine letzte Möglichkeit, sich ungestraft zu entfernen. Was ihn trotzdem in seine Ecke gebannt hielt, wo er sich nun ungesehen und unbeachtet fühlen durfte – die Scheu vor einem ruhmlosen und etwas lächerlichen Rückzug, das ungestillte, quälende Verlangen nach dem wundersamen Frauenleib, dessen Duft noch um ihn strich; oder die Erwägung, daß alles, was bisher geschehen, vielleicht eine Prüfung seines Muts bedeutet hätte und daß ihm die herrliche Frau als Preis zufallen würde – das wußte er selbst nicht. Jedenfalls aber war ihm klar, daß diese Spannung nicht länger zu ertragen war und daß er auf alle Gefahr hin diesem Zustand ein Ende machen mußte. Wozu immer er sich entschlösse, das Leben konnte es nicht kosten. Er befand sich vielleicht unter Narren, vielleicht unter Wüstlingen, gewiß nicht unter Buben oder Verbrechern. Und es kam ihm der Einfall, unter sie hinzutreten, sich selbst als Eindringling zu bekennen und sich ihnen in ritterlicher Weise zur Verfügung zu stellen. Nur in solcher Art, wie mit einem edeln Akkord, durfte diese Nacht abschließen, wenn sie mehr bedeuten sollte als ein schattenhaft wüstes Nacheinander von düsteren, trübseligen, skurrilen und lüsternen Abenteuern, deren doch keines zu Ende gelebt worden war. Und aufatmend machte er sich bereit.

In diesem Augenblick aber flüsterte es neben ihm: »Parole!« Ein schwarzer Kavalier war unversehens zu ihm hingetreten, und da Fridolin nicht gleich erwiderte, stellte er seine Frage ein zweites Mal. »Dänemark«, sagte Fridolin.

»Ganz recht, mein Herr, dies ist die Parole des Eingangs. Die Parole des Hauses, wenn ich bitten darf?«

Fridolin schwieg.

»Sie wollen nicht die Güte haben, uns die Parole des Hauses zu sagen?« Es klang messerscharf.

Fridolin zuckte die Achseln. Der andere trat in die Mitte des Raumes, erhob die Hand, das Klavierspiel verstummte, der Tanz brach ab. Zwei andere Kavaliere, einer in Gelb, der andere in Rot, traten herzu. »Die Parole, mein Herr«, sagten sie beide gleichzeitig.

»Ich habe sie vergessen«, erwiderte Fridolin mit einem leeren Lächeln und fühlte sich ganz ruhig.

»Das ist ein Unglück«, sagte der Herr in Gelb, »denn es gilt hier gleich, ob Sie die Parole vergessen oder ob Sie sie nie gekannt haben.«

Die andern männlichen Masken strömten herein, die Türen nach beiden Seiten schlossen sich. Fridolin stand allein da im Mönchsgewand mitten unter bunten Kavalieren.

»Die Maske herunter!« riefen einige zugleich. Wie zum Schutz hielt Fridolin die Arme vor sich hingestreckt. Tausendmal schlimmer wäre es ihm erschienen, der einzige mit unverlarvtem Gesicht unter lauter Masken dazustehen, als plötzlich unter Angekleideten nackt. Und mit fester Stimme sagte er: »Wenn einer von den Herren sich durch mein Erscheinen in seiner Ehre gekränkt fühlen sollte, so erkläre ich mich bereit, ihm in üblicher Weise Genugtuung zu geben. Doch meine Maske werde ich nur in dem Falle ablegen, daß Sie alle das gleiche tun, meine Herren.«

»Es handelt sich hier nicht um Genugtuung«, sagte der rotgekleidete Kavalier, der bisher noch nicht gesprochen hatte, »sondern um Sühne.«

»Die Maske herunter!« befahl wieder ein anderer mit einer hellen frechen Stimme, durch die sich Fridolin an den Kommandoton eines Offiziers erinnert fühlte. »Man wird Ihnen ins Gesicht sagen, was Ihrer harrt, und nicht in Ihre Larve.«

»Ich nehme sie nicht ab«, sagte Fridolin in noch schärferem Ton, »und wehe dem, der es wagt, mich zu berühren.«

Irgendein Arm griff plötzlich nach seinem Gesicht, wie um ihm die Maske herunterzureißen, als plötzlich die eine Tür sich auftat und eine der Frauen – Fridolin konnte sich nicht im Zweifel darüber befinden, welche es war – dastand, in Nonnentracht, so wie er sie zuerst erblickt hatte. Hinter ihr aber in dem überhellten Raum waren die andern zu sehen, nackt mit verhüllten Gesichtern, aneinandergedrängt, stumm, eine verschüchterte Schar. Doch die Türe schloß sich sofort wieder.

»Laßt ihn«, sagte die Nonne, »ich bin bereit, ihn auszulösen.«

Ein kurzes tiefes Schweigen, als wenn etwas Ungeheueres sich ereignet hätte, dann wandte sich der schwarze Kavalier, der Fridolin zuerst die Parole abverlangt hatte, an die Nonne mit den Worten: »Du weißt, was du damit auf dich nimmst.«

»Ich weiß es.«

Wie ein tiefes Aufatmen ging es durch den Raum.

»Sie sind frei«, sagte der Kavalier zu Fridolin, »verlassen Sie ungesäumt dieses Haus und hüten Sie sich, weiter nach den Geheimnissen zu forschen, in deren Vorhof Sie sich eingeschlichen haben. Sollten Sie irgend jemanden auf unsere Spur zu leiten versuchen, ob es nun glückte oder nicht – Sie wären verloren.«

Fridolin stand unbeweglich. »Auf welche Weise soll – diese Frau mich auslösen?« fragte er.

Keine Antwort. Einige Arme wiesen der Türe zu, zum Zeichen, er möge sich unverzüglich entfernen.

Fridolin schüttelte den Kopf. »Verhängen Sie über mich, meine Herren, was Ihnen beliebt, ich werde nicht dulden, daß ein anderes menschliches Wesen für mich bezahlt.«

»An dem Los dieser Frau«, sagte der schwarze Kavalier nun ganz sanft, »würden Sie doch nichts mehr ändern. Wenn hier ein Versprechen geleistet wurde, gibt es kein Zurück.«

Die Nonne nickte langsam wie zur Bestätigung. »Geh!« sagte sie zu Fridolin.

»Nein«, erwiderte dieser in erhöhtem Ton. »Das Leben hat keinen Wert mehr für mich, wenn ich ohne dich von hier fortgehen soll. Woher du kommst, wer du bist, ich frage nicht danach. Was kann es Ihnen, meine unbekannten Herren, bedeuten, ob Sie diese Faschingskomödie, und sei sie auch auf einen ernsthaften Schluß angelegt, zu Ende spielen oder nicht. Wer immer Sie sein mögen, meine Herren, Sie führen in jedem Fall noch eine andere Existenz als diese. Ich aber spiele keinerlei Komödie, auch nicht hier, und wenn ich es bisher notgedrungen getan habe, so gebe ich es jetzt auf. Ich fühle, daß ich in ein Schicksal geraten bin, das mit dieser Mummerei nichts mehr zu tun hat, ich will Ihnen meinen Namen nennen, ich will meine Larve abtun und nehme alle Folgen auf mich.«

»Hüte dich!« rief die Nonne aus, »du würdest dich verderben, ohne mich zu retten! Geh!« Und zu den andern gewendet: »Hier bin ich, hier habt ihr mich – alle!«

Die dunkle Tracht fiel wie durch einen Zauber von ihr ab, im Glanz ihres weißen Leibes stand sie da, sie griff nach dem Schleier, der ihr um Stirn, Haupt und Nacken gewunden war, und mit einer wundersamen runden Bewegung wand sie ihn los. Er sank zu Boden, dunkle Haare stürzten ihr über Schultern, Brust und Lenden – doch ehe noch Fridolin das Bild ihres Antlitzes zu erhaschen vermochte, war er von unwiderstehlichen Armen erfaßt, fortgerissen und zur Türe gedrängt worden; im Augenblick darauf befand er sich im Vorraum, die Türe hinter ihm fiel zu, ein verlarvter Bedienter brachte ihm den Pelz, war ihm beim Anziehen behilflich, und das Haustor öffnete sich. Wie von einer unsichtbaren Gewalt fortgetrieben eilte er weiter, er stand auf der Straße, das Licht hinter ihm erlosch, er blickte sich um und sah das Haus schweigend daliegen mit verschlossenen Fenstern, aus denen kein Schimmer drang. Daß ich mir nur alles genau einpräge, dachte er vor allem. Ich muß das Haus wiederfinden, alles Weitere ergibt sich.

Nacht war um ihn, in einiger Entfernung über ihm, dort, wo der Wagen seiner warten sollte, leuchtete trüb-rötlich eine Laterne. Aus der Tiefe der Gasse fuhr die Trauerkutsche vor, als hätte er nach ihr gerufen. Ein Diener öffnete den Schlag.

»Ich habe meinen Wagen«, sagte Fridolin. Der Bediente schüttelte den Kopf. »Sollte er davongefahren sein, so werde ich zu Fuß nach der Stadt zurückkehren.«

Der Diener antwortete mit einer Handbewegung so wenig bedientenhafter Art, daß sie jeden Widerspruch ausschloß. Der Zylinder des Kutschers ragte lächerlich lang in die Nacht auf. Der Wind blies heftig, über den Himmel hin flogen violette Wolken. Fridolin konnte sich nach seinen bisherigen Erlebnissen nicht darüber täuschen, daß ihm nichts übrigblieb, als in den Wagen zu steigen, der sich auch mit ihm unverzüglich in Bewegung setzte.

Fridolin fühlte sich entschlossen, auf alle Gefahr hin die Aufklärung des Abenteuers, sobald es anging, in Angriff zu nehmen. Sein Dasein, so schien ihm, hatte nicht den geringsten Sinn mehr, wenn es ihm nicht gelang, die unbegreifliche

Frau wiederzufinden, die in dieser Stunde den Preis für seine Rettung bezahlte. Was für einen, das war allzu leicht zu erraten. Aber welchen Anlaß hatte sie, sich für ihn zu opfern? Zu opfern –? War sie überhaupt eine Frau, für die, was ihr bevorstand, was sie nun über sich ergehen ließ, ein Opfer bedeutete? Wenn sie an diesen Gesellschaften teilnahm – und es konnte heute nicht zum erstenmal der Fall sein, da sie sich in die Bräuche so eingeweiht zeigte –, was mochte ihr daran liegen, einem dieser Kavaliere oder ihnen allen zu Willen zu sein? Ja, konnte sie überhaupt etwas anderes sein als eine Dirne? Konnten alle diese Weiber etwas anderes sein? Dirnen – kein Zweifel. Auch wenn sie alle noch irgendein zweites, sozusagen bürgerliches Leben neben diesem führten, das eben ein Dirnenleben war. Und war nicht alles, was er eben erlebt, wahrscheinlich nur ein infamer Spaß gewesen, den man sich mit ihm erlaubt hatte? Ein Spaß, der für den Fall, daß sich einmal ein Unberufener hier einschleichen sollte, schon vorgesehen, vorbereitet, ja möglicherweise einstudiert war? Und doch, wenn er nun wieder dieser Frau dachte, die ihn von Anfang an gewarnt hatte, die nun bereit war, für ihn zu bezahlen – in ihrer Stimme, in ihrer Haltung, in dem königlichen Adel ihres unverhüllten Leibes war etwas gewesen, das unmöglich Lüge sein konnte. Oder hatte vielleicht nur seine, Fridolins, plötzliche Erscheinung als Wunder gewirkt, sie zu verwandeln? Nach allem, was ihm in dieser Nacht begegnet war, hielt er – und er war sich in diesem Gedanken keiner Geckerei bewußt – auch ein solches Wunder nicht für unmöglich. Vielleicht gibt es Stunden, Nächte, dachte er, in denen solch ein seltsamer, unwiderstehlicher Zauber von Männern ausgeht, denen unter gewöhnlichen Umständen keine sonderliche Macht über das andere Geschlecht innewohnt?

Der Wagen fuhr immer hügelaufwärts, längst hätte er, wenn's mit rechten Dingen zuging, in die Hauptstraße einbiegen müssen. Was hatte man mit ihm vor? Wohin sollte ihn der Wagen bringen? Sollte die Komödie vielleicht noch eine Fortsetzung finden? Und welcher Art sollte diese sein? Aufklärung vielleicht? Heiteres Wiederfinden an anderm Ort? Lohn nach rühmlich bestandener Probe, Aufnahme in die geheime Gesellschaft? Ungestörter Besitz der herrlichen Nonne –? Die Wagenfenster waren geschlossen, Fridolin versuchte hinauszublicken; – sie waren undurchsichtig. Er wollte die Fenster öffnen, rechts, links, es war unmöglich; und ebenso undurchsichtig, ebenso fest verschlossen war die Glaswand zwischen ihm und dem Kutschbock. Er klopfte an die Scheiben, er rief, er schrie, der Wagen fuhr weiter. Er wollte den Wagenschlag öffnen, rechts, links, sie gaben keinem Drucke nach, sein neuerliches Rufen verhallte im Knarren der Räder, im Sausen des Windes. Der Wagen begann zu holpern, fuhr bergab, immer rascher, Fridolin, von Unruhe, von Angst erfaßt, war eben daran, eines der blinden Fenster zu zerschmettern, als der Wagen plötzlich stillstand. Beide Türen öffneten sich gleichzeitig wie durch einen Mechanismus, als wäre nun Fridolin ironischerweise die Wahl zwischen rechts und links gegeben. Er sprang aus dem Wagen, die Türen klappten zu – und ohne daß der Kutscher sich um Fridolin im geringsten gekümmert hatte, fuhr der Wagen davon, über das freie Feld in die Nacht hinein.

Der Himmel war bedeckt, die Wolken jagten, der Wind pfiff, Fridolin stand im Schnee, der ringsum eine blasse Helligkeit verbreitete. Er stand allein mit offenem Pelz über seinem Mönchsgewand, den Pilgerhut auf dem Kopf, und es war ihm nicht eben heimlich zumute. In einiger Entfernung lief die breite Straße. Eine Prozession von trübflackernden Laternen bezeichnete die Richtung nach der Stadt. Fridolin aber lief geradeaus, den Weg abkürzend, über das mäßig sich senkende, beschneite Feld nach abwärts, um so rasch als möglich unter Menschen zu gelangen. Mit durchnäßten Füßen kam er in ein schmales, fast unbeleuchtetes Gäßchen, schritt zuerst zwischen hohen Planken hin, die im Sturme ächzten; um die nächste Ecke geriet er in eine etwas breitere Gasse, wo spärliche kleine Häuser und leere Bauplätze miteinander abwechselten. Von einer Turmuhr schlug es drei Uhr morgens. Jemand kam Fridolin entgegen, in kurzer Jacke, die Hände in den Hosentaschen, den Kopf zwischen die Schultern gezogen, den Hut tief in die Stirne gedrückt. Fridolin stellte sich wie gegen einen Angriff in Bereitschaft, aber unerwarteterweise machte der Strolch plötzlich kehrt und lief davon. Was bedeutet das? fragte sich Fridolin. Dann besann er sich, daß er unheimlich genug aussehen mochte, nahm den Pilgerhut vom Kopf, knöpfte den Mantel zu, unter dem das Mönchshabit bis über die Knöchel schlotterte. Wieder bog er um eine Ecke; er betrat eine vorortliche Hauptstraße, ein ländlich gekleideter Mensch kam an ihm vorüber und grüßte, wie man einen Priester grüßt. Der Lichtstrahl einer Laterne fiel auf die Straßentafel des Eckhauses. Liebhartstal – also nicht sehr weit von dem Haus, das er vor kaum einer Stunde verlassen. Eine Sekunde lockte es ihn, den Weg zurück zu nehmen, in der Nähe des Hauses der weiteren Dinge zu harren. Doch er stand sofort ab, in der Erwägung, daß er sich in schlimme Gefahr begeben hätte und der Lösung des Rätsels doch kaum näher gekommen wäre. Die Vorstellung der Dinge, die sich eben jetzt in der Villa ereignen mochten, erfüllte ihn mit Grimm, Verzweiflung, Beschämung und Angst. Dieser Gemützustand war so unerträglich, daß Fridolin beinahe bedauerte, von dem Strolch, dem er begegnet war, nicht angefallen worden zu sein, ja beinahe bedauerte, nicht mit einem Messerstich zwischen den Rippen an einer Planke in der verlorenen Gasse zu liegen. So hätte diese unsinnige Nacht mit ihren läppischen, abgebrochenen Abenteuern am Ende doch eine Art von Sinn erhalten. So heimzukehren, wie er nun im Begriff war, erschien ihm geradezu lächerlich. Aber noch war nichts verloren. Morgen war auch ein Tag. Er schwor sich, nicht zu ruhen, ehe er das schöne Weib wiedergefunden, dessen blendende Nacktheit ihn berauscht hatte. Und nun erst dachte er an Albertine – doch so, als hätte er auch sie erst zu erobern, als könnte sie, als dürfte sie nicht früher wieder die Seine werden, ehe er sie mit all den andern von heute nacht, mit der nackten Frau, mit Pierrette, mit Marianne, mit dem Dirnchen aus der engen Gasse hintergangen. Und sollte er sich nicht auch bemühen, den frechen Studenten ausfindig zu machen, der ihn angerempelt hatte, um ihn auf Säbel, lieber noch auf Pistolen zu fordern? Was lag ihm an eines andern, was an seinem eigenen Leben? Sollte man es immer nur aus Pflicht, aus Opfermut aufs Spiel setzen, niemals aus Laune, aus Leidenschaft oder einfach, um sich mit dem Schicksal zu messen?!

Und wieder fiel ihm ein, daß er möglicherweise schon den Keim einer Todeskrankheit im Leibe trug. Wäre es nicht zu albern, daran zu sterben, daß einem ein diphtheriekrankes Kind ins Gesicht gehustet hatte? Vielleicht war er schon krank. Hatte er nicht Fieber? Lag er in diesem Augenblick nicht daheim zu Bett – und all das, was er erlebt zu haben glaubte, waren nichts als Delirien gewesen?!

Fridolin riß die Augen so weit auf als möglich, strich sich

über Stirn und Wange, fühlte nach seinem Puls. Kaum beschleunigt. Alles in Ordnung. Er war völlig wach.

Er ging die Straße weiter, der Stadt zu. Ein paar Marktwagen kamen hinter ihm, rumpelten vorbei, hin und wieder begegnete er ärmlich angezogenen Leuten, für die der Tag eben anfing. Hinter einem Kaffeehausfenster, an einem Tisch, über dem eine Gasflamme flackerte, saß ein dicker Mensch mit einem Schal um den Hals, den Kopf in die Hände gestützt und schlief. Die Häuser lagen noch im Dunkel, wenige vereinzelte Fenster waren erleuchtet. Fridolin glaubte zu fühlen, wie die Menschen allmählich erwachten, es war ihm, als sähe er sie in ihren Betten sich recken und rüsten zu ihrem armseligen, sauren Tag. Auch ihm stand einer bevor, aber doch nicht armselig und trüb. Und mit einem seltsamen Herzklopfen ward er sich freudig bewußt, daß er in wenigen Stunden schon im weißen Leinenkittel zwischen den Betten seiner Kranken herumgehen würde. An der nächsten Ecke stand ein Einspänner, der Kutscher schlief auf dem Bock, Fridolin weckte ihn, nannte ihm seine Adresse und stieg ein.

5

Es war vier Uhr morgens, als er die Treppe zu seiner Wohnung hinaufschritt. Er begab sich vor allem in sein Sprechzimmer, verschloß das Maskengewand sorgfältig in einen Schrank, und da er es vermeiden wollte, Albertine zu wecken, legte er Schuhe und Kleider ab, noch ehe er ins Schlafzimmer trat. Vorsichtig schaltete er das gedämpfte Licht seiner Nachttischlampe ein. Albertine lag ruhig, die Arme im Nacken verschlungen, ihre Lippen waren halb geöffnet, schmerzliche Schatten zogen rings um sie; es war ein Antlitz, das Fridolin nicht kannte. Er beugte sich über ihre Stirne, die sich sofort, wie unter einer Berührung, in Falten legte, ihre Mienen verzerrten sich sonderbar; und plötzlich, immer noch im Schlafe, lachte sie so schrill auf, daß Fridolin erschrak. Unwillkürlich rief er sie beim Namen. Sie lachte von neuem, wie zur Antwort, in einer völlig fremden, fast unheimlichen Weise. Nochmals und lauter rief Fridolin sie an. Nun öffnete sie die Augen, langsam, mühselig, groß, blickte ihn starr an, als erkenne sie ihn nicht.

»Albertine!« rief er zum dritten Male. Nun erst schien sie sich zu besinnen. Ein Ausdruck der Abwehr, der Furcht, ja des Entsetzens trat in ihr Auge. Sie streckte die Arme empor, sinnlos und wie verzweifelt, ihr Mund blieb geöffnet.

»Was ist dir?« fragte Fridolin stockenden Atems. Und da sie ihn immer noch wie mit Entsetzen anstarrte, fügte er wie beruhigend hinzu: »Ich bin's, Albertine.« Sie atmete tief, versuchte ein Lächeln, ließ die Arme auf die Bettdecke sinken, und wie aus der Ferne fragte sie: »Ist es schon Morgen?«

»Bald«, erwiderte Fridolin. »Vier Uhr vorüber. Eben erst bin ich nach Hause gekommen.« Sie schwieg. Er fuhr fort: »Der Hofrat ist tot. Er lag schon im Sterben, als ich kam, – und ich konnte natürlich – die Angehörigen nicht gleich allein lassen.«

Sie nickte, schien ihn aber kaum gehört oder verstanden zu haben, starrte wie durch ihn hindurch ins Leere, und ihm war – so unsinnig ihm selbst der Einfall im gleichen Augenblick erschien, als müßte ihr bekannt sein, was er in dieser Nacht erlebt hatte. Er neigte sich über sie und berührte ihre Stirn. Sie erschauerte leicht.

»Was ist dir?« fragte er wieder.

Sie schüttelte nur langsam den Kopf. Er strich ihr über die Haare. »Albertine, was ist dir?«

»Ich habe geträumt«, sagte sie fern.

»Was hast du denn geträumt?« fragte er mild.

»Ach, so viel. Ich kann mich nicht recht besinnen.«

»Vielleicht doch.«

»Es war so wirr – und ich bin müde. Und du mußt doch auch müde sein?«

»Nicht im geringsten, Albertine, ich werde kaum mehr schlafen. Du weißt ja, wenn ich so spät nach Hause komme – – das Vernünftigste wäre eigentlich, ich setzte mich sofort an den Schreibtisch – gerade in solchen Morgenstunden – –« Er unterbrach sich. »Aber willst du mir nicht doch lieber deinen Traum erzählen?« Er lächelte etwas gezwungen.

Sie antwortete: »Du solltest dich doch noch ein wenig hinlegen.«

Er zögerte eine Weile, dann tat er nach ihrem Wunsch und streckte sich an ihrer Seite aus. Doch er hütete sich, sie zu berühren. Ein Schwert zwischen uns, dachte er in der Erinnerung an eine halb scherzhafte Bemerkung gleicher Art, die einmal bei ähnlicher Gelegenheit von seiner Seite gefallen war. Sie schwiegen beide, lagen mit offenen Augen, fühlten gegenseitig ihre Nähe, ihre Ferne. Nach einer Weile stützte er den Kopf auf seinen Arm, betrachtete sie lange, als vermöchte er mehr zu sehen als nur die Umrisse ihres Antlitzes.

»Deinen Traum!« sagte er plötzlich noch einmal, und es war, als hätte sie diese Aufforderung nur erwartet. Sie streckte ihm eine Hand entgegen; er nahm sie, und gewohnheitsmäßig, mehr zerstreut als zärtlich, hielt er wie spielend ihre schlanken Finger umklammert. Sie aber begann: »Erinnerst du dich noch des Zimmers in der kleinen Villa am Wörthersee, wo ich mit den Eltern im Sommer unserer Verlobung gewohnt habe?«

Er nickte.

»So fing der Traum nämlich an, daß ich in dieses Zimmer trat, ich weiß nicht woher – wie eine Schauspielerin auf die Szene. Ich wußte nur, daß die Eltern sich auf Reisen befanden und mich allein gelassen hatten. Das wunderte mich, denn morgen sollte unsere Hochzeit sein. Aber das Brautkleid war noch nicht da. Oder irrte ich mich vielleicht? Ich öffnete den Schrank, um nachzusehen, da hingen statt des Brautkleides eine ganze Menge von anderen Kleidern, Kostüme eigentlich, opernhaft, prächtig, orientalisch. Welches soll ich denn nur zur Hochzeit anziehen? dachte ich. Da fiel der Schrank plötzlich wieder zu oder war fort, ich weiß nicht mehr. Das Zimmer war ganz hell, aber draußen vor dem Fenster war finstere Nacht ... Mit einem Male standest du davor, Galeerensklaven hatten dich hergerudert, ich sah sie eben im Dunkel verschwinden. Du warst sehr kostbar gekleidet, in Gold und Seide, hattest einen Dolch mit Silbergehänge an der Seite und hobst mich aus dem Fenster. Ich war jetzt auch herrlich angetan, wie eine Prinzessin, beide standen wir im Freien im Dämmerschein, und feine graue Nebel reichten uns bis an die Knöchel. Es war die wohlvertraute Gegend: dort war der See, vor uns die Berglandschaft, auch die Landhäuser sah ich, sie standen da wie aus einer Spielzeugschachtel. Wir zwei aber, du und ich, wir schwebten, nein, wir flogen über die Nebel hin, und ich dachte: Dies ist also unsere Hochzeitsreise. Bald aber flogen wir nicht mehr, wir gingen einen Waldweg hin, den zur Elisabethhöhe, und plötzlich befanden wir uns sehr hoch im Gebirge in einer Art Lichtung, die auf drei Seiten von Wald umfriedet war, während rückwärts eine steile Felswand in die Höhe ragte. Über uns aber war ein Sternenhimmel so blau und weit gespannt, wie er in Wirklichkeit gar nicht existiert, und das war die Decke unseres Brautgemachs. Du nahmst mich in die Arme und liebtest mich sehr.«

»Du mich hoffentlich auch«, meinte Fridolin mit einem unsichtbaren bösen Lächeln.

»Ich glaube, noch viel mehr«, erwiderte Albertine ernst. »Aber, wie soll ich dir das erklären – trotz der innigsten Umarmung war unsere Zärtlichkeit ganz schwermütig wie mit einer Ahnung von vorbestimmtem Leid. Mit einemmal war der Morgen da. Die Wiese war licht und bunt, der Wald ringsum köstlich betaut, und über der Felswand zitterten Sonnenstrahlen. Und wir beide sollten nun wieder zurück in die Welt, unter die Menschen, es war die höchste Zeit. Doch nun war etwas Fürchterliches geschehen. Unsere Kleider waren fort. Ein Entsetzen ohnegleichen erfaßte mich, brennende Scham bis zu innerer Vernichtung, zugleich Zorn gegen dich, als wärst du allein an dem Unglück schuld; – und all das: Entsetzen, Scham, Zorn war an Heftigkeit mit nichts zu vergleichen, was ich jemals im Wachsein empfunden habe. Du aber im Bewußtsein deiner Schuld stürztest davon, nackt wie du warst, um hinabzusteigen und uns Gewänder zu verschaffen. Und als du verschwunden warst, wurde mir ganz leicht zumut. Du tatest mir weder leid, noch war ich in Sorge um dich, ich war nur froh, daß ich allein war, lief glückselig auf der Wiese umher und sang: es war die Melodie eines Tanzes, die wir auf der Redoute gehört haben. Meine Stimme klang wundervoll, und ich wünschte, man sollte mich unten in der Stadt hören. Diese Stadt sah ich nicht, aber ich *wußte* sie. Sie lag tief unter mir und war von einer hohen Mauer umgeben; eine ganz phantastische Stadt, die ich nicht schildern kann. Nicht orientalisch, auch nicht eigentlich altdeutsch, und doch bald das eine, bald das andere, jedenfalls eine längst und für immer versunkene Stadt. Ich aber lag plötzlich auf der Wiese hingestreckt im Sonnenglanz – viel schöner, als ich je in Wirklichkeit war, und während ich so dalag, trat aus dem Wald ein Herr, ein junger Mensch hervor, in einem hellen, modernen Anzug, er sah, wie ich jetzt weiß, ungefähr aus wie der Däne, von dem ich dir gestern erzählt habe. Er ging seines Weges, grüßte sehr höflich, als er an mir vorüberkam, beachtete mich aber nicht weiter, ging geradenwegs auf die Felswand zu und betrachtete sie aufmerksam, als überlegte er, wie man sie bezwingen könnte. Zugleich aber sah ich auch dich. Du eiltest in der versunkenen Stadt von Haus zu Haus, von Kaufladen zu Kaufladen, bald unter Laubengängen, bald durch eine Art von türkischem Bazar, und kauftest die schönsten Dinge ein, die du für mich nur finden konntest: Kleider, Wäsche, Schuhe, Schmuck; – und all das tatest du in eine kleine gelblederne Handtasche, in der doch alles Platz fand. Immerfort aber warst du von einer Menschenmenge verfolgt, die ich nicht wahrnahm, ich hörte nur ihr dumpfes, drohendes Geheul. Und nun erschien der andere wieder, der Däne, der früher vor der Felswand stehengeblieben war. Wieder kam er vom Walde her auf mich zu – und ich wußte, daß er indessen um die ganze Welt gewandert war. Er sah anders aus als zuvor, aber doch war er derselbe. Er blieb wie das erstemal vor der Felswand stehen, verschwand wieder, dann kam er wieder aus dem Wald hervor, verschwand, kam aus dem Wald; das wiederholte sich zwei- oder dreioder hundertmal. Es war immer derselbe und immer ein anderer, jedesmal grüßte er, wenn er an mir vorüberkam, endlich aber blieb er vor mir stehen, sah mich prüfend an, ich lachte verlockend, wie ich nie in meinem Leben gelacht habe, er streckte die Arme nach mir aus, nun wollte ich fliehen, doch ich vermochte es nicht – und er sank zu mir auf die Wiese hin.«

Sie schwieg. Fridolin war die Kehle trocken, im Dunkel des Zimmers merkte er, wie Albertine das Gesicht in den Händen gleichsam verborgen hielt.

»Ein merkwürdiger Traum«, sagte er. »Ist er schon zu Ende?« Und da sie verneinte: »So erzähl' doch weiter.«

»Es ist nicht so leicht«, begann sie wieder. »In Worten lassen sich diese Dinge eigentlich kaum ausdrücken. Also – mir war, als erlebte ich unzählige Tage und Nächte, es gab weder Zeit noch Raum, es war auch nicht mehr die von Wald und Fels eingefriedete Lichtung, in der ich mich befand, es war eine weit, unendlich weithin gedehnte, blumenbunte Fläche, die sich nach allen Seiten in den Horizont verlor. Ich war auch längst – seltsam: dieses längst! – nicht mehr mit diesem einen Mann allein auf der Wiese. Aber ob außer mir noch drei oder zehn oder noch tausend Paare da waren, ob ich sie sah oder nicht, ob ich nur jenem einen oder auch andern gehörte, ich könnte es nicht sagen. Aber so wie jenes frühere Gefühl von Entsetzen und Scham über alles im Wachen Vorstellbare weit hinausging, so gibt es gewiß nichts in unserer bewußten Existenz, das der Gelöstheit, der Freiheit, dem Glück gleichkommt, das ich nun in diesem Traum empfand. Und dabei hörte ich keinen Augenblick lang auf, von dir zu wissen. Ja, ich sah dich, ich sah, wie du ergriffen wurdest, von Soldaten, glaube ich, auch Geistliche waren darunter; irgendwer, ein riesengroßer Mensch, fesselte deine Hände, und ich wußte, daß du hingerichtet werden solltest.

Ich wußte es ohne Mitleid, ohne Schauer, ganz von fern. Man führte dich in einen Hof, in eine Art von Burghof. Da standest du nun mit nach rückwärts gefesselten Händen und nackt. Und so wie ich dich sah, obwohl ich anderswo war, so sahst du auch mich, auch den Mann, der mich in seinen Armen hielt, und alle die anderen Paare, diese unendliche Flut von Nacktheit, die mich umschäumte, und von der ich und der Mann, der mich umschlungen hielt, gleichsam nur eine Welle bedeuteten. Während du nun im Burghof standest, erschien an einem hohen Bogenfenster zwischen roten Vorhängen eine junge Frau mit einem Diadem auf dem Haupt und im Purpurmantel. Es war die Fürstin des Landes. Sie sah hinab zu dir mit einem streng fragenden Blick. Du standest allein, die andern, so viele es waren, hielten sich abseits, an die Mauern gedrückt, ich hörte ein tückisches, gefahrdrohendes Murmeln und Raunen. Da beugte sich die Fürstin über die Brüstung. Es wurde still, und die Fürstin gab dir ein Zeichen, als gebiete sie dir, zu ihr hinaufzukommen, und ich wußte, daß sie entschlossen war, dich zu begnadigen. Aber du merktest ihren Blick nicht oder wolltest ihn nicht bemerken. Plötzlich aber, immer noch mit gefesselten Händen, doch in einen schwarzen Mantel gehüllt, standest du ihr gegenüber, nicht etwa in einem Gemach, sondern irgendwie in freier Luft, schwebend gleichsam. Sie hielt ein Pergamentblatt in der Hand, dein Todesurteil, in dem auch deine Schuld und die Gründe deiner Verurteilung aufgezeichnet waren. Sie fragte dich – ich hörte die Worte nicht, aber ich wußte es –, ob du bereit seist, ihr Geliebter zu werden, in diesem Fall war dir die Todesstrafe erlassen. Du schütteltest verneinend den Kopf. Ich wunderte mich nicht, denn es war vollkommen in der Ordnung und konnte gar nicht anders sein, als daß du mir auf alle Gefahr hin und in alle Ewigkeit die Treue halten mußtest. Da zuckte die Fürstin die Achseln, winkte ins Leere, und da befandest du dich plötzlich in einem unterirdischen Kellerraum, und Peitschen sausten auf dich nieder, ohne daß ich die Leute sah, die die Peitschen schwangen. Das Blut floß wie in Bächen an dir herab, ich sah es fließen, war mir meiner Grausamkeit bewußt, ohne mich über sie zu wundern. Nun trat die Fürstin auf dich zu. Ihre Haare waren aufgelöst, flossen um ihren nackten Leib, das Diadem hielt sie in beiden Händen dir entgegen – und ich wußte, daß sie das Mädchen vom dänischen Strande war, das du einmal des Morgens nackt auf der Terrasse einer Badehütte gesehen hattest. Sie sprach kein Wort, aber der Sinn ihres Hierseins, ja ihres Schweigens war, ob du ihr Gatte und der Fürst des Landes werden wolltest. Und da du wieder ablehntest, war sie pötzlich verschwunden, ich aber sah zugleich, wie man ein Kreuz für dich aufrichtete; – nicht unten im Burghof, nein, auf der blumenübersäten unendlichen Wiese, wo ich in den Armen eines Geliebten ruhte, unter all den andern Liebespaaren. Dich aber sah ich, wie du durch altertümliche Gassen allein dahinschrittest ohne jede Bewachung, doch wußte ich, daß dein Weg dir vorgezeichnet und jede Flucht unmöglich war. Jetzt gingst du den Waldpfad bergan. Ich erwartete dich mit Spannung, aber ohne jedes Mitgefühl. Dein Körper war mit Striemen bedeckt, die aber nicht mehr bluteten. Du stiegst immer höher hinan, der Pfad wurde breiter, der Wald trat zu beiden Seiten zurück, und nun standest du am Wiesenrand in einer ungeheuern, unbegreiflichen Ferne. Doch du grüßtest mich lächelnd mit den Augen, wie zum Zeichen, daß du meinen Wunsch erfüllt hattest und mir alles brachtest, wessen ich bedurfte: – Kleider und Schuhe und Schmuck. Ich aber fand dein Gebaren über alle Maßen töricht und sinnlos, und es lockte mich, dich zu verhöhnen, dir ins Gesicht zu lachen – und gerade darum, weil du aus Treue zu mir die Hand einer Fürstin ausgeschlagen, Foltern erduldet und nun hier heraufgewankt kamst, um einen furchtbaren Tod zu erleiden. Ich lief dir entgegen, auch du schlugst einen immer rascheren Gang ein – ich begann zu schweben, auch du schwebtest in den Lüften; doch plötzlich entschwanden wir einander, und ich wußte: wir waren aneinander vorbeigeflogen. Da wünschte ich, du solltest doch wenigstens mein Lachen hören, gerade während man dich ans Kreuz schlüge. – Und so lachte ich auf, so schrill, so laut ich konnte. Das war das Lachen, Fridolin – mit dem ich erwacht bin.«

Sie schwieg und blieb ohne jede Regung. Auch er rührte sich nicht und sprach kein Wort. Jedes wäre in diesem Augenblick matt, lügnerisch und feig erschienen. Je weiter sie in ihrer Erzählung fortgeschritten war, um so lächerlicher und nichtiger erschienen ihm seine eigenen Erlebnisse, soweit sie bisher gediehen waren, und er schwor sich, sie alle zu Ende zu erleben, sie ihr dann getreulich zu berichten und so Vergeltung zu üben an dieser Frau, die sich in ihrem Traum enthüllt hatte als die, die sie war, treulos, grausam und verräterisch, und die er in diesem Augenblick tiefer zu hassen glaubte, als er sie jemals geliebt hatte.

Nun merkte er, daß er immer noch ihre Finger mit seinen Händen umfaßt hielt und daß er, wie sehr er diese Frau auch zu hassen gewillt war, für diese schlanken, kühlen, ihm so vertrauten Finger eine unveränderte, nur schmerzlicher gewordene Zärtlichkeit empfand; und unwillkürlich, ja gegen seinen Willen – ehe er diese vertraute Hand aus der seinen löste, berührte er sie sanft mit seinen Lippen.

Albertine öffnete noch immer nicht die Augen, Fridolin glaubte zu sehen, wie ihr Mund, ihre Stirn, ihr ganzes Antlitz mit beglücktem, verklärtem, unschuldsvollem Ausdruck lächelte, und er fühlte einen ihm selbst unbegreiflichen Drang, sich über Albertine zu beugen und auf ihre blasse Stirn einen Kuß zu drücken. Aber er bezwang sich in der Erkenntnis, daß es nur die allzu begreifliche Ermüdung nach den aufwühlenden Ereignissen der letzten Stunden war, die in der trügerischen Atmosphäre des Ehegemachs sich in sehnsüchtige Zärtlichkeit verkleidet hatte.

Doch wie immer es in diesem Augenblicke mit ihm stand – zu welchen Entschlüssen er im Laufe der nächsten Stunden gelangen sollte, das dringende Gebot des Augenblicks für ihn war, sich auf eine Weile wenigstens in Schlaf und Vergessen zu flüchten. Auch in der Nacht, die dem Tod seiner Mutter gefolgt war, hatte er geschlafen, hatte tief und traumlos schlafen können, und er sollte es in dieser nicht? Und er streckte sich an der Seite Albertinens hin, die schon eingeschlummert zu sein schien. Ein Schwert zwischen uns, dachte er wieder. Und dann: wie Todfeinde liegen wir hier nebeneinander. Aber es war nur ein Wort.

6

Das leise Klopfen des Dienstmädchens weckte ihn um sieben Uhr früh. Er warf einen raschen Blick auf Albertine. Manchmal, nicht immer, weckte dieses Klopfen auch sie. Heute schlief sie regungslos, allzu regungslos weiter. Fridolin machte sich rasch fertig. Ehe er fortging, wollte er seine kleine Tochter sehen. Sie lag ruhig in ihrem weißen Bett, die Hände nach Kinderart zu kleinen Fäustchen verkrampft. Er küßte sie auf die Stirn. Und noch einmal, auf den Fußspitzen, schlich er zur Tür des Schlafzimmers, wo Albertine immer noch ruhte, unbeweglich wie vorher. Dann ging er. In seiner schwarzen Arztenstasche, wohl verwahrt, trug er Mönchskutte und Pilgerhut mit sich. Das Programm für den Tag hatte er sorgfältig, ja mit einiger Pedanterie entworfen. An erster Stelle stand ein Besuch ganz in der Nähe bei einem schwerkranken jungen Rechtsanwalt. Fridolin nahm eine sorgfältige Untersuchung vor, fand den Zustand etwas gebessert, gab seiner Befriedigung darüber ehrlich erfreuten Ausdruck und versah ein altes Rezept mit dem üblichen Repetatur. Dann begab er sich unverzüglich nach dem Hause, in dessen Kellertiefen Nachtigall gestern abend Klavier gespielt hatte. Das Lokal war noch gesperrt, doch im Café oben die Kassiererin wußte, daß Nachtigall in einem kleinen Hotel der Leopoldstadt wohne. Eine Viertelstunde darauf fuhr Fridolin dort vor. Es war ein elender Gasthof. Im Flur roch es nach ungelüfteten Betten, schlechtem Fett und Zichorienkaffee. Ein übel aussehender Portier, mit rotgeränderten pfiffigen Augen, stets auf polizeiliche Einvernahme gefaßt, gab bereitwillig Auskunft. Herr Nachtigall sei heute morgen um fünf Uhr in Gesellschaft zweier Herren vorgefahren, die ihr Gesicht durch hochgeschlungene Halstücher vielleicht absichtlich beinahe unkenntlich gemacht hätten. Während Nachtigall sich in sein Zimmer begeben, hätten die Herren seine Rechnung für die letzten vier Wochen bezahlt; als er nach einer halben Stunde nicht wieder erschienen war, hätte ihn der eine Herr persönlich heruntergeholt, worauf alle drei zum Nordbahnhof gefahren wären. Nachtigall hatte einen höchst aufgeregten Eindruck gemacht; ja – warum sollte man einem so vertrauenerweckenden Herrn nicht die ganze Wahrheit sagen – er hatte dem Portier einen Brief zuzustecken versucht, was die beiden Herren aber sofort verhindert hatten. Briefe, die für Herrn Nachtigall kämen – so hatten die Herren weiter erklärt –, würden von einer hierzu legitimierten Person abgeholt werden. Fridolin empfahl sich, es war ihm angenehm, daß er seine Arztenstasche in der Hand trug, als er aus dem Haustor trat; so würde man ihn wohl nicht für einen Bewohner dieses Hotels halten, sondern für eine Amtsperson. Mit Nachtigall war es also vorderhand nichts. Man war recht vorsichtig gewesen und hatte wohl allen Anlaß dazu.

Nun fuhr er zur Maskenverleihanstalt. Herr Gibiser öffnete selbst. »Hier bringe ich das entliehene Kostüm zurück«, sagte Fridolin, »und wünsche meine Schuld zu begleichen.« Herr Gibiser nannte einen mäßigen Betrag, nahm das Geld in Empfang, machte eine Eintragung in ein großes Geschäftsbuch und sah vom Bürotisch einigermaßen verwundert zu Fridolin auf, der keine Miene machte, sich zu entfernen.

»Ich bin ferner hier«, sagte Fridolin im Ton eines Untersuchungsrichters, »um ein Wort wegen Ihres Fräulein Tochter mit Ihnen zu reden.«

Irgend etwas zuckte um die Nasenflügel des Herrn Gibiser; – Unbehagen, Spott oder Ärger, es war nicht recht zu entscheiden.

»Wie meinen der Herr?« fragte er in einem gleichfalls völlig unbestimmbaren Ton.

»Sie bemerkten gestern«, sagte Fridolin, die eine Hand mit gespreizten Fingern auf den Bürotisch gestützt, »daß Ihr Fräulein Tochter geistig nicht ganz normal sei. Die Situation, in der wir sie betrafen, legte diese Vermutung tatsächlich nahe. Und da mich der Zufall nun einmal zum Teilnehmer oder wenigstens zum Zuschauer jener sonderbaren Szene gemacht hat, so möchte ich Ihnen doch nahelegen, Herr Gibiser, einen Arzt zu Rate zu ziehen.«

Gibiser, einen unnatürlich langen Federstiel in der Hand hin und her drehend, maß Fridolin mit einem unverschämten Blick.

»Und Herr Doktor wären vielleicht selbst so gütig, die Behandlung zu übernehmen?«

»Ich bitte mir keine Worte in den Mund zu legen«, erwiderte Fridolin scharf, aber etwas heiser, »die ich nicht ausgesprochen habe.«

In diesem Augenblick öffnete sich die Tür, die nach den Innenräumen führte, und ein junger Herr mit offenem Überzieher über dem Frackanzug trat heraus. Fridolin wußte sofort, daß es niemand anders sein konnte als einer der Femrichter von heute nacht. Kein Zweifel, er kam aus Pierrettens Zimmer. Er schien betreten, als er Fridolins ansichtig wurde, faßte sich aber sofort, grüßte Gibiser flüchtig durch ein Winken mit der Hand, zündete sich dann noch eine Zigarette an, wozu er sich eines auf dem Bürotisch befindlichen Feuerzeugs bediente, und verließ die Wohnung.

»Ach so«, bemerkte Fridolin mit einem verächtlichen Zukken der Mundwinkel und mit einem bitteren Geschmack auf der Zunge.

»Wie meinen der Herr?« fragte Gibiser mit vollkommenem Gleichmut.

»Sie haben also darauf verzichtet, Herr Gibiser«, und er ließ den Blick überlegen von der Wohnungstür nach der andern schweifen, aus der der Femrichter getreten war, »verzichtet, die Polizei zu verständigen.«

»Man hat sich auf anderm Weg geeinigt, Herr Doktor«,

bemerkte Gibiser kühl und erhob sich, als wäre eine Audienz beendet. Fridolin wandte sich zum Gehen, Gibiser öffnete beflissen die Türe, und mit unbeweglicher Miene sagte er: »Wenn der Herr Doktor wieder einen Bedarf haben sollten ... Es muß ja nicht gerade ein Mönchsgewand sein.«

Fridolin schlug die Tür hinter sich zu. Dies wäre nun erledigt, dachte er mit einem Gefühl des Ärgers, das ihn selbst unverhältnismäßig dünkte. Er eilte die Treppen hinab, begab sich ohne besondere Eile auf die Poliklinik und telephonierte vor allem nach Hause, um sich zu erkundigen, ob ein Patient nach ihm geschickt habe, ob Post gekommen sei, was es sonst Neues gebe. Das Dienstmädchen hatte kaum ihre Antworten erteilt, als Albertine selbst an den Apparat kam und Fridolin begrüßte. Sie wiederholte alles, was das Dienstmädchen schon gesagt, dann erzählte sie unbefangen, daß sie eben erst aufgestanden sei und mit dem Kinde gemeinsam frühstücken wolle. »Gib ihr einen Kuß von mir«, sagte Fridolin, »und laßt es euch gut schmecken.«

Ihre Stimme hatte ihm wohlgetan, und gerade darum läutete er rasch ab. Er hatte eigentlich noch fragen wollen, was Albertine im Laufe dieses Vormittags vorhabe, aber was ging ihn das an? In der Tiefe seiner Seele war er doch fertig mit ihr, wie immer das äußere Leben weitergehen sollte. Die blonde Schwester half ihm aus den Ärmeln seines Rocks und reichte ihm den weißen Ärztekittel. Dabei lächelte sie ihn ein wenig an, wie sie eben alle zu lächeln pflegen, ob man sich um sie kümmerte oder nicht.

Ein paar Minuten darauf war er im Krankensaal. Der Chefarzt hatte melden lassen, daß er eines Konsiliums wegen plötzlich habe verreisen müssen, die Herren Assistenten möchten ohne ihn Visite machen. Fridolin fühlte sich beinahe glücklich, als er, von den Studenten gefolgt, von Bett zu Bett ging, Untersuchungen vornahm, Rezepte schrieb, mit Hilfsärzten und Wärterinnen sich fachlich besprach. Es gab allerlei Neuigkeiten. Der Schlossergeselle Karl Rödel war in der Nacht gestorben. Sektion nachmittag halb fünf. Im Weibersaal war ein Bett frei geworden, aber schon wieder belegt. Die Frau von Bett siebzehn hatte man auf die chirurgische Abteilung transferieren müssen. Zwischendurch wurden auch Personalfragen berührt. Die Neubesetzung der Augenabteilung sollte übermorgen entschieden werden; Hügelmann, jetzt Professor in Marburg, vor vier Jahren noch zweiter Assistent bei Stellwag, hatte die meisten Chancen. Rasche Karriere, dachte Fridolin. Ich werde nie für die Leitung einer Abteilung in Betracht kommen, schon weil mir die Dozentur fehlt. Zu spät. Warum eigentlich? Man müßte eben wieder wissenschaftlich zu arbeiten anfangen oder manches Begonnene mit größerem Ernst wieder aufnehmen. Die Privatpraxis ließ immer noch Zeit genug.

Er bat Herrn Doktor Fuchstaler, die Ambulanz zu leiten, und mußte sich gestehen, daß er lieber hier geblieben als auf den Galitzinberg gefahren wäre. Und doch, es mußte sein. Nicht nur sich allein gegenüber war er verpflichtet, der Sache weiter nachzugehen; noch allerlei anderes gab es heute zu erledigen. Und so entschloß er sich für alle Fälle, Herrn Doktor Fuchstaler auch mit der Abendvisite zu betrauen. Das junge Mädchen mit dem verdächtigen Spitzenkatarrh dort im letzten Bett lächelte ihm zu. Es war dieselbe, die neulich bei Gelegenheit einer Untersuchung ihre Brüste so zutraulich an seine Wange gepreßt hatte. Fridolin erwiderte ihren Blick ungnädig und wandte sich stirnrunzelnd ab. Eine wie die andere, dachte er mit Bitterkeit, und Albertine ist wie sie alle – sie ist die Schlimmste von allen. Ich werde mich von ihr trennen. Es kann nie wieder gut werden.

Auf der Treppe wechselte er noch ein paar Worte mit einem Kollegen von der chirurgischen Abteilung. Nun, wie stand es eigentlich mit der Frau, die heute nacht hinübertransferiert worden war? Er für seinen Teil glaubte nicht recht an die Notwendigkeit einer Operation. Man werde ihm doch das Resultat der histologischen Untersuchung berichten?

»Selbstverständlich, Herr Kollega.«

An der Ecke nahm er einen Wagen. Er zog sein Notizbuch zu Rate, lächerliche Komödie vor dem Kutscher, als müsse er sich jetzt erst entscheiden. »Nach Ottakring«, sagte er dann, »die Straße gegen den Galitzinberg. Ich werde Ihnen sagen, wo Sie zu halten haben.«

Im Wagen kam plötzlich wieder eine schmerzlich-sehnsüchtige Erregung über ihn, ja beinahe ein Schuldbewußtsein, daß er in den letzten Stunden seiner schönen Retterin kaum mehr gedacht hatte. Ob es ihm nun gelingen würde, das Haus zu finden? Nun, das konnte nicht sonderlich schwierig sein. Die Frage war nur: was dann? Polizeiliche Anzeige? Das konnte gerade für die Frau, die sich vielleicht für ihn geopfert oder bereit gewesen war, sich für ihn zu opfern, üble Folgen nach sich ziehen. Oder sollte er sich an einen Privatdetektiv wenden? Das erschien ihm ziemlich abgeschmackt und seiner nicht ganz würdig. Aber was blieb ihm sonst noch übrig? Er hatte doch weder die Zeit noch wahrscheinlich das Talent, die nötigen Nachforschungen kunstgerecht durchzuführen. – Eine geheime Gesellschaft? Nun ja, jedenfalls geheim. Aber untereinander kannten sie sich doch? Aristokraten, vielleicht gar Herren vom Hof? Er dachte an gewisse Erzherzöge, denen man dergleichen Scherze schon zutrauen konnte. Und die Damen? Vermutlich ... aus Freudenhäusern zusammengetrieben. Nun, das war keineswegs sicher. Jedenfalls ausgesuchte Ware. Aber die Frau, die sich ihm geopfert hatte? Geopfert? Warum er nur immer wieder sich einbilden wollte, daß es wirklich ein Opfer gewesen war! Eine Komödie. Selbstverständlich war das Ganze eine Komödie gewesen. Eigentlich sollte er froh sein, so leichten Kaufs davongekommen zu sein. Nun ja, er hatte gute Haltung bewahrt. Die Kavaliere konnten wohl merken, daß er nicht der erste beste war. Und sie hatte es jedenfalls auch gemerkt. Wahrscheinlich war er ihr lieber als alle diese Erzherzöge oder was sie sonst gewesen sein mochten.

Am Ende des Liebhartstals, wo der Weg entschiedener nach aufwärts führte, stieg er aus und schickte den Wagen vorsichtshalber wieder fort. Der Himmel war blaßblau, mit weißen Wölkchen, und die Sonne schien frühlingswarm. Er blickte zurück – nichts Verdächtiges war zu sehen. Kein Wagen, kein Fußgänger. Langsam stieg er bergan. Der Mantel wurde ihm schwer; er legte ihn ab und warf ihn um die Schultern. Er kam an die Stelle, wo rechts die Seitenstraße abbiegen mußte, in der das geheimnisvolle Haus stand; er konnte nicht fehlgehen; sie führte nach abwärts, aber keineswegs so steil, als es ihn nachts im Fahren gedünkt hatte. Eine stille Gasse. In einem Vorgarten standen Rosenstöcke, sorgfältig in Stroh gehüllt, in einem nächsten stand ein Kinderwägelchen; ein Bub, ganz in blaue Wolle gekleidet, tollte hin und her; vom Parterrefenster aus schaute eine junge Frau lachend zu. Dann kam ein unbebauter Platz, dann ein wilder eingezäunter Garten, dann eine kleine Villa, dann ein Rasenplatz, und nun, kein Zweifel – dies hier war das Haus, das er suchte. Es sah keineswegs groß oder prächtig aus, es war eine einstöckige

Villa in bescheidenem Empirestil und offenbar vor nicht allzu langer Zeit renoviert. Die grünen Jalousien waren überall heruntergelassen, nichts deutete darauf hin, daß die Villa bewohnt sein könnte. Fridolin blickte rings um sich. Niemand war in der Gasse zu sehen; nur weiter unten gingen, sich entfernend, zwei Knaben mit Büchern unter dem Arm. Er stand vor der Gartentür. Und was nun? Einfach wieder zurückspazieren? Das wäre ihm geradezu lächerlich erschienen. Er suchte nach dem elektrischen Taster. Und wenn man ihm aufschlösse, was sollte er sagen? Nun, ganz einfach – ob das hübsche Landhaus nicht über den Sommer zu vermieten wäre? Doch schon tat sich das Haustor von selbst auf, ein alter Diener in einfacher Morgenlivree trat heraus und ging langsam den schmalen Pfad bis zur Gartentür. Er hielt einen Brief in der Hand und reichte ihn stumm zwischen den Gitterstäben Fridolin, dem das Herz klopfte.

»Für mich?« fragte er stockend. Der Diener nickte, wandte sich, ging, und die Haustür fiel hinter ihm zu. Was bedeutet das? fragte sich Fridolin. Am Ende von ihr? *Sie* ist es vielleicht selbst, der das Haus gehört –? Rasch schritt er wieder die Straße aufwärts, jetzt erst merkte er, daß auf dem Kuvert sein Name stand in steiler, hoheitsvoller Schrift. An der Ecke öffnete er den Brief, entfaltete ein Blatt und las: »Geben Sie Ihre Nachforschungen auf, die völlig nutzlos sind, und betrachten Sie diese Worte als zweite Warnung. Wir hoffen in Ihrem Interesse, daß keine weitere nötig sein wird.« Er ließ das Blatt sinken.

Diese Botschaft enttäuschte ihn in jeder Hinsicht; jedenfalls aber war es eine andere, als die er törichterweise für möglich gehalten hatte. Immerhin, der Ton war merkwürdig zurückhaltend, gänzlich ohne Schärfe. Er ließ erkennen, daß die Leute, die diese Botschaft gesandt, sich keineswegs sicher fühlten.

Zweite Warnung –? Wieso? Ach ja, in der Nacht war die erste an ihn ergangen. Warum aber *zweite* – und nicht letzte? Wollten sie seinen Mut nochmals erproben? Sollte er eine Prüfung zu bestehen haben? Und woher kannten sie seinen Namen? Nun, das war weiter nicht sonderbar, wahrscheinlich hatte man Nachtigall gezwungen, ihn zu verraten. Und überdies – er lächelte unwillkürlich über seine Zerstreutheit – im Futter seines Pelzes war sein Monogramm und seine genaue Adresse eingenäht.

Doch wenn er auch nicht weiter war als vorher, – der Brief hatte ihn im ganzen beruhigt – ohne daß er recht zu sagen gewußt hätte, warum. Insbesondere war er überzeugt, daß die Frau, um deren Schicksal er gebangt hatte, sich noch am Leben befand und daß es nur an ihm lag, sie zu finden, wenn er mit Vorsicht und Schlauheit zu Werke ging.

Als er etwas ermüdet, aber in einer seltsam erlösten Stimmung, die er doch zugleich als trügerisch empfand, zu Hause anlangte, hatten Albertine und das Kind schon zu Mittag gegessen, leisteten ihm aber Gesellschaft, während er selbst sein Mahl einnahm. Da saß sie ihm gegenüber, die ihn heute nacht ruhig ans Kreuz hatte schlagen lassen, mit engelhaftem Blick, hausfraulich-mütterlich, und er verspürte zu seiner Verwunderung keinerlei Haß gegen sie. Er ließ es sich schmecken, befand sich in etwas erregter, aber eigentlich heiterer Laune, und nach seiner Art sprach er sehr lebhaft von den kleinen Berufserlebnissen des Tages, insbesondere von den ärztlichen Personalfragen, über die er Albertine immer genau zu unterrichten pflegte. Er erzählte, daß die Ernennung Hügelmanns so gut wie sicher sei, und sprach von seinem eigenen Vorsatz, die wissenschaftlichen Arbeiten wieder mit etwas größerer Energie aufzunehmen. Albertine kannte diese Stimmung, wußte, daß sie nicht allzulange anzuhalten pflegte, und ein leises Lächeln verriet ihre Zweifel. Fridolin ereiferte sich, worauf Albertine mit milder Hand ihm beruhigend über die Haare strich. Jetzt zuckte er leicht zusammen und wandte sich dem Kinde zu, wodurch er seine Stirn weiterer peinlicher Berührung entzog. Er nahm die Kleine auf den Schoß, schickte sich eben an, sie auf den Knien zu schaukeln, als das Dienstmädchen meldete, daß schon einige Patienten warteten. Fridolin erhob sich wie befreit, erwähnte noch beiläufig, daß doch Albertine und das Kind die schöne sonnige Nachmittagsstunde zum Spazierengehen benützen sollten, und begab sich in sein Sprechzimmer.

Im Laufe der nächsten zwei Stunden hatte Fridolin sechs alte Patienten und zwei neue vorzunehmen. Er war in jedem einzelnen Fall völlig bei der Sache, untersuchte, machte Notizen, verordnete – und freute sich, daß er nach den zwei letzten, fast ohne Schlaf verbrachten Nächten sich so wunderbar frisch und geistesklar fühlte.

Nach Erledigung der Sprechstunde sah er noch einmal, wie es seine Gewohnheit war, nach Frau und Kind und stellte nicht ohne Befriedigung fest, daß Albertine eben Besuch von ihrer Mutter hatte, sowie daß die Kleine mit dem Fräulein Französisch lernte. Und erst auf der Stiege kam ihm wieder zu Bewußtsein, daß all diese Ordnung, all dies Gleichmaß, all diese Sicherheit seines Daseins nur Schein und Lüge zu bedeuten hatten.

Trotzdem er die Nachmittagsvisite abgesagt hatte, zog es ihn doch unwiderstehlich auf die Abteilung. Es lagen zwei Fälle dort, die für die wissenschaftliche Arbeit, die er vor allem plante, besonders in Betracht kamen, und er beschäftigte sich eine Weile eingehender mit ihnen, als er es bisher getan. Dann hatte er noch einen Krankenbesuch in der inneren Stadt zu erledigen, und so war es sieben Uhr abends geworden, als er vor dem alten Hause in der Schreyvogelgasse stand. Nun erst, da er zu Mariannens Fenster aufblickte, wurde ihm ihr Bild, das indes völlig verblaßt war, noch mehr als das aller anderen wieder lebendig. Nun – hier konnte es ihm nicht fehlen. Ohne Aufwand besonderer Mühe konnte er hier sein Rachewerk beginnen, hier gab es für ihn keine Schwierigkeit, keine Gefahr; und das, wovor andere vielleicht zurückgeschreckt wären, der Verrat an dem Bräutigam, das bedeutete für ihn beinahe einen Anreiz mehr. Ja, verraten, betrügen, lügen, Komödie spielen, da und dort, vor Marianne, vor Albertine, vor diesem guten Doktor Roediger, vor der ganzen Welt; – eine Art von Doppelleben führen, zugleich der tüchtige, verläßliche, zukunftsreiche Arzt, der brave Gatte und Familienvater sein – und zugleich ein Wüstling, ein Verführer, ein Zyniker, der mit den Menschen, mit Männern und Frauen spielte, wie ihm just die Laune ankam – das erschien ihm in diesem Augenblick als etwas ganz Köstliches; – und das Köstlichste dran war, daß er später einmal, wenn Albertine sich schon längst in der Sicherheit eines ruhigen Ehe- und Familienlebens geborgen wähnte, ihr kühl lächelnd alle seine Sünden eingestehen wollte, um so Vergeltung zu üben für das, was sie ihm in einem Traume Bitteres und Schmachvolles angetan hatte.

Im Hausflur fand er sich dem Doktor Roediger gegenüber, der ihm harmlos-herzlich die Hand entgegenreichte.

»Wie geht es Fräulein Marianne?« fragte Fridolin. »Hat sie sich ein wenig beruhigt?«

Doktor Roediger zuckte die Achseln. »Sie war lange genug auf das Ende vorbereitet, Herr Doktor. – Nur als man heute gegen Mittag die Leiche holte – –«

»Ah, ist das schon geschehen?«

Doktor Roediger nickte. »Morgen nachmittag drei Uhr findet das Begräbnis statt ...«

Fridolin sah vor sich hin. »Es sind wohl – die Verwandten bei Fräulein Marianne?«

»Nicht mehr«, erwiderte Doktor Roediger, »jetzt ist sie allein. Es wird sie gewiß freuen, Sie noch zu sehen, Herr Doktor. Morgen bringen wir sie nämlich nach Mödling, meine Mutter und ich«, und auf einen höflich fragenden Blick Fridolins: »Meine Eltern haben nämlich dort ein kleines Häuschen. Auf Wiedersehen, Herr Doktor. Ich habe noch allerlei zu besorgen. Ja, was so ein – Fall zu tun gibt! Ich hoffe, Sie noch oben anzutreffen, Herr Doktor, wenn ich zurückkomme.« Und schon trat er aus dem Haustor auf die Straße.

Fridolin zögerte einen Augenblick, dann schritt er langsam die Treppe hinauf. Er klingelte; und Marianne selbst war es, die ihm öffnete. Sie war schwarz gekleidet, um den Hals trug sie eine schwarze Jettkette, die er noch nie an ihr gesehen. Ihr Antlitz rötete sich leise.

»Sie lassen mich lange warten«, sagte sie mit einem schwachen Lächeln.

»Verzeihen Sie, Fräulein Marianne, ich hatte heute einen besonders angestrengten Tag.«

Er folgte ihr durch das Sterbezimmer, in dem das Bettt nun leer stand, in den Nebenraum, wo er gestern unter dem Bilde mit dem weißuniformierten Offizier den Totenschein für den Hofrat geschrieben hatte. Auf dem Schreibtisch brannte schon eine kleine Lampe, so daß Zwielicht im Zimmer war. Marianne wies ihm einen Platz auf dem schwarzen Lederdiwan an, sie selbst setzte sich ihm gegenüber an den Schreibtisch.

»Eben bin ich im Hausflur Herrn Doktor Roediger begegnet. – Also morgen schon fahren Sie aufs Land?«

Marianne sah ihn an, als wundere sie sich über den kühlen Ton seiner Fragen, und ihre Schultern senkten sich, als er mit beinahe harter Stimme fortsetzte: »Ich finde das sehr vernünftig.« Und er erläuterte sachlich, wie günstig die gute Luft, die neue Umgebung auf sie wirken würde.

Sie saß unbeweglich, und Tränen flossen ihr über die Wangen. Er sah es ohne Mitgefühl, eher mit Ungeduld; und die Vorstellung, daß sie vielleicht in der nächsten Minute wieder zu seinen Füßen liegen, ihr gestriges Geständnis wiederholen könnte, erfüllte ihn mit Angst. Und da sie schwieg, stand er brüsk auf. »So leid es mir tut, Fräulein Marianne –« Er sah auf die Uhr.

Sie hob den Kopf, blickte Fridolin an, und ihre Tränen flossen weiter. Er hätte ihr gern irgendein gutes Wort gesagt und war es nicht imstande.

»Sie bleiben wohl einige Tage auf dem Land«, begann er gezwungen. »Ich hoffe, Sie geben mir Nachricht ... Herr Doktor Roediger sagt mir übrigens, daß die Hochzeit bald stattfinden werde. Erlauben Sie mir schon heute Ihnen meinen Glückwunsch auszusprechen.«

Sie rührte sich nicht, als hätte sie seinen Glückwunsch, seinen Abschied überhaupt nicht zur Kenntnis genommen. Er streckte ihr die Hand entgegen, die sie nicht nahm, und fast in einem Ton des Vorwurfs wiederholte er: »Also, ich hoffe zuversichtlich, Sie geben mir Nachricht über Ihr Befinden. Auf Wiedersehen, Fräulein Marianne.« Sie saß da wie versteinert. Er ging, eine Sekunde lang blieb er in der Türe stehen, als gewähre er ihr noch eine letzte Frist, ihn zurückzurufen, sie schien den Kopf eher wegzuwenden, und nun schloß er die Türe hinter sich. Auf dem Gang draußen verspürte er irgend etwas wie Reue. Einen Augenblick dachte er daran, umzukehren, aber er fühlte, daß das vor allem andern sehr lächerlich gewesen wäre.

Aber was nun? Nach Hause? Wohin sonst! Heute konnte er ja doch nichts mehr unternehmen. Und morgen? Was? Und wie? Er fühlte sich ungeschickt, hilflos, alles zerfloß ihm unter den Händen; alles wurde unwirklich, sogar sein Heim, seine Frau, sein Kind, sein Beruf, ja, er selbst, wie er so mit schweifenden Gedanken die abendlichen Straßen mechanisch weiterging.

Von der Uhr des Rathausturmes schlug es halb acht. Es war übrigens gleichgültig, wie spät es war; die Zeit lag in völliger Überflüssigkeit vor ihm. Nichts, niemand ging ihn an. Er verspürte ein leises Mitleid mit sich selbst. Ganz flüchtig, nicht etwa wie ein Vorsatz, kam ihm der Einfall, zu irgendeinem Bahnhof zu fahren, abzureisen, gleichgültig wohin, zu verschwinden für alle Leute, die ihn gekannt, irgendwo in der Fremde wieder aufzutauchen und ein neues Leben zu beginnen als ein anderer, neuer Mensch. Er besann sich gewisser merkwürdiger Krankheitsfälle, die er aus psychiatrischen Büchern kannte, sogenannter Doppelexistenzen: ein Mensch verschwand plötzlich aus ganz geordneten Verhältnissen, war verschollen, kehrte nach Monaten oder nach Jahren wieder, erinnerte sich selbst nicht, wo er in dieser Zeit gewesen, aber später erkannte ihn irgendwer, der irgendwo in einem fernen Land mit ihm zusammengetroffen war, und der Heimgekehrte wußte gar nichts davon. Solche Dinge kamen freilich selten vor, aber immerhin, sie waren erwiesen. Und in abgeschwächter Form erlebte sie wohl mancher. Wenn man aus Träumen wiederkehrte zum Beispiel? Freilich, man erinnerte sich ... Aber gewiß gab es auch Träume, die man völlig vergaß, von denen nichts übrigblieb als irgendeine rätselhafte Stimmung, eine geheimnisvolle Benommenheit. Oder man erinnerte sich erst später, viel später und wußte nicht mehr, ob man etwas erlebt oder nur geträumt hatte. Nur – nur – –!

Und wie er so weiterging und doch unwillkürlich die Richtung nach seiner Wohnung zu nahm, geriet er in die Nähe der dunklen, ziemlich verrufenen Gasse, in der er vor weniger als vierundzwanzig Stunden einem verlorenen Geschöpf nach ihrer armseligen und doch traulichen Behausung gefolgt war. *Verloren*, gerade die? Und gerade diese Gasse *verrufen*? Wie man doch immer wieder, durch Worte verführt, Straßen, Schicksale, Menschen in träger Gewohnheit benennt und beurteilt. War dieses junge Mädchen nicht im Grunde von allen, mit denen seltsame Zufälle ihn in der letzten Nacht zusammengeführt, das anmutigste, ja geradezu das reinste gewesen? Er fühlte einige Rührung, wenn er ihrer dachte. Und nun erinnerte er sich auch seines Vorsatzes von gestern; rasch entschlossen kaufte er im nächsten Laden allerlei Eßbares ein; und als er mit dem kleinen Päckchen die Häusermauern entlangschritt, fühlte er sich geradezu froh in dem Bewußtsein, daß er im Begriffe war, eine zum mindesten vernünftige, vielleicht sogar lobenswerte Handlung zu begehen. Immerhin schlug er den Kragen hoch, als er in den Hausflur trat, nahm beim Treppensteigen einige Stufen auf einmal, die Wohnungsglocke tönte ihm mit unerwünschter Schrille ins Ohr; und als er von einer übel aussehenden Frauensperson den Bescheid erhielt, daß das Fräulein Mizzi nicht zu Hause sei, atmete er auf. Doch ehe die Frau noch Gelegenheit hatte, das Päckchen für die Abwesende in Empfang zu nehmen, trat ein anderes, noch junges, nicht unhübsches Frauenzimmer, in eine Art von Bademantel gehüllt, ins Vorzimmer und sagte: »Wen sucht der Herr? Die Fräuln Mizzi? Die wird so bald nicht z'haus kommen.«

Die Alte gab ihr ein Zeichen zu schweigen; Fridolin aber, als wünschte er dringend eine Bestätigung zu erhalten für das, was er irgendwie doch schon geahnt hatte, bemerkte einfach: »Sie ist im Spital, nicht wahr?«

»Na, wenn's der Herr eh weiß. Aber mir sein g'sund, Gott sei Dank«, rief sie fröhlich aus und trat ganz nahe an Fridolin heran mit halbgeöffneten Lippen und einem frechen Zurückwerfen ihres üppigen Leibes, so daß der Bademantel sich öffnete. Fridolin sagte ablehnend: »Ich bin nur im Vorbeigehen heraufgekommen, um der Mizzi was zu bringen«, und er erschien sich plötzlich wie ein Gymnasiast. Und in einem neuen, sachlichen Ton fragte er: »Auf welcher Abteilung liegt sie denn?«

Die Junge nannte ihm den Namen eines Professors, auf dessen Klinik Fridolin vor einigen Jahren Sekundararzt gewesen war. Und dann fügte sie gutmütig hinzu: »Geben S' es her, die Packerln, ich bring ihr's morgen. Können sich drauf verlassen, daß ich nichts wegnaschen werde. Und grüßen werd' ich sie auch von Ihnen und ihr ausrichten, Sie sein ihr nicht untreu worden.«

Zugleich aber trat sie näher auf ihn zu und lachte ihn an. Doch als er leicht zurückwich, gab sie es sofort auf und bemerkte tröstend: »In sechs, spätestens acht Wochen, hat der Doktor g'sagt, is sie wieder zu Haus.«

Als Fridolin aus dem Haustor auf die Straße trat, fühlte er Tränen in der Kehle; aber er wußte, daß das nicht so sehr Ergriffenheit zu bedeuten hatte als ein allmähliches Versagen seiner Nerven. Er nahm absichtlich einen rascheren und lebhafteren Schritt an, als seiner Stimmung gemäß war. Sollte dieses Erlebnis ein weiteres, ein letztes Zeichen sein, daß ihm alles mißlingen mußte? Warum? Daß er einer so großen Gefahr entgangen war, konnte immerhin auch ein gutes Zeichen bedeuten. Und war es gerade das, worauf es ankam: Gefahren zu entgehen? Allerlei andere standen ihm wohl noch bevor. Er dachte keineswegs daran, die Nachforschungen nach der wunderbaren Frau von heute nacht aufzugeben. Nun war freilich nicht mehr Zeit dazu. Und überdies mußte genau erwogen werden, auf welche Art diese Nachforschungen weiterzuführen waren. Ja, wenn man jemanden hätte, mit dem man sich beraten könnte! Aber er wußte keinen, den er in die Abenteuer der vergangenen Nacht gerne eingeweiht hätte. Seit Jahren war er mit keinem Menschen wirklich vertraut als mit seiner Frau, und mit der konnte er sich in diesem Fall doch kaum beraten, in diesem nicht und in keinem andern. Denn man mochte es nehmen, wie man wollte: heute nacht hatte sie ihn ans Kreuz schlagen lassen.

Und nun wußte er, warum seine Schritte ihn statt in der Richtung seines Hauses unwillkürlich immer weiter in die entgegengesetzte führten. Er wollte, er konnte Albertine jetzt nicht entgegentreten. Das Vernünftigste war es, irgendwo auswärts zur Nacht zu essen, dann auf die Abteilung nach seinen zwei Fällen sehen – und keinesfalls daheim sein – »daheim!« –, bevor er sicher sein konnte, Albertine schon schlafend anzutreffen.

Er trat in ein Café, eines der vornehmeren, stilleren in der Nähe des Rathauses, telephonierte nach Hause, daß man ihn zum Abendessen nicht erwarten solle, läutete rasch ab, damit nicht etwa Albertine noch ans Telephon käme, dann setzte er sich an ein Fenster und zog den Vorhang zu. In einer entfernten Ecke nahm eben ein Herr Platz; in dunklem Überzieher, auch sonst ganz unauffällig gekleidet. Fridolin erinnerte sich, diese Physiognomie im Laufe dieses Tages schon irgendwo gesehen zu haben. Das konnte natürlich auch Zufall sein. Er nahm ein Abendblatt zur Hand und las, so wie er es gestern nacht in einem anderen Kaffeehaus getan, da und dort ein paar Zeilen: Berichte über politische Ereignisse, Theater, Kunst, Literatur, über kleine und große Unglücksfälle aller Art. In irgendeiner Stadt Amerikas, deren Namen er niemals gehört hatte, war ein Theater abgebrannt. Der Rauchfangkehrermeister Peter Korand hatte sich zum Fenster hinausgestürzt. Es kam Fridolin irgendwie sonderbar vor, daß auch Rauchfangkehrer sich zuweilen umbrachten, und er fragte sich unwillkürlich, ob der Mann sich vorher ordentlich gewaschen oder schwarz, wie er war, ins Nichts gestürzt hatte. In einem vornehmen Hotel der inneren Stadt hatte sich heute früh eine Frau vergiftet, eine Dame, die unter dem Namen einer Baronin D. vor wenigen Tagen dort abgestiegen war, eine auffallend hübsche Dame. Fridolin fühlte sich sofort ahnungsvoll berührt. Die Dame war morgens um vier Uhr in Begleitung zweier Herren nach Hause gekommen, die am Tore sich von ihr verabschiedeten. Vier Uhr. Gerade zu der Stunde, da auch er nach Hause gekommen war. Und gegen Mittag war sie bewußtlos – so hieß es weiter – mit den Anzeichen einer schweren Vergiftung im Bette aufgefunden worden ... Eine auffallend hübsche junge Dame ... Nun, es gab manche auffallend hübsche junge Damen ... Es war kein Anlaß, anzunehmen, daß die Baronin D., vielmehr die Dame, die unter dem Namen Baronin D. in dem Hotel abgestiegen war, und eine gewisse andere ein und dieselbe Person vorstellen. Und doch – ihm klopfte das Herz, und das Blatt bebte in seiner Hand. In einem vornehmen Stadthotel ... in welchem –? Warum so geheimnisvoll? – So diskret? ...

Er ließ das Blatt sinken und sah, wie zugleich der Herr dort in der fernen Ecke eine Zeitung, eine große illustrierte Zeitung, wie einen Vorhang vor sein Gesicht schob. Sofort nahm auch Fridolin sein Blatt wieder zur Hand, und er wußte in diesem Augenblick, daß die Baronin D. unmöglich jemand anders sein konnte als die Frau von heute nacht ... In einem vornehmen Stadthotel ... Es gab nicht so viele, die in Betracht kamen – für eine Baronin D.... Und nun mochte geschehen, was da wolle – diese Spur mußte verfolgt werden. Er rief nach dem Kellner, zahlte, ging. An der Tür wandte er sich noch einmal nach dem verdächtigen Herrn in der Ecke um. Der aber war sonderbarerweise schon verschwunden ...

Schwere Vergiftung ... Aber sie lebte ... In dem Augenblick, da man sie aufgefunden hatte, lebte sie noch. Und es war am Ende kein Grund, anzunehmen, daß sie nicht gerettet war. Jedenfalls, ob sie lebte oder tot war – er würde sie finden. Und er würde sie sehen – in jedem Fall –, ob tot oder lebendig. Sehen würde er sie; kein Mensch auf der Erde konnte ihn daran hindern, die Frau zu sehen, die seinetwegen, ja, die *für ihn* in den Tod gegangen war. Er war schuldig an ihrem Tod – er allein – wenn sie es war. Ja, sie war es. Um vier Uhr morgens nach Hause gekommen in Begleitung zweier Herren! Wahrscheinlich derselben, die ein paar Stunden später Nachtigall zur Bahn gebracht hatten. Sie hatten kein sonderlich reines Gewissen, diese Herren.

Er stand auf dem großen weiten Platz vor dem Rathaus

und blickte nach allen Seiten. Nur wenige Menschen befanden sich innerhalb seiner Sehweite, der verdächtige Herr aus dem Kaffeehaus war nicht unter ihnen. Und wenn auch – die Herren fürchteten sich, der Überlegene war er. Fridolin eilte weiter, auf dem Ring nahm er einen Wagen, ließ sich zuerst zum Hotel Bristol fahren und erkundigte sich bei dem Portier, als wäre er dazu befugt oder beauftragt, ob die Frau Baronin D., die sich heute morgen bekanntlich vergiftet, hier in dem Hotel gewohnt habe. Der Portier schien weiter nicht erstaunt, hielt Fridolin vielleicht für einen Herrn von der Polizei oder sonst eine Amtsperson, in jedem Fall erwiderte er höflich, daß sich der traurige Fall nicht hier, sondern im Hotel Erzherzog Karl zugetragen habe ...

Fridolin fuhr sofort in das bezeichnete Hotel und erhielt dort die Auskunft, daß die Baronin D. unverzüglich nach ihrer Auffindung ins Allgemeine Krankenhaus geschafft worden sei. Fridolin erkundigte sich, auf welche Weise die Entdeckung des Selbstmordversuches erfolgt sei. Was für Anlaß denn vorgelegen habe, sich schon um die Mittagsstunde um eine Dame zu kümmern, die doch erst um vier Uhr früh nach Hause gekommen war? Nun, das war ganz einfach: zwei Herren (also wieder zwei Herren!) hatten vormittags um elf Uhr nach ihr gefragt. Da die Dame sich auf wiederholten telephonischen Anruf nicht gemeldet, hatte das Stubenmädchen an die Türe geklopft; da sich darauf wieder nichts gerührt hatte und die Türe von innen verriegelt blieb, war nichts übriggeblieben, als sie aufzusprengen, und da hatte man die Baronin bewußtlos im Bette liegend gefunden. Man hatte sofort Rettungsgesellschaft und Polizei verständigt.

»Und die zwei Herren?« fragte Fridolin scharf und kam sich selbst vor wie ein Geheimpolizist.

Ja, die Herren, das gab freilich zu denken, die waren indes spurlos verschwunden. Im übrigen dürfte es sich keineswegs um eine Baronin Dubieski gehandelt haben, unter welchem Namen die Dame im Hotel gemeldet war. Sie war das erstemal in diesem Hotel abgestiegen, und es gab überhaupt keine Familie dieses Namens, jedenfalls keine adlige.

Fridolin dankte für die Auskunft, entfernte sich ziemlich rasch, da einer der eben hinzugetretenen Hoteldirektoren ihn mit unangenehmer Neugier zu mustern begann, stieg wieder in den Wagen und ließ sich zum Krankenhaus fahren. Wenige Minuten später, in der Aufnahmekanzlei, erfuhr er nicht nur, daß die angebliche Baronin Dubieski auf die zweite interne Klinik eingeliefert worden, sondern daß sie nachmittags um fünf, trotz aller ärztlichen Bemühungen – ohne das Bewußtsein wiedererlangt zu haben – gestorben war.

Fridolin holte tief Atem, so glaubte er, doch es war ein schwerer Seufzer gewesen, der sich ihm entrungen. Der diensthabende Beamte blickte mit einiger Verwunderung zu ihm auf. Fridolin faßte sich gleich wieder, empfahl sich höflich und stand in der nächsten Minute im Freien. Der Krankenhausgarten war fast menschenleer. In einer benachbarten Allee unter einer Laterne ging eben eine Wärterin in blauweiß gestreiftem Kittel und weißem Häubchen. »Tot«, sagte Fridolin vor sich hin. – Wenn sie es ist. Und wenn sie es nicht ist? Wenn sie noch lebt, wie kann ich sie finden?

Wo der Leichnam der Unbekannten sich in diesem Augenblick befand, diese Frage konnte er sich leicht beantworten. Da sie erst vor wenigen Stunden gestorben war, lag sie jedenfalls in der Totenkammer, nur wenige hundert Schritte von hier. Schwierigkeiten für ihn als Arzt, sich auch in dieser späten Stunde dort Eingang zu verschaffen, gab es natürlich nicht.

Doch – was wollte er dort? Er kannte ja nur ihren Körper, ihr Antlitz hatte er nie gesehen, nur eben einen flüchtigen Schimmer davon erhascht in der Sekunde, da er heute nacht den Tanzsaal verlassen hatte oder, richtiger gesagt, aus dem Saal gejagt worden war. Doch daß er diesen Umstand bis jetzt gar nicht erwogen, das kam daher, daß er in diesen ganzen letztverflossenen Stunden, seit er die Zeitungsnotiz gelesen, die Selbstmörderin, deren Antlitz er nicht kannte, sich mit den Zügen Albertinens vorgestellt hatte, ja, daß ihm, wie er nun erst erschaudernd wußte, ununterbrochen seine Gattin als die Frau vor Augen geschwebt war, die er suchte. Und nochmals fragte er sich, was er eigentlich in der Totenkammer wollte? Ja, hätte er sie lebend wiedergefunden, heute, morgen – in Jahren, wann, wo und in welcher Umgebung immer –, an ihrem Gang, ihrer Haltung, ihrer Stimme vor allem hätte er sie, so war er überzeugt, unwidersprechlich erkannt. Nun aber sollte er nur den Körper wiedersehen, einen toten Frauenkörper und ein Antlitz, von dem er nichts kannte als die Augen – Augen, die nun gebrochen waren. Ja – diese Augen kannte er und die Haare, die sich in jenem letzten Augenblick, ehe man ihn aus dem Saal gejagt, plötzlich gelöst und die nackte Gestalt verhüllt hatten. Würde das genug sein, um ihn untrüglich wissen zu lassen, ob sie es sei oder nicht?

Und langsamen, zögernden Schritts nahm er den Weg durch die wohlbekannten Höfe nach dem Pathologisch-anatomischen Institut. Er fand das Tor unverschlossen, so daß er nicht nötig hatte zu klingeln. Der steinerne Fußboden hallte unter seinen Tritten, als er durch den schwach beleuchteten Gang schritt. Ein vertrauter, gewissermaßen heimatlicher Geruch von allerlei Chemikalien, der den angestammten Duft dieses Gebäudes übertönte, umfing Fridolin. Er klopfte an die Tür des histologischen Kabinetts, wo er wohl noch einen Assistenten bei der Arbeit vermuten durfte. Auf ein etwas unwirsches »Herein« trat Fridolin in den hohen, geradezu festlich erhellten Raum, in dessen Mitte, das Auge eben vom Mikroskop entfernend, wie Fridolin beinahe erwartet, sein alter Studienkollege, der Assistent des Institutes, Doktor Adler, sich von seinem Stuhl erhob.

»Oh, lieber Kollege«, begrüßte ihn Doktor Adler immer noch etwas unwillig, aber zugleich verwundert, »was verschafft mir die Ehre zu so ungewohnter Stunde?«

»Entschuldige die Störung«, sagte Fridolin. »Du bist gerade mitten in der Arbeit.«

»Allerdings«, erwiderte Adler in dem scharfen Ton, der ihm noch von seiner Burschenzeit eigen war. Und leichter fügte er hinzu: »Was sollte man in diesen heiligen Hallen sonst um Mitternacht zu schaffen haben? Aber du störst mich natürlich nicht im geringsten. Womit kann ich dienen?«

Und da Fridolin nicht gleich antwortete:

»Der Addison, den ihr uns heute heruntergeliefert habt, liegt noch in holder Unberührtheit da drüben. Sektion morgen früh acht Uhr dreißig.«

Und auf eine verneinende Bewegung Fridolins: »Ah so – der Pleuratumor! Nun – die histologische Untersuchung hat unwiderleglich Sarkom ergeben. Darüber braucht ihr euch also auch keine grauen Haare wachsen zu lassen.«

Fridolin schüttelte wieder den Kopf. »Es handelt sich um keine – dienstliche Angelegenheit.«

»Na, um so besser«, sagte Adler, »ich hab' schon geglaubt, das schlechte Gewissen treibt dich da herunter zu nachtschlafender Zeit.«

»Mit schlechtem Gewissen oder wenigstens mit Gewissen

überhaupt hängt es schon eher zusammen«, erwiderte Fridolin.

»Oh!«

»Kurz und gut« – er befliß sich eines harmlos-trockenen Tones –, »ich möchte gern Auskunft wegen einer Frauensperson, die heute abend auf der zweiten Klinik an Morphiumvergiftung gestorben ist und die jetzt da herunten liegen dürfte, eine gewisse Baronin Dubieski.« Und rascher fuhr er fort: »Ich habe nämlich die Vermutung, daß diese angebliche Baronin Dubieski eine Person ist, die ich vor Jahren flüchtig gekannt habe. Und es würde mich interessieren, ob meine Vermutung stimmt.«

»Suicidium?« fragte Adler.

Fridolin nickte. »Ja. Selbstmord«, übersetzte er, als wünschte er damit der Angelegenheit wieder ihren privaten Charakter zu verleihen.

Adler deutete mit humoristisch gestrecktem Zeigefinger auf Fridolin. »Unglückliche Liebe zu Euer Hochwohlgeboren?«

Fridolin verneinte etwas ärgerlich. »Der Selbstmord dieser Baronin Dubieski hat mit meiner Person nicht das geringste zu tun.«

»Bitte, bitte, ich will nicht indiskret sein. Wir können uns ja sofort überzeugen. Meines Wissens ist heute abend keine Anforderung von der gerichtlichen Medizin gekommen. Also jedenfalls –«

Gerichtliche Obduktion, zuckte es durch Fridolins Hirn. Das könnte wohl noch der Fall sein. Wer weiß, ob ihr Selbstmord überhaupt ein freiwilliger war? Die zwei Herren fielen ihm wieder ein, die so plötzlich aus dem Hotel verschwunden waren, nachdem sie von dem Selbstmordversuch erfahren hatten. Die Angelegenheit könnte sich wohl noch zu einer Kriminalaffäre ersten Ranges entwickeln. Und ob er – Fridolin – nicht gar als Zeuge vorgeladen würde – ja, ob er nicht eigentlich verpflichtet wäre, sich freiwillig bei Gericht zu melden?

Er folgte Doktor Adler über den Gang zu der gegenüberliegenden Türe, die halb offen stand. Der kahle hohe Raum war durch die zwei offenen, etwas heruntergeschraubten Flammen eines zweiarmigen Gaslüsters schwach beleuchtet. Von den zwölf oder vierzehn Leichentischen war nur die geringere Anzahl belegt. Einige Körper lagen nackt da, über die anderen waren Leinentücher gebreitet. Fridolin trat zu dem ersten Tisch gleich an der Türe und zog vorsichtig das Tuch von dem Kopf der Leiche weg. Ein greller Lichtschein von der elektrischen Taschenlampe des Doktor Adler fiel plötzlich hin. Fridolin sah ein gelbes, graubärtiges Männergesicht und bedeckte es gleich wieder mit dem Leichentuch. Auf dem nächsten Tisch lag ein hagerer nackter Jünglingsleib. Doktor Adler, von einem anderen Tische her, sagte: »Eine zwischen sechzig und siebzig, die wird's also wohl auch nicht sein.«

Fridolin aber, wie plötzlich hingezogen, schritt ans Ende des Saales, von wo ein Frauenleib ihm fahl entgegenleuchtete. Der Kopf war zur Seite gesenkt; lange, dunkle Haarsträhnen fielen fast bis zum Fußboden herab. Unwillkürlich streckte Fridolin die Hand aus, um den Kopf zurechtzurücken, doch mit einer Scheu, die ihm, dem Arzt, sonst fremd war, zögerte er wieder. Doktor Adler war herzugetreten und bemerkte hinter sich deutend: »Kommen alle nicht in Betracht – – also die?« Und er leuchtete mit der elektrischen Lampe auf den Frauenkopf, den Fridolin eben, seine Scheu überwindend, mit beiden Händen gefaßt und ein wenig emporgehoben hatte.

Ein weißes Antlitz mit halbgeschlossenen Lidern starrte ihm entgegen. Der Unterkiefer hing schlaff herab, die schmale, hinaufgezogene Oberlippe ließ das bläuliche Zahnfleisch und eine Reihe weißer Zähne sehen. Ob dieses Antlitz irgendeinmal, ob es vielleicht gestern noch schön gewesen – Fridolin hätte es nicht zu sagen vermocht –, es war ein völlig nichtiges, leeres, es war ein totes Antlitz. Es konnte ebensogut einer Achtzehnjährigen als einer Achtunddreißigjährigen angehören.

»Ist sie's?« fragte Doktor Adler.

Fridolin beugte sich unwillkürlich tiefer herab, als könnte sein bohrender Blick den starren Zügen eine Antwort entreißen. Und er wußte doch zugleich, auch wenn es wirklich *ihr* Antlitz wäre, *ihre* Augen, dieselben Augen, die gestern so lebensheiß in die seinen geleuchtet, er wüßte es nicht, könnte es – wollte es am Ende gar nicht wissen. Und sanft legte er den Kopf wieder auf die Platte hin und ließ seinen Blick den toten Körper entlang schweifen, vom wandernden Schein der elektrischen Lampe geleitet. War es ihr Leib? – der wunderbare, blühende, gestern noch so qualvoll ersehnte? Er sah einen gelblichen, faltigen Hals, er sah zwei kleine und doch etwas schlaff gewordene Mädchenbrüste, zwischen denen, als wäre das Werk der Verwesung schon vorgebildet, das Brustbein mit grausamer Deutlichkeit sich unter der bleichen Haut abzeichnete, er sah die Rundung des mattbraunen Unterleibs, er sah, wie von einem dunklen, nun geheimnis- und sinnlos gewordenen Schatten aus wohlgeformte Schenkel sich gleichgültig öffneten, sah die leise auswärts gedrehten Kniewölbungen, die scharfen Kanten der Schienbeine und die schlanken Füße mit den einwärts gekrümmten Zehen. All dies versank nacheinander rasch wieder im Dunkel, da der Lichtkegel der elektrischen Lampe den Weg zurück mit vielfacher Geschwindigkeit zurücklegte, bis er endlich leicht zitternd über dem bleichen Antlitz ruhen blieb. Unwillkürlich, ja wie von einer unsichtbaren Macht gezwungen und geführt, berührte Fridolin mit beiden Händen die Stirne, die Wangen, die Schultern, die Arme der toten Frau; dann schlang er seine Finger wie zu einem Liebesspiel in die der Toten, und so starr sie waren, es schien ihm, als versuchten sie sich zu regen, die seinen zu ergreifen; ja ihm war, als irrte unter den halbgeschlossenen Lidern ein ferner, farbloser Blick nach dem seinen; und wie magisch angezogen beugte er sich herab.

Da flüsterte es plötzlich hinter ihm: »Aber was treibst du denn?«

Fridolin kam jählings zur Besinnung. Er löste seine Finger aus denen der Toten, umklammerte ihre schmalen Handgelenke und legte sorglich, ja mit einer gewissen Pedanterie die eiskalten Arme zu seiten des Rumpfes hin. Und ihm war, als ob jetzt, eben erst in diesem Augenblick, dieses Weib gestorben sei. Dann wandte er sich ab, lenkte die Schritte zur Türe und über den hallenden Gang, trat in das Arbeitskabinett zurück, das man früher verlassen. Doktor Adler folgte ihm schweigend und schloß hinter ihnen ab.

Fridolin trat ans Waschbecken. »Du erlaubst«, sagte er und reinigte seine Hände sorgfältig mit Lysol und Seife. Indes schien Doktor Adler ohne weiteres seine unterbrochene Arbeit wieder aufnehmen zu wollen. Er hatte die entsprechende Lichtvorrichtung neu eingeschaltet, drehte die Mikrometerschraube und blickte ins Mikroskop. Als Fridolin zu ihm trat, um sich zu verabschieden, war Doktor Adler völlig in seine Arbeit vertieft.

»Willst du dir das Präparat einmal anschauen?« fragte er.

»Warum?« fragte Fridolin abwesend.

»Nun, zur Beruhigung deines Gewissens«, erwiderte Doktor Adler – als nähme er doch an, daß Fridolins Besuch nur einen medizinisch-wissenschaftlichen Zweck gehabt hätte.

»Findest du dich zurecht?« fragte er, während Fridolin ins Mikroskop schaute. »Es ist nämlich eine ziemlich neue Färbungsmethode.«

Fridolin nickte, ohne das Auge vom Glas zu entfernen. »Geradezu ideal«, bemerkte er, »ein farbenprächtiges Bild, könnte man sagen.«

Und er erkundigte sich nach verschiedenen Einzelheiten der neuen Technik.

Doktor Adler gab ihm die gewünschten Aufklärungen, und Fridolin äußerte die Ansicht, daß ihm diese neue Methode bei einer Arbeit, die er für die nächste Zeit vorhabe, voraussichtlich gute Dienste leisten würde. Er erbat sich die Erlaubnis, morgen oder übermorgen wiederkommen zu dürfen, um sich weitere Aufschlüsse zu holen.

»Stets gerne zu Diensten«, sagte Doktor Adler, begleitete Fridolin über die hallenden Steinfliesen bis zum Tore, das indessen geschlossen worden war, und sperrte es mit seinem eigenen Schlüssel auf.

»Du bleibst noch?« fragte Fridolin.

»Aber natürlich«, erwiderte Doktor Adler, »das sind ja die allerschönsten Arbeitsstunden – so von Mitternacht bis früh. Da ist man wenigstens vor Störungen ziemlich sicher.«

»Na –«, sagte Fridolin mit einem leisen, wie schuldbewußten Lächeln.

Doktor Adler legte die Hand beruhigend auf Fridolins Arm, dann fragte er mit einiger Zurückhaltung: »Also – war sie's?«

Fridolin zögerte einen Augenblick, dann nickte er wortlos, und war sich kaum bewußt, daß diese Bejahung möglicherweise eine Unwahrheit bedeutete. Denn ob die Frau, die nun da drin in der Totenkammer lag, dieselbe war, die er vor vierundzwanzig Stunden zu den wilden Klängen von Nachtigalls Klavierspiel nackt in den Armen gehalten, oder ob diese Tote irgendeine andere, eine Unbekannte, eine ganz Fremde war, der er niemals vorher begegnet; er wußte: auch wenn das Weib noch am Leben war, das er gesucht, das er verlangt, das er eine Stunde lang vielleicht geliebt hatte, und, wie immer sie dieses Leben weiter lebte; – was da hinter ihm lag in der gewölbten Halle, im Scheine von flackernden Gasflammen, ein Schatten unter andern Schatten, dunkel, sinn- und geheimnislos wie sie – ihm bedeutete es, ihm konnte es nichts anderes mehr bedeuten als, zu unwiderruflicher Verwesung bestimmt, den bleichen Leichnam der vergangenen Nacht.

7

Durch die finsteren menschenleeren Gassen eilte er nach Hause, und wenige Minuten später, nachdem er, wie vierundzwanzig Stunden vorher, schon in seinem Ordinationszimmer sich entkleidet hatte, so leise als möglich betrat er das eheliche Schlafgemach.

Er hörte den gleichmäßig-ruhigen Atem Albertinens und sah die Umrisse ihres Kopfes sich auf dem weichen Polster abzeichnen. Ein Gefühl von Zärtlichkeit, ja von Geborgenheit, wie er es nicht erwartet, durchdrang sein Herz. Und er nahm sich vor, ihr bald, vielleicht morgen schon, die Geschichte der vergangenen Nacht zu erzählen, doch so, als wäre alles, was er erlebt, ein Traum gewesen – und dann, erst wenn sie die ganze Nichtigkeit seiner Abenteuer gefühlt und erkannt hatte, wollte er ihr gestehen, daß sie Wirklichkeit gewesen waren. Wirklichkeit? fragte er sich – und gewahrte in diesem Augenblick, ganz nahe dem Antlitz Albertines auf dem benachbarten, auf *seinem* Polster etwas Dunkles, Abgegrenztes, wie die umschatteten Linien eines menschlichen Gesichts. Einen Moment nur stand ihm das Herz still, im nächsten schon wußte er, woran er war, griff nach dem Polster hin und hielt die Maske in der Hand, die er während der vorigen Nacht getragen, die ihm, während er heute morgen das Paket zusammengerollt, ohne daß er es bemerkt, entglitten, und von dem Stubenmädchen oder Albertine selbst gefunden sein mochte. So konnte er auch nicht daran zweifeln, daß Albertine nach diesem Fund mancherlei ahnte und vermutlich noch mehr und noch Schlimmeres, als sich tatsächlich ereignet hatte. Doch die Art, wie sie ihm das zu verstehen gab, ihr Einfall, die dunkle Larve neben sich auf das Polster hinzulegen, als hätte sie nun sein, des Gatten, ihr nun rätselhaft gewordenes Antlitz zu bedeuten, diese scherzhafte, fast übermütige Art, in der zugleich eine milde Warnung und die Bereitwilligkeit des Verzeihens ausgedrückt schien, gab Fridolin die sichere Hoffnung, daß sie, wohl in Erinnerung ihres eigenen Traums – was auch geschehen sein mochte, geneigt war, es nicht allzu schwer zu nehmen. Fridolin aber, mit einem Male am Ende seiner Kräfte, ließ die Maske zu Boden gleiten, schluchzte, sich selbst ganz unerwartet, laut und schmerzlich auf, sank neben dem Bette nieder und weinte leise in die Kissen hinein.

Nach wenigen Sekunden fühlte er eine weiche Hand über seine Haare streichen. Da erhob er sein Haupt, und aus der

Tiefe seines Herzens entrang sich's ihm: »Ich will dir alles erzählen.«

Sie hob zuerst, wie in leiser Abwehr die Hand; er faßte sie, behielt sie in der seinen, sah wie fragend und zugleich bittend zu ihr auf, sie nickte ihm zu, und er begann.

Der Morgen dämmerte grau durch die Vorhänge, als Fridolin zu Ende war. Nicht ein einziges Mal hatte ihn Albertine mit einer neugierigen oder ungeduldigen Frage unterbrochen. Sie fühlte wohl, daß er ihr nichts verschweigen wollte und konnte. Ruhig lag sie da, die Arme im Nacken verschlungen, und schwieg noch lange, als Fridolin schon längst geendet hatte. Endlich – er lag an ihrer Seite hingestreckt – beugte er sich über sie, und in ihr regungsloses Antlitz mit den großen hellen Augen, in denen jetzt auch der Morgen aufzugehen schien, fragte er zweifelnd und hoffnungsvoll zugleich: »Was sollen wir tun, Albertine?«

Sie lächelte, und nach kurzem Zögern erwiderte sie: »Dem Schicksal dankbar sein, glaube ich, daß wir aus allen Abenteuern heil davongekommen sind – aus den wirklichen und aus den geträumten.«

»Weiß du das auch ganz gewiß?« fragte er.

»So gewiß, als ich ahne, daß die Wirklichkeit einer Nacht, ja daß nicht einmal die eines ganzen Menschenlebens zugleich auch seine innerste Wahrheit bedeutet.«

»Und kein Traum«, seufzte er leise, »ist völlig Traum.«

Sie nahm seinen Kopf in beide Hände und bettete ihn innig an ihre Brust. »Nun sind wir wohl erwacht«, sagte sie – »für lange.«

Für immer, wollte er hinzufügen, aber noch ehe er die Worte ausgesprochen, legte sie ihm einen Finger auf die Lippen und, wie vor sich hin, flüsterte sie: »Niemals in die Zukunft fragen.«

So lagen sie beide schweigend, beide wohl auch ein wenig schlummernd und einander traumlos nah – bis es wie jeden Morgen um sieben Uhr an die Zimmertür klopfte und mit den gewohnten Geräuschen von der Straße her, einem sieghaften Lichtstrahl durch den Vorhangspalt und einem hellen Kinderlachen von nebenan der neue Tag begann.

FRÄULEIN ELSE

»*Du willst wirklich nicht mehr weiterspielen, Else?*« – »Nein, Paul, ich kann nicht mehr. Adieu. – Auf Wiedersehen, gnädige Frau.« – »*Aber, Else, sagen Sie mir doch: Frau Cissy. – Oder lieber noch: Cissy, ganz einfach.*« – »Auf Wiedersehen, Frau Cissy.« – »*Aber warum gehen Sie denn schon, Else? Es sind noch volle zwei Stunden bis zum Dinner.*« – »Spielen Sie nur Ihr Single mit Paul, Frau Cissy, mit mir ist's doch heut' wahrhaftig kein Vergnügen.« – »*Lassen Sie sie, gnädige Frau, sie hat heut' ihren ungnädigen Tag. – Steht dir übrigens ausgezeichnet zu Gesicht, das Ungnädigsein, Else. – Und der rote Sweater noch besser.*« – »Bei Blau wirst du hoffentlich mehr Gnade finden, Paul. Adieu.«

Das war ein ganz guter Abgang. Hoffentlich glauben die Zwei nicht, daß ich eifersüchtig bin. – Daß sie was miteinander haben, Cousin Paul und Cissy Mohr, darauf schwör' ich. Nichts auf der Welt ist mir gleichgültiger. – Nun wende ich mich noch einmal um und winke ihnen zu. Winke und lächle. Sehe ich nun gnädig aus? – Ach Gott, sie spielen schon wieder. Eigentlich spiele ich besser als Cissy Mohr; und Paul ist auch nicht gerade ein Matador. Aber gut sieht er aus – mit dem offenen Kragen und dem Bösen-Jungen-Gesicht. Wenn er nur weniger affektiert wäre. Brauchst keine Angst zu haben, Tante Emma ...

Was für ein wundervoller Abend! Heut' wär' das richtige Wetter gewesen für die Tour auf die Rosetta-Hütte. Wie herrlich der Cimone in den Himmel ragt! – Um fünf Uhr früh wär' man aufgebrochen. Anfangs wär' mir natürlich übel gewesen, wie gewöhnlich. Aber das verliert sich. – Nichts köstlicher als das Wandern im Morgengrauen. – Der einäugige Amerikaner auf der Rosetta hat ausgesehen wie ein Boxkämpfer. Vielleicht hat ihn beim Boxen wer das Aug' ausgeschlagen. Nach Amerika würd' ich ganz gern heiraten, aber keinen Amerikaner. Oder ich heirat' einen Amerikaner und wir leben in Europa. Villa an der Riviera. Marmorstufen ins Meer. Ich liege nackt auf dem Marmor. – Wie lang ist's her, daß wir in Mentone waren? Sieben oder acht Jahre. Ich war dreizehn oder vierzehn. Ach ja, damals waren wir noch in besseren Verhältnissen. – Es war eigentlich ein Unsinn die Partie aufzuschieben. Jetzt wären wir jedenfalls schon zurück. – Um vier, wie ich zum Tennis gegangen bin, war der telegraphisch angekündigte Expreßbrief von Mama noch nicht da. Wer weiß, ob jetzt. Ich hätt' noch ganz gut ein Set spielen können. –Warum grüßen mich diese zwei jungen Leute? Ich kenn' sie gar nicht. Seit gestern wohnen sie im Hotel, sitzen beim Essen links am Fenster, wo früher die Holländer gesessen sind. Hab' ich ungnädig gedankt? Oder gar hochmütig? Ich bin's ja gar nicht. Wie sagte Fred auf dem Weg vom ›Coriolan‹ nach Hause? Frohgemut. Nein, hochgemut. Hochgemut sind Sie, nicht hochmütig, Else. – Ein schönes Wort. Er findet immer schöne Worte. – Warum geh' ich so langsam? Fürcht' ich mich am Ende vor Mamas Brief? Nun, Angenehmes wird er wohl nicht enthalten. Expreß! Vielleicht muß ich wieder zurückfahren. O weh. Was für ein Leben – trotz rotem Seidensweater und Seidenstrümpfen. Drei Paar! Die arme Verwandte, von der reichen Tante eingeladen. Sicher bereut sie's schon. Soll ich's dir schriftlich geben, teuere Tante, daß ich an Paul nicht im Traum denke? Ach, an niemanden denke ich. Ich bin nicht verliebt. In niemanden. Und war noch nie verliebt. Auch in Albert bin ich's nicht gewesen, obwohl ich es mir acht Tage lang eingebildet habe. Ich glaube, ich kann mich nicht verlieben. Eigentlich merkwürdig. Denn sinnlich bin ich gewiß. Aber auch hochgemut und ungnädig Gott sei Dank. Mit dreizehn war ich vielleicht das einzige Mal wirklich verliebt. In den Van Dyck – oder vielmehr in den Abbé Des Grieux, und in die Renard auch. Und wie ich sechzehn war, am Wörthersee. – Ach nein, das war nichts. Wozu nachdenken, ich schreibe ja keine Memoiren. Nicht einmal ein Tagebuch wie die Bertha. Fred ist mir sympathisch, nicht mehr. Vielleicht, wenn er eleganter wäre. Ich bin ja doch ein Snob. Der Papa findet's auch und lacht mich aus. Ach, lieber Papa, du machst mir viel Sorgen. Ob er die Mama einmal betrogen hat? Sicher. Öfters. Mama ist ziemlich dumm. Von mir hat sie keine Ahnung. Andere Menschen auch nicht. Fred? – Aber eben nur eine Ahnung. – Himmlischer Abend. Wie festlich das Hotel aussieht. Man spürt: Lauter Leute, denen es gut geht und die keine Sorgen haben. Ich zum Beispiel. Haha! Schad'. Ich wär' zu einem sorgenlosen Leben geboren. Es könnt' so schön sein. Schad'. – Auf dem Cimone liegt ein roter Glanz. Paul würde sagen: Alpenglühen. Das ist noch lang' kein Alpenglühen. Es ist zum Weinen schön. Ach, warum muß man wieder zurück in die Stadt!

»*Guten Abend, Fräulein Else.*« – »Küss' die Hand gnädige Frau.« – »*Vom Tennis?*« – Sie sieht's doch, warum fragt sie? »Ja, gnädige Frau. Beinah drei Stunden lang haben wir gespielt. – Und gnädige Frau machen noch einen Spaziergang?« – »*Ja, meinen gewohnten Abendspaziergang. Den Rolleweg. Der geht so schön zwischen den Wiesen, bei Tag ist er beinahe zu sonnig.*« – »Ja, die Wiesen hier sind herrlich. Besonders im Mondenschein von meinem Fenster aus.«

»*Guten Abend, Fräulein Else. – Küss' die Hand, gnädige*

Frau.« – »Guten Abend, Herr von Dorsday.« – »*Vom Tennis, Fräulein Else?*« – »Was für ein Scharfblick, Herr von Dorsday.« – »*Spotten Sie nicht, Else.*« – Warum sagt er nicht ›Fräulein Else‹? – »*Wenn man mit dem Rakett so gut ausschaut, darf man es gewissermaßen auch als Schmuck tragen.*« – Esel, darauf antworte ich gar nicht. »Den ganzen Nachmittag haben wir gespielt. Wir waren leider nur Drei. Paul, Frau Mohr und ich.« – »*Ich war früher ein enragierter Tennisspieler.*« – »Und jetzt nicht mehr?« – »*Jetzt bin ich zu alt dazu.*« – »Ach, alt, in Marienlyst, da war ein fünfundsechzigjähriger Schwede, der spielte jeden Abend von sechs bis acht Uhr. Und im Jahr vorher hat er sogar noch bei einem Turnier mitgespielt.« – »*Nun, fünfundsechzig bin ich Gott sei Dank noch nicht, aber leider auch kein Schwede.*« – Warum leider? Das hält er wohl für einen Witz. Das Beste, ich lächle höflich und gehe. »Küss' die Hand, gnädige Frau. Adieu, Herr von Dorsday«. Wie tief er sich verbeugt und was für Augen er macht. Kalbsaugen. Hab ich ihn am Ende verletzt mit dem fünfundsechzigjährigen Schweden? Schad't auch nichts. Frau Winawer muß eine unglückliche Frau sein. Gewiß schon nah an fünfzig. Diese Tränensäcke, – als wenn sie viel geweint hätte. Ach wie furchtbar, so alt zu sein. Herr von Dorsday nimmt sich ihrer an. Da geht er an ihrer Seite. Er sieht noch immer ganz gut aus mit dem graumelierten Spitzbart. Aber sympathisch ist er nicht. Schraubt sich künstlich hinauf. Was hilft Ihnen Ihr erster Schneider, Herr von Dorsday? Dorsday! Sie haben sicher einmal anders geheißen. – Da kommt das süße kleine Mädel von Cissy mit ihrem Fräulein. – »Grüß dich Gott, Fritzi. Bon soir, Mademoiselle. Vous allez bien?« – »*Merci, Mademoiselle. Et vous?*« – »Was seh' ich, Fritzi, du hast ja einen Bergstock. Willst du am End' den Cimone besteigen?« – »*Aber nein, so hoch hinauf darf ich noch nicht.*« – »Im nächsten Jahr wirst du es schon dürfen. Pah, Fritzi. A bientôt, Mademoiselle.« – »*Bon soir, Mademoiselle.*«

Eine hübsche Person. Warum ist sie eigentlich Bonne? Noch dazu bei Cissy. Ein bitteres Los. Ach Gott, kann mir auch noch blühen. Nein, ich wüßte mir jedenfalls was Besseres. Besseres? – Köstlicher Abend. ›Die Luft ist wie Champagner‹, sagte gestern Doktor Waldberg. Vorgestern hat es auch einer gesagt. – Warum die Leute bei dem wundervollen Wetter in der Halle sitzen? Unbegreiflich. Oder wartet jeder auf einen Expreßbrief? Der Portier hat mich schon gesehen; – wenn ein Expreßbrief für mich da wäre, hätte er mir ihn sofort hergebracht. Also keiner da. Gott sei Dank. Ich werde mich noch ein bißl hinlegen vor dem Diner. Warum sagt Cissy ›Dinner‹? Dumme Affektation. Passen zusammen, Cissy und Paul. – Ach, wär der Brief lieber schon da. Am Ende kommt er während des ›Dinner‹. Und wenn er nicht kommt, hab' ich eine unruhige Nacht. Auch die vorige Nacht hab' ich so miserabel geschlafen. Freilich, es sind gerade diese Tage. Drum hab' ich auch das Ziehen in den Beinen. Dritter September ist heute. Also wahrscheinlich am sechsten. Ich werde heute Veronal nehmen. O, ich werde mich nicht daran gewöhnen. Nein, lieber Fred, du mußt nicht besorgt sein. In Gedanken bin ich immer per Du mit ihm. – Versuchen sollte man alles, – auch Haschisch. Der Marinefähnrich Brandel hat sich aus China, glaub' ich, Haschisch mitgebracht. Trinkt man oder raucht man Haschisch? Man soll prachtvolle Visionen haben. Brandel hat mich eingeladen mit ihm Haschisch zu trinken oder – zu rauchen. – Frecher Kerl. Aber hübsch. –

»*Bitte sehr, Fräulein, ein Brief.*« – Der Portier! Also doch! –

Ich wende mich ganz unbefangen um. Es könnte auch ein Brief von der Karoline sein oder von der Bertha oder von Fred oder Miß Jackson? »Danke schön.« Doch von Mama. Expreß. Warum sagt er nicht gleich: ein Expreßbrief? »O, ein Expreß!« Ich mach' ihn erst auf dem Zimmer auf und les' ihn in aller Ruhe. – Die Marchesa. Wie jung sie im Halbdunkel aussieht. Sicher fünfundvierzig. Wo werd' ich mit fünfundvierzig sein? Vielleicht schon tot. Hoffentlich. Sie lächelt mich so nett an, wie immer. Ich lasse sie vorbei, nicke ein wenig, – nicht als wenn ich mir eine besondere Ehre daraus machte, daß mich eine Marchesa anlächelt. – »*Buona sera.*« – Sie sagt mir buona sera. Jetzt muß ich mich doch wenigstens verneigen. War das zu tief? Sie ist ja um so viel älter. Was für einen herrlichen Gang sie hat. Ist sie geschieden? Mein Gang ist auch schön. Aber – ich weiß es. Ja, das ist der Unterschied. – Ein Italiener könnte mir gefährlich werden. Schade, daß der schöne Schwarze mit dem Römerkopf schon wieder fort ist. ›Er sieht aus wie ein Filou‹, sagte Paul. Ach Gott, ich hab' nichts gegen Filous, im Gegenteil. – So, da wär' ich. Nummer siebenundsiebzig. Eigentlich eine Glücksnummer. Hübsches Zimmer. Zirbelholz. Dort steht mein jungfräuliches Bett. – Nun ist es richtig ein Alpenglühen geworden. Aber Paul gegenüber werde ich es abstreiten. Eigentlich ist Paul schüchtern. Ein Arzt, ein Frauenarzt! Vielleicht gerade deshalb. Vorgestern im Wald, wie wir so weit voraus waren, hätt' er schon etwas unternehmender sein dürfen. Aber dann wäre es ihm übel ergangen. Wirklich unternehmend war eigentlich mir gegenüber noch niemand. Höchstens am Wörthersee vor drei Jahren im Bad. Unternehmend? Nein, unanständig war er ganz einfach. Aber schön. Apoll vom Belvedere. Ich hab' es ja eigentlich nicht ganz verstanden damals. Nun ja mit – sechzehn Jahren. Meine himmlische Wiese! Meine –! Wenn man sich die nach Wien mitnehmen könnte. Zarte Nebel. Herbst? Nun ja, dritter September, Hochgebirge.

Nun, Fräulein Else, möchten Sie sich nicht doch entschließen, den Brief zu lesen? Er muß sich ja gar nicht auf den Papa beziehen. Könnte es nicht auch etwas mit meinem Bruder sein? Vielleicht hat er sich verlobt mit einer seiner Flammen? Mit einer Choristin oder einem Handschuhmädel. Ach nein, dazu ist er wohl doch zu gescheit. Eigentlich weiß ich ja nicht viel von ihm. Wie ich sechzehn war und er einundzwanzig, da waren wir eine Zeitlang geradezu befreundet. Von einer gewissen Lotte hat er mir viel erzählt. Dann hat er plötzlich aufgehört. Diese Lotte muß ihm irgend etwas angetan haben. Und seitdem erzählt er mir nichts mehr. – Nun ist er offen, der Brief, und ich hab' gar nicht bemerkt, daß ich ihn aufgemacht habe. Ich setze mich aufs Fensterbrett und lese ihn. Achtgeben, daß ich nicht hinunterstürze. Wie uns aus San Martino gemeldet wird, hat sich dort im Hotel Fratazza ein beklagenswerter Unfall ereignet. Fräulein Else T., ein neunzehnjähriges bildschönes Mädchen, Tochter des bekannten Advokaten ... Natürlich würde es heißen, ich hätte mich umgebracht aus unglücklicher Liebe oder weil ich in der Hoffnung war. Unglückliche Liebe, ah nein.

›Mein liebes Kind‹ – Ich will mir vor allem den Schluß anschaun. – ›Also nochmals, sei uns nicht böse, mein liebes gutes Kind und sei tausendmal‹ – Um Gottes willen, sie werden sich doch nicht umgebracht haben! Nein, – in dem Fall wär' ein Telegramm von Rudi da. – ›Mein liebes Kind, du kannst mir glauben, wie leid es mir tut, daß ich dir in deine schönen Ferialwochen‹ – Als wenn ich nicht immer Ferien hätt', leider – ›mit einer so unangenehmen Nachricht hineinplatze.‹ – Einen furchtbaren Stil schreibt Mama – ›Aber nach reiflicher Überlegung bleibt mir wirklich nichts anderes übrig. Also, kurz und gut, die Sache mit Papa ist akut geworden. Ich weiß mir nicht zu raten, noch zu helfen.‹ – Wozu die vielen Worte? – ›Es handelt sich um eine verhältnismäßig lächerliche Summe – dreißigtausend Gulden‹, lächerlich? – ›die in drei Tagen herbeigeschafft sein müssen, sonst ist alles verloren,‹ – Um Gottes willen, was heißt das? – ›Denk dir, mein geliebtes Kind, daß der Baron Höning‹, – wie, der Staatsanwalt? – ›sich heut früh den Papa hat kommen lassen. Du weißt ja, wie der Baron den Papa hochschätzt, ja geradezu liebt. Vor anderthalb Jahren, damals, wie es auch an einem Haar gehangen hat, hat er persönlich mit den Hauptgläubigern gesprochen und die Sache noch im letzten Moment in Ordnung gebracht. Aber diesmal ist absolut nichts zu machen, wenn das Geld nicht beschafft wird. Und abgesehen davon, daß wir alle ruiniert sind, wird es ein Skandal, wie er noch nicht da war. Denk' dir, ein Advokat, ein berühmter Advokat, – der, – nein, ich kann es gar nicht niederschreiben. Ich kämpfe immer mit den Tränen. Du weißt ja, Kind, du bist ja klug, wir waren ja, Gott sei's geklagt, schon ein paar Mal in einer ähnlichen Situation und die Familie hat immer herausgeholfen. Zuletzt hat es sich gar um hundertzwanzigtausend gehandelt. Aber damals hat der Papa einen Revers unterschreiben müssen, daß er niemals wieder an die Verwandten, speziell an den Onkel Bernhard, herantreten wird.‹ – Na weiter, weiter, wo will denn das hin? Was kann denn ich dabei tun? – ›Der Einzige, an den man eventuell noch denken könnte, wäre der Onkel Viktor, der befindet sich aber unglücklicherweise auf einer Reise zum Nordkap oder nach Schottland‹ – Ja, der hat's gut, der ekelhafte

Kerl – ›und ist absolut unerreichbar, wenigstens für den Moment. An die Kollegen, speziell Dr. Sch., der Papa schon öfter ausgeholfen hat‹ – Herrgott, wie stehn wir da – ›ist nicht mehr zu denken, seit er sich wieder verheiratet hat‹ – also was denn, was denn, was wollt ihr denn von mir? – ›Und da ist nun dein Brief gekommen, mein liebes Kind, wo du unter andern Dorsday erwähnst, der sich auch im Fratazza aufhält, und das ist uns wie ein Schicksalswink erschienen. Du weißt ja, wie oft Dorsday in früheren Jahren zu uns gekommen ist‹ – na, gar so oft – ›es ist der reine Zufall, daß er sich seit zwei, drei Jahren seltener blicken läßt; er soll in ziemlich festen Banden sein – unter uns, nichts sehr Feines‹ – warum ›unter uns?‹ – ›Im Residenzklub hat Papa jeden Donnerstag noch immer seine Whistpartie mit ihm, und im verflossenen Winter hat er ihm im Prozeß gegen einen andern Kunsthändler ein hübsches Stück Geld gerettet. Im übrigen, warum sollst du es nicht wissen, er ist schon früher einmal dem Papa beigesprungen.‹ – Hab' ich mir gedacht – ›Es hat sich damals um eine Bagatelle gehandelt, achttausend Gulden, – aber schließlich – dreißig bedeuten für Dorsday auch keinen Betrag. Darum hab' ich mir gedacht, ob du uns nicht die Liebe erweisen und mit Dorsday reden könntest‹ – Was? – ›Dich hat er ja immer besonders gern gehabt‹ – Hab' nichts davon gemerkt. Die Wange hat er mir gestreichelt, wie ich zwölf oder dreizehn Jahre alt war. ›Schon ein ganzes Fräulein.‹ – ›Und da Papa seit den achttausend glücklicherweise nicht mehr an ihn herangetreten ist, so wird er ihm diesen Liebesdienst nicht verweigern. Neulich soll er an einem Rubens, den er nach Amerika verkauft hat, allein achtzigtausend verdient haben. Das darfst du selbstverständlich nicht erwähnen.‹ – Hältst du mich für eine Gans, Mama? – ›Aber im übrigen kannst du ganz aufrichtig zu ihm reden. Auch, daß der Baron Höning sich den Papa hat kommen lassen, kannst du erwähnen, wenn es sich so ergeben sollte. Und daß mit den dreißigtausend tatsächlich das Schlimmste abgewendet ist, nicht nur für den Moment, sondern, so Gott will, für immer.‹ – Glaubst du wirklich, Mama? – ›Denn der Prozeß Erbesheimer, der glänzend steht, trägt dem Papa sicher hunderttausend, aber selbstverständlich kann er gerade in diesem Stadium von den Erbesheimers nichts verlangen. Also, ich bitte dich, Kind, sprich mit Dorsday. Ich versichere dich, es ist nichts dabei. Papa hätte ihm ja einfach telegraphieren können, wir haben es ernstlich überlegt, aber es ist doch etwas ganz anderes, Kind, wenn man mit einem Menschen persönlich spricht. Am sechsten um zwölf muß das Geld da sein, Doktor F.‹ – Wer ist Doktor F.? Ach ja, Fiala. – ›ist unerbittlich. Natürlich ist da auch persönliche Rancune dabei. Aber da es sich unglücklicherweise um Mündelgelder handelt‹ – Um Gottes willen! Papa, was hast du getan? – ›kann man nichts machen. Und wenn das Geld am fünften um zwölf Uhr mittags nicht in Fialas Händen ist, wird der Haftbefehl erlassen, vielmehr so lange hält der Baron Höning ihn noch zurück. Also Dorsday müßte die Summe telegraphisch durch seine Bank an Doktor F. überweisen lassen. Dann sind wir gerettet. Im andern Fall weiß Gott was geschieht. Glaub' mir, du vergibst dir nicht das Geringste, mein geliebtes Kind. Papa hatte ja anfangs Bedenken gehabt. Er hat sogar noch Versuche gemacht auf zwei verschiedenen Seiten. Aber er ist ganz verzweifelt nach Hause gekommen.‹ – Kann Papa überhaupt verzweifelt sein? – ›Vielleicht nicht einmal so sehr wegen des Geldes, als darum, weil die Leute sich so schändlich gegen ihn benehmen. Der eine von ihnen war einmal Papas bester Freund. Du kannst dir denken, wen ich meine.‹ – Ich kann mir gar nichts denken. Papa hat so viel beste Freunde gehabt und in Wirklichkeit keinen. Warnsdorf vielleicht? – ›Um ein Uhr ist Papa nach Hause gekommen, und jetzt ist es vier Uhr früh. Jetzt schläft er endlich, Gott sei Dank.‹ – Wenn er lieber nicht aufwachte, das wär' das beste für ihn. – ›Ich gebe den Brief in aller früh selbst auf die Post, expreß, da mußt du ihn vormittag am dritten haben.‹ – Wie hat sich Mama das vorgestellt? Sie kennt sich doch in diesen Dingen nie aus. – ›Also sprich sofort mit Dorsday, ich beschwöre dich und telegraphiere sofort, wie es ausgefallen ist. Vor Tante Emma laß dir um Gottes willen nichts merken, es ist ja traurig genug, daß man sich in einem solchen Fall an die eigene Schwester nicht wenden kann, aber da könnte man ja ebensogut zu einem Stein reden. Mein liebes, liebes Kind, mir tut es ja so leid, daß du in deinen jungen Jahren solche Dinge mitmachen mußt, aber glaub' mir, der Papa ist zum geringsten Teil selber daran schuld.‹ – Wer denn, Mama? – ›Nun, hoffen wir zu Gott, daß der Prozeß Erbesheimer in jeder Hinsicht einen Abschnitt in unserer Existenz bedeutet. Nur über diese paar Wochen müssen wir hinaus sein. Es wäre doch ein wahrer Hohn, wenn wegen der dreißigtausend Gulden ein Unglück geschähe?‹ – Sie meint doch nicht im Ernst, daß Papa sich selber ... Aber wäre – das andere nicht noch schlimmer? – ›Nun schließe ich, mein Kind, ich hoffe, du wirst unter allen Umständen‹ – Unter allen Umständen? – ›noch über die Feiertage, wenigstens bis neunten oder zehnten in San Martino bleiben können. Unseretwegen mußt du keineswegs zurück. Grüße die Tante, sei nur weiter nett mit ihr. Also nochmals, sei uns nicht böse, mein liebes gutes Kind, und sei tausendmal‹ – ja, das weiß ich schon.

Also, ich soll Herrn Dorsday anpumpen ... Irrsinnig. Wie stellt sich Mama das vor? Warum hat sich Papa nicht einfach auf die Bahn gesetzt und ist hergefahren? – Wär' grad' so geschwind gegangen wie der Expreßbrief. Aber vielleicht hätten sie ihn auf dem Bahnhof wegen Fluchtverdacht – – Furchtbar, furchtbar! Auch mit den dreißigtausend wird uns ja nicht geholfen sein. Immer diese Geschichten! Seit sieben Jahren! Nein – länger. Wer möcht' mir das ansehen? Niemand sieht mir was an, auch dem Papa nicht. Und doch wissen es alle Leute. Rätselhaft, daß wir uns immer noch halten. Wie man alles gewöhnt! Dabei leben wir eigentlich ganz gut. Mama ist wirklich eine Künstlerin. Das Souper am letzten Neujahrstag für vierzehn Personen – unbegreiflich. Aber dafür meine zwei Paar Ballhandschuhe, die waren eine Affäre. Und wie der Rudi neulich dreihundert Gulden gebraucht hat, da hat die Mama beinah' geweint. Und der Papa ist dabei immer gut aufgelegt. Immer? Nein. O nein. In der Oper neulich bei Figaro sein Blick, – plötzlich ganz leer – ich bin erschrocken. Da war er wie ein ganz anderer Mensch. Aber dann haben wir im Grand Hotel soupiert und er war so glänzend aufgelegt wie nur je. Und da halte ich den Brief in der Hand. Der Brief ist ja irrsinnig. Ich soll mit Dorsday sprechen? Zu Tod' würde ich mich schämen. – – Schämen, ich mich? Warum? Ich bin ja nicht schuld. – Wenn ich doch mit Tante Emma spräche? Unsinn. Sie hat wahrscheinlich gar nicht so viel Geld zur Verfügung. Der Onkel ist ja ein Geizkragen. Ach Gott, warum habe ich kein Geld? Warum hab' ich mir noch nichts verdient? Warum habe ich nichts gelernt? O, ich habe was gelernt! Wer darf sagen, daß ich nichts gelernt habe? Ich spiele Klavier, ich kann französisch, englisch, auch ein bißl italienisch, habe kunstgeschichtliche Vorlesungen besucht – Haha! Und wenn ich schon was Gescheiteres gelernt hätte, was hülfe es mir? Dreißigtausend Gulden hätte ich mir keineswegs erspart. – –

Aus ist es mit dem Alpenglühen. Der Abend ist nicht mehr wunderbar. Traurig ist die Gegend. Nein, nicht die Gegend, aber das Leben ist traurig. Und ich sitz' da ruhig auf dem Fensterbrett. Und der Papa soll eingesperrt werden. Nein. Nie und nimmer. Es darf nicht sein. Ich werde ihn retten. Ja, Papa, ich werde dich retten. Es ist ja ganz einfach. Ein paar Worte ganz nonchalant, das ist ja mein Fall, ›hochgemut‹, – haha, ich werde Herrn Dorsday behandeln, als wenn es eine Ehre für ihn wäre, uns Geld zu leihen. Es ist ja auch eine. – Herr von Dorsday, haben Sie vielleicht einen Moment Zeit für mich? Ich bekomme da eben einen Brief von Mama, sie ist in augenblicklicher Verlegenheit, – vielmehr der Papa – – ›Aber selbstverständlich, mein Fräulein, mit dem größten Vergnügen. Um wieviel handelt es sich denn?‹ – Wenn er mir nur nicht so unsympathisch wäre. Auch die Art, wie er mich ansieht. Nein, Herr Dorsday, ich glaube Ihnen Ihre Eleganz nicht und nicht Ihr Monokel und nicht Ihre Noblesse. Sie könnten ebensogut mit alten Kleidern handeln wie mit alten Bildern. – Aber Else! Else, was fällt dir denn ein. – O, ich kann mir das erlauben. Mir sieht's niemand an. Ich bin sogar blond, rötlichblond, und Rudi sieht absolut aus wie ein Aristokrat. Bei der Mama merkt man es freilich gleich, wenigstens im Reden. Beim Papa wieder gar nicht. Übrigens sollen sie es merken. Ich verleugne es durchaus nicht und Rudi erst recht nicht. Im Gegenteil. Was täte der Rudi, wenn der Papa eingesperrt würde? Würde er sich erschießen? Aber Unsinn! Erschießen und Kriminal, all die Sachen gibt's ja gar nicht, die stehn nur in der Zeitung.

Die Luft ist wie Champagner. In einer Stunde ist das Diner, das ›Dinner‹. Ich kann die Cissy nicht leiden. Um ihr Mäderl kümmert sie sich überhaupt nicht. Was zieh' ich an? Das blaue oder das schwarze? Heut' wär vielleicht das schwarze richtiger. Zu dekolletiert? Toilette de circonstance heißt es in den französischen Romanen. Jedesfalls muß ich berückend aussehen, wenn ich mit Dorsday rede. Nach dem Dinner, nonchalant. Seine Augen werden sich in meinen Ausschnitt bohren. Widerlicher Kerl. Ich hasse ihn. Alle Menschen hasse ich. Muß es gerade Dorsday sein? Gibt es denn wirklich nur diesen Dorsday auf der Welt, der dreißigtausend Gulden hat? Wenn ich mit Paul spräche? Wenn er der Tante sagte, er hat Spielschulden, – da würde sie sich das Geld sicher verschaffen können. –

Beinah schon dunkel. Nacht, Grabesnacht. Am liebsten möcht' ich tot sein. – Es ist ja gar nicht wahr. Wenn ich jetzt gleich hinunterginge, Dorsday noch vor dem Diner spräche? Ah, wie entsetzlich! – Paul, wenn du mir die dreißigtausend verschaffst, kannst du von mir haben, was du willst. Das ist ja schon wieder aus einem Roman. Die edle Tochter verkauft sich für den geliebten Vater, und hat am End' noch ein Vergnügen davon. Pfui Teufel! Nein, Paul, auch für dreißigtausend kannst du von mir nichts haben. Niemand. Aber für eine Million? – Für ein Palais? Für eine Perlenschnur? Wenn ich einmal heirate, werde ich es wahrscheinlich billiger tun. Ist es denn gar so schlimm? Die Fanny hat sich am Ende auch verkauft. Sie hat mir selber gesagt, daß sie sich vor ihrem Manne graust. Nun, wie wär's, Papa, wenn ich mich heute Abend versteigerte? Um dich vor dem Zuchthaus zu retten. Sensation –! Ich habe Fieber, ganz gewiß. Oder bin ich schon unwohl? Nein, Fieber habe ich. Vielleicht von der Luft. Wie

Champagner. – Wenn Fred hier wäre, könnte er mir raten? Ich brauche keinen Rat. Es gibt ja auch nichts zu raten. Ich werde mit Herrn Dorsday aus Eperies sprechen, werde ihn anpumpen, ich die Hochgemute, die Aristokratin, die Marchesa, die Bettlerin, die Tochter des Defraudanten. Wie komm' ich dazu? Wie komm' ich dazu? Keine klettert so gut wie ich, keine hat so viel Schneid, – sporting girl, in England hätte ich auf die Welt kommen sollen, oder als Gräfin.

Da hängen die Kleider im Kasten! Ist das grüne Loden überhaupt schon bezahlt, Mama? Ich glaube nur eine Anzahlung. Das schwarze zieh' ich an. Sie haben mich gestern alle angestarrt. Auch der blasse kleine Herr mit dem goldenen Zwicker. Schön bin ich eigentlich nicht, aber interessant. Zur Bühne hätte ich gehen sollen. Bertha hat schon drei Liebhaber, keiner nimmt es ihr übel ... In Düsseldorf war es der Direktor. Mit einem verheirateten Manne war sie in Hamburg und hat im Atlantic gewohnt, Appartement mit Badezimmer. Ich glaub' gar, sie ist stolz darauf. Dumm sind sie alle. Ich werde hundert Geliebte haben, tausend, warum nicht? Der Ausschnitt ist nicht tief genug; wenn ich verheiratet wäre, dürfte er tiefer sein. – Gut, daß ich Sie treffe, Herr von Dorsday, ich bekomme da eben einen Brief aus Wien ... Den Brief stecke ich für alle Fälle zu mir. Soll ich dem Stubenmädchen läuten? Nein, ich mache mich allein fertig. Zu dem schwarzen Kleid brauche ich niemanden. Wäre ich reich, würde ich nie ohne Kammerjungfer reisen.

Ich muß Licht machen. Kühl wird es. Fenster zu. Vorhang herunter? – Überflüssig. Steht keiner auf dem Berg drüben mit einem Fernrohr. Schade. – Ich bekomme da eben einen Brief, Herr von Dorsday. – Nach dem Dinner wäre es doch vielleicht besser. Man ist in leichterer Stimmung. Auch Dorsday – ich könnt ja ein Glas Wein vorher trinken. Aber wenn die Sache vor dem Diner abgetan wäre, würde mir das Essen besser schmecken. Pudding a la merveille, fromage et fruits divers. Und wenn Herr von Dorsday Nein sagt? – Oder wenn er gar frech wird? Ah nein, mit mir ist noch keiner frech gewesen. Das heißt, der Marineleutnant Brandl, aber es war nicht bös gemeint. – Ich bin wieder etwas schlanker geworden. Das steht mir gut. – Die Dämmerung starrt herein. Wie ein Gespenst starrt sie herein. Wie hundert Gespenster. Aus meiner Wiese herauf steigen die Gespenster. Wie weit ist Wien? Wie lange bin ich schon fort? Wie allein bin ich da! Ich habe keine Freundin, ich habe auch keinen Freund. Wo sind sie alle? Wen werd' ich heiraten? Wer heiratet die Tochter eines Defraudanten? – Eben erhalte ich einen Brief, Herr von Dorsday. – ›Aber es ist doch gar nicht der Rede wert, Fräulein Else, gestern erst habe ich einen Rembrandt verkauft, Sie beschämen mich, Fräulein Else.‹ Und jetzt reißt er ein Blatt aus seinem Scheckbuch und unterschreibt mit seiner goldenen Füllfeder; und morgen früh fahr' ich mit dem Scheck nach Wien. Jedenfalls; auch ohne Scheck. Ich bleibe nicht mehr hier. Ich könnte ja gar nicht, ich dürfte ja gar nicht. Ich lebe hier als elegante junge Dame und Papa steht mit einem Fuß im Grab – nein im Kriminal. Das vorletzte Paar Seidenstrümpfe. Den kleinen Riß grad unterm Knie merkt niemand. Niemand? Wer weiß. Nicht frivol sein, Else. – Bertha ist einfach ein Luder. Aber ist die Christine um ein Haar besser? Ihr künftiger Mann kann sich freuen. Mama war gewiß immer eine treue Gattin. Ich werde nicht treu sein. Ich bin hochgemut, aber ich werde nicht treu sein. Die Filous sind mir gefährlich. Die Marchesa hat gewiß einen Filou zum Liebhaber. Wenn Fred mich wirklich kennte, dann wäre es aus mit seiner Verehrung. – ›Aus Ihnen hätte alles Mögliche werden können, Fräulein, eine Pianistin, eine Buchhälterin, eine Schauspielerin, es stecken so viele Möglichkeiten in Ihnen. Aber es ist Ihnen immer zu gut gegangen.‹ Zu gut gegangen. Haha. Fred überschätzt mich. Ich hab' ja eigentlich zu nichts Talent. – Wer weiß? So weit wie Bertha hätte ich es auch noch gebracht. Aber mir fehlt es an Energie. Junge Dame aus guter Familie. Ha, gute Familie. Der Vater veruntreut Mündelgelder. Warum tust du mir das an, Papa? Wenn du noch etwas davon hättest! Aber an der Börse verspielt! Ist das der Mühe wert? Und die dreißigtausend werden dir auch nichts helfen. Für ein Vierteljahr vielleicht. Endlich wird er doch durchgehen müssen. Vor anderthalb Jahren war es ja fast schon so weit. Da kam noch Hilfe. Aber einmal wird sie nicht kommen – und was geschieht dann mit uns? Rudi wird nach Rotterdam gehen zu Vanderhulst in die Bank. Aber ich? Reiche Partie. O, wenn ich es darauf anlegte! Ich bin heute wirklich schön. Das macht wahrscheinlich die Aufregung. Für wen bin ich schön? Wäre ich froher, wenn Fred hier wäre? Ach Fred ist im Grunde nichts für mich. Kein Filou! Aber ich nähme ihn, wenn er Geld hätte. Und dann käme ein Filou – und das Malheur wäre fertig. – Sie möchten wohl gern ein Filou sein, Herr von Dorsday? – Von weitem sehen Sie manchmal auch so aus. Wie ein verlebter Vicomte, wie ein Don Juan – mit Ihrem blöden Monocle und Ihrem weißen Flanellanzug. Aber ein Filou sind Sie noch lange nicht. – Habe ich alles? Fertig zum ›Dinner‹? – Was tue ich aber eine Stunde lang, wenn ich Dorsday nicht treffe? Wenn er mit der unglücklichen Frau Winawer spazieren geht? Ach, sie ist gar nicht unglücklich, sie braucht keine dreißigtausend Gulden. Also ich werde mich in die Halle setzen, großartig in einen Fauteuil, schau mir die Illustrated News an und die Vie parisienne, schlage die Beine übereinander, – den Riß unter dem Knie wird man nicht sehen. Vielleicht ist gerade ein Milliardär angekommen. – Sie oder keine. – Ich nehme den weißen Schal, der steht mir gut. Ganz ungezwungen lege ich ihn um meine herrlichen Schultern. Für wen habe ich sie denn, die herrlichen Schultern? Ich könnte einen Mann sehr glücklich machen. Wäre nur der rechte Mann da. Aber Kind will ich keines haben. Ich bin nicht mütterlich. Marie Weil ist mütterlich. Mama ist mütterlich, Tante Irene ist mütterlich. Ich habe eine edle Stirn und eine schöne Figur. – ›Wenn ich Sie malen dürfte, wie ich wollte, Fräulein Else.‹ – Ja, das möchte Ihnen passen. Ich weiß nicht einmal seinen Namen mehr. Tizian hat er keineswegs geheißen, also war es eine Frechheit. – Eben erhalte ich einen Brief, Herr von Dorsday. – Noch etwas Puder auf den Nacken und Hals, einen Tropfen Verveine ins Taschentuch, Kasten zusperren, Fenster wieder auf, ah, wie wunderbar! Zum Weinen. Ich bin nervös. Ach, soll man nicht unter solchen Umständen nervös sein. Die Schachtel mit dem Veronal hab' ich bei den Hemden. Auch neue Hemden brauchte ich. Das wird wieder eine Affäre sein. Ach Gott.

Unheimlich, riesig der Cimone, als wenn er auf mich herunterfallen wollte! Noch kein Stern am Himmel. Die Luft ist wie Champagner. Und der Duft von den Wiesen! Ich werde auf dem Land leben. Einen Gutsbesitzer werde ich heiraten und Kinder werde ich haben. Doktor Froriep war vielleicht der Einzige, mit dem ich glücklich geworden wäre. Wie schön waren die beiden Abende hintereinander, der erste bei Kniep, und dann der auf dem Künstlerball. Warum ist er plötzlich verschwunden – wenigstens für mich? Wegen Papa vielleicht? Wahrscheinlich. Ich möchte einen Gruß in die Luft hinausrufen, ehe ich wieder hinuntersteige unter das Gesindel. Aber zu wem soll der Gruß gehen? Ich bin ja ganz allein. Ich bin ja so furchtbar allein, wie es sich niemand vorstellen kann. Sei gegrüßt, mein Geliebter. Wer? Sei gegrüßt, mein Bräutigam! Wer? Sei gegrüßt, mein Freund! Wer? – Fred? – Aber keine Spur. So, das Fenster bleibt offen. Wenn's auch kühl wird. Licht abdrehen. So. – Ja richtig, den Brief. Ich muß ihn zu mir nehmen für alle Fälle. Das Buch aufs Nachtkastel, ich lese heut' Nacht noch weiter in ›Notre Cœur‹, unbedingt, was immer geschieht. Guten Abend, schönstes Fräulein im Spiegel, behalten Sie mich in gutem Angedenken, auf Wiedersehen ...

Warum sperre ich die Tür zu? Hier wird nichts gestohlen. Ob Cissy in der Nacht ihre Türe offen läßt? Oder sperrt sie ihm erst auf, wenn er klopft? Ist es denn ganz sicher? Aber natürlich. Dann liegen sie zusammen im Bett. Unappetitlich. Ich werde kein gemeinsames Schlafzimmer haben mit meinem Mann und mit meinen tausend Geliebten. – Leer ist das ganze Stiegenhaus! Immer um diese Zeit. Meine Schritte hallen. Drei Wochen bin ich jetzt da. Am zwölften August bin ich von Gmunden abgereist. Gmunden war langweilig. Woher hat der Papa das Geld gehabt, Mama und mich aufs Land zu schicken? Und Rudi war sogar vier Wochen auf Reisen. Weiß Gott wo. Nicht zweimal hat er geschrieben in der Zeit. Nie werde ich unsere Existenz verstehen. Schmuck hat die Mama freilich keinen mehr. – Warum war Fred nur zwei Tage in Gmunden? Hat sicher auch eine Geliebte! Vorstellen kann ich es mir zwar nicht. Ich kann mir überhaupt gar nichts vorstellen. Acht Tage sind es, daß er mir nicht geschrieben hat. Er schreibt schöne Briefe. – Wer sitzt denn dort an dem kleinen Tisch? Nein, Dorsday ist es nicht. Gott sei Dank. Jetzt vor dem Diner wäre es doch unmöglich, ihm etwas zu sagen. – Warum schaut mich der Portier so merkwürdig an? Hat er am Ende den Expreßbrief von der Mama gelesen? Mir scheint, ich bin verrückt. Ich muß ihm nächstens wieder ein Trinkgeld geben. – Die Blonde da ist auch schon zum Diner angezogen. Wie kann man so dick sein! – Ich werde noch vor's Hotel hinaus und ein bißchen auf und abgehen. Oder ins Musikzimmer? Spielt da nicht wer? Eine Beethovensonate! Wie kann man hier eine Beethovensonate spielen! Ich vernachlässige mein Klavierspiel. In Wien werde ich wieder regelmäßig üben. Überhaupt ein anderes Leben anfangen. Das müssen wir alle. So darf es nicht weitergehen. Ich werde einmal ernsthaft mit Papa sprechen – wenn noch Zeit dazu sein sollte. Es wird, es wird. Warum habe ich es noch nie getan? Alles in unserem Haus wird mit Scherzen erledigt, und keinem ist scherzhaft zu Mut. Jeder hat eigentlich Angst vor dem Andern, jeder ist allein. Die Mama ist allein, weil sie nicht gescheit genug ist und von niemandem was weiß, nicht von mir, nicht von Rudi und nicht vom Papa. Aber sie spürt es nicht und Rudi spürt es auch nicht. Er ist ja ein netter eleganter Kerl, aber mit einundzwanzig hat er mehr versprochen. Es wird gut für ihn sein, wenn er nach Holland geht. Aber wo werde ich hingehen? Ich möchte fortreisen und tun können was ich will. Wenn Papa nach Amerika durchgeht, begleite ich ihn. Ich bin schon ganz konfus ... Der Portier wird mich für wahnsinnig halten, wie ich da auf der Lehne sitze und in die Luft starre. Ich werde mir eine Zigarette anzünden. Wo ist meine Zigarettendose? Oben. Wo nur? Das Veronal habe ich bei der Wäsche. Aber wo habe ich die Dose? Da kommen Cissy und Paul. Ja, sie muß sich endlich umkleiden zum ›Dinner‹, sonst hätten sie noch im Dunkeln weitergespielt. – Sie sehen mich nicht. Was sagt er ihr denn? Warum lacht sie so blitzdumm? Wär' lustig, ihrem Gatten einen anonymen Brief nach Wien zu schreiben. Wäre ich zu so was imstande? Nie. Wer weiß? Jetzt haben sie mich gesehen. Ich nicke ihnen zu. Sie ärgert sich, daß ich so hübsch aussehe. Wie verlegen sie ist.

»*Wie, Else, Sie sind schon fertig zum Diner?*« – Warum sagt sie jetzt Diner und nicht Dinner. Nicht einmal konsequent ist sie. – »Wie Sie sehen, Frau Cissy.« – »*Du siehst wirklich entzückend aus, Else, ich hätte große Lust, dir den Hof zu machen.*« – »Erspar' dir die Mühe, Paul, gib mir lieber eine Zigarette.« – »*Aber mit Wonne.*« – »Dank' schön. Wie ist das Single ausgefallen?« – »*Frau Cissy hat mich dreimal hintereinander geschlagen.*« – »*Er war nämlich zerstreut. Wissen Sie übrigens, Else, daß morgen der Kronprinz von Griechenland hier ankommt?*« – Was kümmert mich der Kronprinz von Griechenland? »So, wirklich?« O Gott, – Dorsday mit Frau Winawer! Sie grüßen. Sie gehen weiter. Ich habe zu höflich zurückgegrüßt. Ja, ganz anders als sonst. O, was bin ich für eine Person. – »*Deine Zigarette brennt ja nicht, Else?*« – »Also, gib mir noch einmal Feuer. Danke.« – »*Ihr Schal ist sehr hübsch, Else, zu dem schwarzen Kleid steht er Ihnen fabelhaft. Übrigens muß ich mich jetzt auch umziehen.*« – Sie soll lieber nicht weggehen, ich habe Angst vor Dorsday. – »*Und für sieben habe ich mir die Friseurin bestellt, sie ist famos. Im Winter ist sie in Mailand. Also adieu, Else, adieu, Paul.*« – »*Küss' die Hand, gnädige Frau.*« »Adieu, Frau Cissy.« – Fort ist sie. Gut, daß Paul wenigstens da bleibt. »*Darf ich mich einen Moment zu dir setzen, Else, oder stör' ich dich in deinen Träumen?*« – »Warum in meinen Träumen? Vielleicht in meinen Wirklichkeiten.« Das heißt eigentlich gar nichts. Er soll lieber fortgehen. Ich muß ja doch mit Dorsday sprechen. Dort steht er noch immer mit der unglücklichen Frau Winawer, er langweilt sich, ich seh' es ihm an, er möchte zu mir herüberkommen. – »*Gibt es denn solche Wirklichkeiten, in denen du nicht gestört sein willst?*« – Was sagt er da? Er soll zum Teufel gehen. Warum lächle ich ihn so kokett an? Ich mein' ihn ja gar nicht. Dorsday schielt herüber. Wo bin ich? Wo bin ich? »*Was hast du denn heute, Else?*« – »Was soll ich denn haben?« – »*Du bist geheimnisvoll, dämonisch, verführerisch.*« – »Red' keinen Unsinn, Paul.« »*Man könnte geradezu toll werden, wenn man dich ansieht.*« – Was fällt ihm denn ein? Wie redet er denn zu mir? Hübsch ist er. Der Rauch meiner Zigarette verfängt sich in seinen Haaren. Aber ich kann ihn jetzt nicht brauchen. – »*Du siehst so über mich hinweg. Warum denn, Else?*« – Ich antworte gar nichts. Ich kann ihn jetzt nicht brauchen. Ich mache mein unausstehlichstes Gesicht. Nur keine Konversation jetzt. – »*Du bist mit deinen Gedanken ganz wo anders.*« – »Das dürfte stimmen.« Er ist Luft für mich. Merkt Dorsday, daß ich ihn erwarte? Ich sehe nicht hin, aber ich weiß, daß er hersieht. – »*Also, leb' wohl, Else.*« – Gott sei Dank. Er küßt mir die Hand. Das tut er sonst nie. »Adieu, Paul.« Wo hab' ich die schmelzende Stimme her? Er geht, der Schwindler. Wahrscheinlich muß er noch etwas abmachen mit Cissy wegen heute Nacht. Wünsche viel Vergnügen. Ich ziehe den Schal um meine Schulter und stehe auf und geh' vors Hotel hinaus. Wird freilich schon etwas kühl sein. Schad', daß ich meinen Mantel – Ah, ich habe ihn ja heute früh in die Portierloge hineingehängt. Ich fühle den Blick von Dorsday auf meinem Nacken, durch den Schal. Frau Winawer geht jetzt hinauf in ihr Zimmer. Wieso weiß ich denn das? Telepathie. »Ich bitte Sie, Herr Portier –« »*Fräulein wünschen den Mantel?*« – »Ja, bitte.« – »*Schon etwas kühl die Abende, Fräulein. Das kommt bei uns so plötzlich.*« – »Danke.« Soll ich wirklich vors Hotel? Gewiß, was denn? Jedenfalls zur Türe hin. Jetzt kommt einer nach dem andern. Der Herr mit dem goldenen Zwicker. Der lange Blonde mit der grünen Weste. Alle sehen sie mich an. Hübsch ist diese kleine Genferin. Nein, aus Lausanne ist sie. Es ist eigentlich gar nicht so kühl.

»*Guten Abend, Fräulein Else.*« – Um Gotteswillen, er ist es. Ich sage nichts von Papa. Kein Wort. Erst nach dem Essen. Oder ich reise morgen nach Wien. Ich gehe persönlich zu Doktor Fiala. Warum ist mir das nicht gleich eingefallen? Ich wende mich um mit einem Gesicht, als wüßte ich nicht, wer hinter mir steht. »Ah, Herr von Dorsday.« – »*Sie wollen noch einen Spaziergang machen, Fräulein Else?*« – »Ach, nicht gerade einen Spaziergang, ein bißchen auf und abgehen vor dem Diner.« – »*Es ist fast noch eine Stunde bis dahin.*« – »Wirklich?« Es ist gar nicht so kühl. Blau sind die Berge. Lustig wär's, wenn er plötzlich um meine Hand anhielte. – »*Es gibt doch auf der Welt keinen schöneren Fleck als diesen hier.*« – »Finden Sie, Herr von Dorsday? Aber bitte, sagen Sie nicht, daß die Luft hier wie Champagner ist.« – »*Nein, Fräulein Else, das sage ich erst von zweitausend Metern an. Und hier stehen wir kaum sechzehnhundertfünfzig über dem Meeresspiegel.*« – »Macht das einen solchen Unterschied?« – »*Aber selbstverständlich. Waren Sie schon einmal im Engadin?*« – »Nein, noch nie. Also dort ist die Luft wirklich wie Champagner?« – »*Man könnte es beinah' sagen. Aber Champagner ist nicht mein Lieblingsgetränk. Ich zie-*

he diese Gegend vor. Schon wegen der wundervollen Wälder.« – Wie langweilig er ist. Merkt er das nicht? Er weiß offenbar nicht recht, was er mit mir reden soll. Mit einer verheirateten Frau wäre es einfacher. Man sagt eine kleine Unanständigkeit und die Konversation geht weiter. – »*Bleiben Sie noch längere Zeit hier in San Martino, Fräulein Else?*« – Idiotisch. Warum schau' ich ihn so kokett an? Und schon lächelt er in der gewissen Weise. Nein, wie dumm die Männer sind. »Das hängt zum Teil von den Dispositionen meiner Tante ab.« Ist ja gar nicht wahr. Ich kann ja allein nach Wien fahren. »Wahrscheinlich bis zum zehnten.« – »*Die Mama ist wohl noch in Gmunden?*« – »Nein, Herr von Dorsday. Sie ist schon in Wien. Schon seit drei Wochen. Papa ist auch in Wien. Er hat sich heuer kaum acht Tage Urlaub genommen. Ich glaube, der Prozeß Erbesheimer macht ihm sehr viel Arbeit.« – »*Das kann ich mir denken. Aber Ihr Papa ist wohl der Einzige, der Erbesheimer herausreißen kann ... Es bedeutet ja schon einen Erfolg, daß es überhaupt eine Zivilsache geworden ist.*« – Das ist gut, das ist gut. »Es ist mir angenehm zu hören, daß auch Sie ein so günstiges Vorgefühl haben.« – »*Vorgefühl? Inwiefern?*« – »Ja, daß der Papa den Prozeß für Erbesheimer gewinnen wird.« – »*Das will ich nicht einmal mit Bestimmtheit behauptet haben.*« – Wie, weicht er schon zurück? Das soll ihm nicht gelingen. »O, ich halte etwas von Vorgefühlen und von Ahnungen. Denken Sie, Herr von Dorsday, gerade heute habe ich einen Brief von zu Hause bekommen.« Das war nicht sehr geschickt. Er macht ein etwas verblüfftes Gesicht. Nur weiter, nicht schlucken. Er ist ein guter alter Freund von Papa. Vorwärts. Vorwärts. Jetzt oder nie. »Herr von Dorsday, Sie haben eben so lieb von Papa gesprochen, es wäre geradezu häßlich von mir, wenn ich nicht ganz aufrichtig zu Ihnen wäre.« Was macht er denn für Kalbsaugen? O weh, er merkt was. Weiter, weiter. »Nämlich in dem Brief ist auch von Ihnen die Rede, Herr von Dorsday. Es ist nämlich ein Brief von Mama.« – »*So.*« – »Eigentlich ein sehr trauriger Brief. Sie kennen ja die Verhältnisse in unserem Haus, Herr von Dorsday.« – Um Himmels willen, ich habe ja Tränen in der Stimme. Vorwärts, vorwärts, jetzt gibt es kein Zurück mehr. Gott sei Dank. »Kurz und gut, Herr von Dorsday, wir wären wieder einmal so weit.« – Jetzt möchte er am liebsten verschwinden. »Es handelt sich – um eine Bagatelle. Wirklich nur um eine Bagatelle, Herr von Dorsday. Und doch, wie Mama schreibt, steht alles auf dem Spiel.« Ich rede so blöd' daher wie eine Kuh. – »*Aber beruhigen Sie sich doch, Fräulein Else.*« – Das hat er nett gesagt. Aber meinen Arm brauchte er darum nicht zu berühren. – »*Also, was gibt's denn eigentlich, Fräulein Else? Was steht denn in dem traurigen Brief von Mama!*« – »Herr von Dorsday, der Papa« – Mir zittern die Knie. »Die Mama schreibt mir, daß der Papa« – »*Aber um Gottes willen, Else, was ist Ihnen denn? Wollen Sie nicht lieber – hier ist eine Bank. Darf ich Ihnen den Mantel umgeben? Es ist etwas kühl.*« – »Danke, Herr von Dorsday, o, es ist nichts, gar nichts besonderes.« So, da sitze ich nun plötzlich auf der Bank. Wer ist die Dame, die da vorüber kommt? Kenn' ich gar nicht. Wenn ich nur nicht weiterreden müßte. Wie er mich ansieht! Wie konntest du das von mir verlangen, Papa? Das war nicht recht von dir, Papa. Nun ist es einmal geschehen. Ich hätte bis nach dem Diner warten sollen. – »*Nun, Fräulein Else?*« – Sein Monokel baumelt. Dumm sieht das aus. Soll ich ihm antworten? Ich muß ja. Also geschwind, damit ich es hinter mir habe. Was kann mir denn passieren? Er ist ein Freund von Papa.

»Ach Gott, Herr von Dorsday, Sie sind ja ein alter Freund unseres Hauses.« Das habe ich sehr gut gesagt. »Und es wird Sie wahrscheinlich nicht wundern, wenn ich Ihnen erzähle, daß Papa sich wieder einmal in einer recht fatalen Situation befindet.« Wie merkwürdig meine Stimme klingt. Bin das ich, die da redet? Träume ich vielleicht? Ich habe gewiß jetzt auch ein ganz anderes Gesicht als sonst. – »*Es wundert mich allerdings nicht übermäßig. Da haben Sie schon recht, liebes Fräulein Else, – wenn ich es auch lebhaft bedauere.*« – Warum sehe ich denn so flehend zu ihm auf? Lächeln, lächeln. Geht schon. – »*Ich empfinde für Ihren Papa eine so aufrichtige Freundschaft, für Sie alle.*« – Er soll mich nicht ansehen, es ist unanständig. Ich will anders zu ihm reden und nicht lächeln. Ich muß mich würdiger benehmen. »Nun, Herr von Dorsday, jetzt hätten Sie Gelegenheit, Ihre Freundschaft für meinen Vater zu beweisen.« Gott sei Dank, ich habe meine alte Stimme wieder. »Es scheint nämlich, Herr von Dorsday, daß alle unsere Verwandten und Bekannten – die Mehrzahl ist noch nicht in Wien – sonst wäre Mama wohl nicht auf die Idee gekommen. – Neulich habe ich nämlich zufällig in einem Brief an Mama Ihrer Anwesenheit hier in Martino Erwähnung getan – unter anderm natürlich.« »*Ich vermutete gleich, Fräulein Else, daß ich nicht das einzige Thema Ihrer Korrespondenz mit Mama vorstelle.*« – Warum drückt er seine Knie an meine, während er da vor mir steht. Ach, ich lasse es mir gefallen. Was tut's! Wenn man einmal so tief gesunken ist. – »Die Sache verhält sich nämlich so. Doktor Fiala ist es, der diesmal dem Papa besondere Schwierigkeiten zu bereiten scheint.« – »*Ach, Doktor Fiala.*« – Er weiß offenbar auch, was er von diesem Fiala zu halten hat. »Ja, Doktor Fiala. Und die Summe, um die es sich handelt, soll am fünften, das ist übermorgen um zwölf Uhr Mittag, – vielmehr, sie muß in seinen Händen sein, wenn nicht der Baron Höning – ja, denken Sie, der Baron hat Papa zu sich bitten lassen, privat, er liebt ihn nämlich sehr.« Warum red' ich denn von Höning, das wär' ja gar nicht notwendig gewesen. – »*Sie wollen sagen, Else, daß andernfalls eine Verhaftung unausbleiblich wäre?*« – Warum sagt er das so hart? Ich antworte nicht, ich nicke nur. »Ja.« Nun habe ich doch Ja gesagt. – »*Hm, das ist ja – schlimm, das ist ja wirklich sehr – dieser hochbegabte geniale Mensch. – Und um welchen Betrag handelt es sich denn eigentlich, Fräulein Else?*« – Warum lächelt er denn? Er findet es schlimm und er lächelt. Was meint er mit seinem Lächeln? Daß es gleichgültig ist wieviel? Und wenn er Nein sagt! Ich bring' mich um, wenn er Nein sagt. Also, ich soll die Summe nennen. »Wie, Herr von Dorsday, ich habe noch nicht gesagt, wieviel? Eine Million.« Warum sag' ich das? Es ist doch jetzt nicht der Moment zum Spaßen? Aber wenn ich ihm dann sage, um wieviel weniger es in Wirklichkeit ist, wird er sich freuen. Wie er die Augen aufreißt? Hält er es am Ende wirklich für möglich, daß ihn der Papa um eine Million – »Entschuldigen Sie, Herr von Dorsday, daß ich in diesem Augenblick scherze. Es ist mir wahrhaftig nicht scherzhaft zumute.« – Ja, ja, drück' die Knie nur an, du darfst es dir ja erlauben. »Es handelt sich natürlich nicht um eine Million, es handelt sich im ganzen um dreißigtausend Gulden, Herr von Dorsday, die bis übermorgen Mittag um zwölf Uhr in den Händen des Herrn Doktor Fiala sein müssen. Ja. Mama schreibt mir, daß Papa alle möglichen Versuche gemacht hat, aber wie gesagt, die Verwandten, die in Betracht kämen, befinden sich nicht in Wien.« – O, Gott, wie ich mich erniedrige. – »Sonst wäre es dem Papa natürlich nicht eingefallen, sich an Sie zu wenden, Herr von Dorsday, respektive mich zu bitten –« – Warum schweigt er? Warum bewegt er keine Miene? Warum sagt er nicht Ja? Wo ist das Scheckbuch und die Füllfeder? Er wird doch um Himmels willen nicht Nein sagen? Soll ich mich auf die Knie vor ihm werfen? O Gott! O Gott –

»*Am fünften sagten Sie, Fräulein Else?*« – Gott sei Dank, er spricht. »Jawohl übermorgen, Herr von Dorsday, um zwölf Uhr mittags. Es wäre also nötig – ich glaube, brieflich ließe sich das kaum mehr erledigen.« – »*Natürlich nicht, Fräulein Else, das müßten wir wohl auf telegraphischem Wege*« – ›Wir‹, das ist gut, das ist sehr gut. – »*Nun, das wäre das wenigste. Wieviel sagten Sie, Else?*« – Aber er hat es ja gehört, warum quält er mich denn? »Dreißigtausend, Herr von Dorsday. Eigentlich eine lächerliche Summe.« Warum habe ich das gesagt? Wie dumm. Aber er lächelt. Dummes Mädel, denkt er. Er lächelt ganz liebenswürdig. Papa ist gerettet. Er hätte ihm auch fünfzigtausend geliehen, und wir hätten uns allerlei anschaffen können. Ich hätte mir neue Hemden gekauft. Wie gemein ich bin. So wird man. – »*Nicht ganz so lächerlich, liebes Kind*« – Warum sagt er ›liebes Kind‹? Ist das gut oder schlecht? – »*wie Sie sich das vorstellen. Auch dreißigtausend Gulden wollen verdient sein.*« – »Entschuldigen Sie, Herr von Dorsday, nicht so habe ich es gemeint. Ich dachte nur, wie traurig es ist, daß Papa wegen einer solchen Summe, wegen einer solchen Bagatelle« – Ach Gott, ich verhasple mich ja schon wieder. »Sie können sich gar nicht denken, Herr von Dorsday, – wenn Sie auch einen gewissen Einblick in unsere Verhältnisse haben, wie furchtbar es für mich und besonders für Mama ist« – Er stellt den einen Fuß auf die Bank. Soll das elegant sein – oder was? – »O, *ich kann mir schon denken, liebe Else.«* – Wie seine Stimme klingt, ganz anders, merkwürdig. – »*Und ich habe mir selbst schon manchesmal gedacht: schade, schade um diesen genialen Menschen.«* – Warum sagt er ›schade‹? Will er das Geld nicht hergeben? Nein, er meint es nur im allgemeinen. Warum sagt er nicht endlich Ja? Oder nimmt er das als selbstverständlich an? Wie er mich ansieht! Warum spricht er nicht weiter? Ah, weil die zwei Ungarinnen vorbeigehen. Nun steht er wenigstens wieder anständig da, nicht mehr mit dem Fuß auf der Bank. Die Krawatte ist zu grell für einen älteren Herrn. Sucht ihm die seine Geliebte aus? Nichts besonders Feines ›unter uns‹, schreibt Mama. Dreißigtausend Gulden! Aber ich lächle ihn ja an. Warum lächle ich denn? O, ich bin feig. – »*Und wenn man wenigstens annehmen dürfte, mein liebes Fräulein Else, daß mit dieser Summe wirklich etwas getan wäre? Aber – Sie sind doch ein so kluges Geschöpf, Else, was wären diese dreißigtausend Gulden? Ein Tropfen auf einen heißen Stein.«* – Um Gottes willen, er will das Geld nicht hergeben? Ich darf kein so erschrockenes Gesicht machen. Alles steht auf dem Spiel. Jetzt muß ich etwas Vernünftiges sagen und energisch. »O nein, Herr von Dorsday, diesmal wäre es kein Tropfen auf einen heißen Stein. Der Prozeß Erbesheimer steht bevor, vergessen Sie das nicht, Herr von Dorsday, und der ist schon heute so gut wie gewonnen. Sie hatten ja selbst diese Empfindung, Herr von Dorsday. Und Papa hat auch noch andere Prozesse. Und außerdem habe ich die Absicht, Sie dürfen nicht lachen, Herr von Dorsday, mit Papa zu sprechen, sehr ernsthaft. Er hält etwas auf mich. Ich darf sagen, wenn jemand einen gewissen Einfluß auf ihn zu nehmen imstande ist, so bin es noch am ehesten ich.« – »*Sie sind ja ein rührendes, ein entzückendes Geschöpf, Fräulein Else.«* –

Seine Stimme klingt schon wieder. Wie zuwider ist mir das, wenn es so zu klingen anfängt bei den Männern. Auch bei Fred mag ich es nicht. – »*Ein entzückendes Geschöpf in der Tat.*« – Warum sagt er ›in der Tat‹? Das ist abgeschmackt. Das sagt man doch nur im Burgtheater. – »*Aber so gern ich Ihren Optimismus teilen möchte – wenn der Karren einmal so verfahren ist.*« – »Das ist er nicht, Herr von Dorsday. Wenn ich an Papa nicht glauben würde, wenn ich nicht ganz überzeugt wäre, daß diese dreißigtausend Gulden« – Ich weiß nicht, was ich weiter sagen soll. Ich kann ihn doch nicht geradezu anbetteln. Er überlegt. Offenbar. Vielleicht weiß er die Adresse von Fiala nicht? Unsinn. Die Situation ist unmöglich. Ich sitze da wie eine arme Sünderin. Er steht vor mir und bohrt mir das Monokel in die Stirn und schweigt. Ich werde jetzt aufstehen, das ist das beste. Ich lasse mich nicht so behandeln. Papa soll sich umbringen. Ich werde mich auch umbringen. Eine Schande dieses Leben. Am besten wär's, sich dort von dem Felsen hinunterzustürzen und aus wär's. Geschähe euch recht, allen. Ich stehe auf. – »*Fräulein Else*« – »Entschuldigen Sie, Herr von Dorsday, daß ich Sie unter diesen Umständen überhaupt bemüht habe. Ich kann Ihr ablehnendes Verhalten natürlich vollkommen verstehen.« – So, aus, ich gehe. – »*Bleiben Sie, Fräulein Else.*« – Bleiben Sie, sagt er? Warum soll ich bleiben? Er gibt das Geld her. Ja. Ganz bestimmt. Er muß ja. Aber ich setze mich nicht noch einmal nieder. Ich bleibe stehen, als wär' es nur für eine halbe Sekunde. Ich bin ein bißchen größer als er. – »*Sie haben meine Antwort noch nicht abgewartet, Else. Ich war ja schon einmal, verzeihen Sie, Else, daß ich das in diesem Zusammenhang erwähne*« – Er müßte nicht so oft Else sagen – »*in der Lage, dem Papa aus einer Verlegenheit zu helfen. Aller-*

dings mit einer – noch lächerlicheren Summe als diesmal, und schmeichelte mir keineswegs mit der Hoffnung, diesen Betrag jemals wiedersehen zu dürfen, – und so wäre eigentlich kein Grund vorhanden, meine Hilfe diesmal zu verweigern. Und gar wenn ein junges Mädchen wie Sie, Else, wenn Sie selbst als Fürbitterin vor mich hintreten –« – Worauf will er hinaus? Seine Stimme ›klingt‹ nicht mehr. Oder anders! Wie sieht er mich denn an? Er soll acht geben!! – »*Also, Else, ich bin bereit – Doktor Fiala soll übermorgen um zwölf Uhr mittags die dreißigtausend Gulden haben – unter einer Bedingung«* – Er soll nicht weiterreden, er soll nicht. »Herr von Dorsday, ich, ich persönlich übernehme die Garantie, daß mein Vater diese Summe zurückerstatten wird, sobald er das Honorar von Erbesheimer erhalten hat. Erbesheimers haben bisher überhaupt noch nichts gezahlt. Noch nicht einmal einen Vorschuß – Mama selbst schreibt mir« – »*Lassen Sie doch, Else, man soll niemals eine Garantie für einen anderen Menschen übernehmen, – nicht einmal für sich selbst.«* – Was will er? Seine Stimme klingt schon wieder. Nie hat mich ein Mensch so angeschaut. Ich ahne, wo er hinaus will. Wehe ihm! – »*Hätte ich es vor einer Stunde für möglich gehalten, daß ich in einem solchen Falle überhaupt mir jemals einfallen lassen würde, eine Bedingung zu stellen? Und nun tue ich es doch. Ja, Else, man ist eben nur ein Mann, und es ist nicht meine Schuld, daß Sie so schön sind, Else.«* – Was will er? Was will er –? – »*Vielleicht hätte ich heute oder morgen das Gleiche von Ihnen erbeten, was ich jetzt erbitten will, auch wenn Sie nicht eine Million, pardon – dreißigtausend Gulden von mir gewünscht hätten. Aber freilich, unter anderen Umständen hätten Sie mir wohl kaum Gelegenheit vergönnt, so lange Zeit unter vier Augen mit Ihnen zu reden.«* – »O, ich habe Sie wirklich allzu lange in Anspruch genommen, Herr von Dorsday.« Das habe ich gut gesagt. Fred wäre zufrieden. Was ist das? Er faßt nach meiner Hand? Was fällt ihm denn ein? – »*Wissen Sie es denn nicht schon lange, Else.*« – Er soll meine Hand loslassen! Nun, Gott sei Dank, er läßt sie los. Nicht so nah, nicht so nah. – »*Sie müßten keine Frau sein, Else, wenn Sie es nicht gemerkt hätten. Je vous désire.*« – Er hätte es auch deutsch sagen können, der Herr Vicomte. – »*Muß ich noch mehr sagen?*« – »Sie haben schon zu viel gesagt, Herr Dorsday.« Und ich stehe noch da. Warum denn? Ich gehe, ich gehe ohne Gruß. – »*Else! Else!*« – Nun ist er wieder neben mir. – »*Verzeihen Sie mir, Else. Auch ich habe nur einen Scherz gemacht, geradeso wie Sie vorher mit der Million. Auch meine Forderung stelle ich nicht so hoch – als Sie gefürchtet haben, wie ich leider sagen muß, – so daß die geringere Sie vielleicht angenehm überraschen wird. Bitte, bleiben Sie doch stehen, Else.*« – Ich bleibe wirklich stehen. Warum denn? Da stehen wir uns gegenüber. Hätte ich ihm nicht einfach ins Gesicht schlagen sollen? Wäre nicht noch jetzt Zeit dazu? Die zwei Engländer kommen vorbei. Jetzt wäre der Moment. Gerade darum. Warum tu' ich es denn nicht? Ich bin feig, ich bin zerbrochen, ich bin erniedrigt. Was wird er nun wollen statt der Million? Einen Kuß vielleicht? Darüber ließe sich reden. Eine Million zu dreißigtausend verhält sich wie – – Komische Gleichungen gibt es. – »*Wenn Sie wirklich einmal eine Million brauchen sollten, Else, – ich bin zwar kein reicher Mann, dann wollen wir sehen. Aber für diesmal will ich genügsam sein, wie Sie. Und für diesmal will ich nichts anderes, Else, als – Sie sehen.*« – Ist er verrückt? Er sieht mich doch. – Ah, so meint er das, so! Warum schlage ich ihm nicht ins Gesicht, dem Schuften! Bin ich rot geworden oder blaß? Nackt willst du mich sehen? Das möchte mancher. Ich bin schön, wenn ich nackt bin. Warum schlage ich ihm nicht ins Gesicht? Riesengroß ist sein Gesicht. Warum so nah, du Schuft? Ich will deinen Atem nicht auf meinen Wangen. Warum lasse ich ihn nicht einfach stehen? Bannt mich sein Blick? Wir schauen uns ins Auge wie Todfeinde. Ich möchte ihm Schuft sagen, aber ich kann nicht. Oder will ich nicht? – »*Sie sehen mich an, Else, als wenn ich verrückt wäre. Ich bin es vielleicht ein wenig, denn es geht ein Zauber von Ihnen aus, Else, den Sie selbst wohl nicht ahnen. Sie müssen fühlen, Else, daß meine Bitte keine Beleidigung bedeutet. Ja, ›Bitte‹ sage ich, wenn sie auch einer Erpressung zum Verzweifeln ähnlich sieht. Aber ich bin kein Erpresser, ich bin nur ein Mensch, der mancherlei Erfahrungen gemacht hat, – unter andern die, daß alles auf der Welt seinen Preis hat und daß einer, der sein Geld verschenkt, wenn er in der Lage ist, einen Gegenwert dafür zu bekommen, ein ausgemachter Narr ist. Und – was ich mir diesmal kaufen will, Else, so viel es auch ist, Sie werden nicht ärmer dadurch, daß Sie es verkaufen. Und daß es ein Geheimnis bleiben würde zwischen Ihnen und mir, das schwöre ich Ihnen, Else, bei – bei all den Reizen, durch deren Enthüllung Sie mich beglücken würden.*« – Wo hat er so reden gelernt? Es klingt wie aus einem Buch. – »*Und ich schwöre Ihnen auch, daß ich – von der Situation keinen Gebrauch machen werde, der in unserem Vertrag nicht vorgesehen war. Nichts anderes verlange ich von Ihnen, als eine Viertelstunde dastehen dürfen in Andacht vor Ihrer Schönheit. Mein Zimmer liegt im gleichen Stockwerk wie das Ihre, Else, Nummer fünfundsechzig, leicht zu merken. Der schwedische Tennisspieler, von dem Sie heut' sprachen, war doch gerade fünfundsechzig Jahre alt?«* – Er ist verrückt! Warum lasse ich ihn weiterreden? Ich bin gelähmt. – »*Aber wenn es Ihnen aus irgendeinem Grunde nicht paßt, mich auf Zimmer Nummer fünfundsechzig zu besuchen, Else, so schlage ich Ihnen einen kleinen Spaziergang nach dem Diner vor. Es gibt eine Lichtung im Walde, ich habe sie neulich ganz zufällig entdeckt, kaum fünf Minuten weit von unserem Hotel. – Es wird eine wundervolle Sommernacht heute, beinahe warm, und das Sternenlicht wird Sie herrlich kleiden.*« – Wie zu einer Sklavin spricht er. Ich spucke ihm ins Gesicht. – »*Sie sollen mir nicht gleich antworten, Else. Überlegen Sie. Nach dem Diner werden Sie mir gütigst Ihre Entscheidung kundtun.*« – Warum sagt er denn ›kundtun‹. Was für ein blödes Wort: kundtun. – »*Überlegen Sie in aller Ruhe. Sie werden vielleicht spüren, daß es nicht einfach ein Handel ist, den ich Ihnen vorschlage.*« – Was denn, du klingender Schuft! – »*Sie werden möglicherweise ahnen, daß ein Mann zu Ihnen spricht, der ziemlich einsam und nicht besonders glücklich ist und der vielleicht einige Nachsicht verdient.*« – Affektierter Schuft. Spricht wie ein schlechter Schauspieler. Seine gepflegten Finger sehen aus wie Krallen. Nein, nein, ich will nicht. Warum sag' ich es denn nicht. Bring' dich um, Papa! Was will er denn mit meiner Hand? Ganz schlaff ist mein Arm. Er führt meine Hand an seine Lippen. Heiße Lippen. Pfui! Meine Hand ist kalt. Ich hätte Lust, ihm den Hut herunter zu blasen. Ha, wie komisch wär' das. Bald ausgeküßt, du Schuft? – Die Bogenlampen vor dem Hotel brennen schon. Zwei Fenster stehen offen im dritten Stock. Das, wo sich der Vorhang bewegt, ist meines. Oben auf dem Schrank glänzt etwas. Nichts liegt oben, es ist nur der Messingbeschlag. – »*Also auf Wiederse-*

hen, Else.« – Ich antworte nichts. Regungslos stehe ich da. Er sieht mir ins Auge. Mein Gesicht ist undurchdringlich. Er weiß gar nichts. Er weiß nicht, ob ich kommen werde oder nicht. Ich weiß es auch nicht. Ich weiß nur, daß alles aus ist. Ich bin halbtot. Da geht er. Ein wenig gebückt. Schuft! Er fühlt meinen Blick auf seinem Nacken. Wen grüßt er denn? Zwei Damen. Als wäre er ein Graf, so grüßt er. Paul soll ihn fordern und ihn totschießen. Oder Rudi. Was glaubt er denn eigentlich? Unverschämter Kerl! Nie und nimmer. Es wird dir nichts anderes übrig bleiben, Papa, du mußt dich umbringen. – Die Zwei kommen offenbar von einer Tour. Beide hübsch, er und sie. Haben sie noch Zeit, sich vor dem Diner umzukleiden? Sind gewiß auf der Hochzeitsreise oder vielleicht gar nicht verheiratet. Ich werde nie auf einer Hochzeitsreise sein. Dreißigtausend Gulden. Nein, nein, nein! Gibt es keine dreißigtausend Gulden auf der Welt? Ich fahre zu Fiala. Ich komme noch zurecht. Gnade, Gnade, Herr Doktor Fiala. Mit Vergnügen, mein Fräulein. Bemühen Sie sich in mein Schlafzimmer. – Tu mir doch den Gefallen, Paul, verlange dreißigtausend Gulden von deinem Vater. Sage, du hast Spielschulden, du mußt dich sonst erschießen. Gern, liebe Kusine. Ich habe Zimmer Nummer soundsoviel, um Mitternacht erwarte ich dich. O, Herr von Dorsday, wie bescheiden sind Sie. Vorläufig. Jetzt kleidet er sich um. Smoking. Also entscheiden wir uns. Wiese im Mondenschein oder Zimmer Nummer fünfundsechzig? Wird er mich im Smoking in den Wald begleiten?

Es ist noch Zeit bis zum Diner. Ein bißchen spazierengehen und die Sache in Ruhe überlegen. Ich bin ein einsamer alter Mann, haha. Himmlische Luft, wie Champagner. Gar nicht mehr kühl – dreißigtausend ... dreißigtausend ... Ich muß mich jetzt sehr hübsch ausnehmen in der weiten Landschaft. Schade, daß keine Leute mehr im Freien sind. Dem Herrn dort am Waldesrand gefalle ich offenbar sehr gut. O, mein Herr, nackt bin ich noch viel schöner, und es kostet einen Spottpreis, dreißigtausend Gulden. Vielleicht bringen Sie Ihre Freunde mit, dann kommt es billiger. Hoffentlich haben Sie lauter hübsche Freunde, hübschere und jüngere als Herr von Dorsday? Kennen Sie Herrn von Dorsday? Ein Schuft ist er – ein klingender Schuft ...

Also überlegen, überlegen ... Ein Menschenleben steht auf dem Spiel. Das Leben von Papa. Aber nein, er bringt sich nicht um, er wird sich lieber einsperren lassen. Drei Jahre schwerer Kerker oder fünf. In dieser ewigen Angst lebt er schon fünf oder zehn Jahre ... Mündelgelder ... Und Mama geradeso. Und ich doch auch. – Vor wem werde ich mich das nächste Mal nackt ausziehen müssen? Oder bleiben wir der Einfachheit wegen bei Herrn Dorsday? Seine jetzige Geliebte ist ja nichts Feines ›unter uns gesagt‹. Ich wäre ihm gewiß lieber. Es ist gar nicht so ausgemacht, ob ich viel feiner bin. Tun Sie nicht vornehm, Fräulein Else, ich könnte Geschichten von Ihnen erzählen ... einen gewissen Traum zum Beispiel, den Sie schon dreimal gehabt haben – von dem haben Sie nicht einmal Ihrer Freundin Bertha erzählt. Und die verträgt doch was. Und wie war denn das heuer in Gmunden in der Früh um sechs auf dem Balkon, mein vornehmes Fräulein Else? Haben Sie die zwei jungen Leute im Kahn vielleicht gar nicht bemerkt, die Sie angestarrt haben? Mein Gesicht haben sie vom See aus freilich nicht genau ausnehmen können, aber daß ich im Hemd war, das haben sie schon bemerkt. Und ich hab' mich gefreut. Ah, mehr als gefreut. Ich war wie berauscht. Mit beiden Händen hab' ich mich über die Hüften gestrichen und vor mir selber hab' ich getan, als wüßte ich nicht, daß man mich sieht. Und der Kahn hat sich nicht vom Fleck bewegt. Ja, so bin ich, so bin ich. Ein Luder, ja. Sie spüren es ja alle. Auch Paul spürt es. Natürlich, er ist ja Frauenarzt. Und der Marineleutnant hat es ja auch gespürt und der Maler auch. Nur Fred, der dumme Kerl spürt es nicht. Darum liebt er mich ja. Aber gerade vor ihm möchte ich nicht nackt sein, nie und nimmer. Ich hätte gar keine Freude davon. Ich möchte mich schämen. Aber vor dem Filou mit dem Römerkopf – wie gern. Am allerliebsten vor dem. Und wenn ich gleich nachher sterben müßte. Aber es ist ja nicht notwendig gleich nachher zu sterben. Man überlebt es. Die Bertha hat mehr überlebt. Cissy liegt sicher auch nackt da, wenn Paul zu ihr schleicht durch die Hotelgänge, wie ich heute Nacht zu Herrn von Dorsday schleichen werde.

Nein, nein. Ich will nicht. Zu jedem andern – aber nicht zu ihm. Zu Paul meinetwegen. Oder ich such' mir einen aus heute abend beim Diner. Es ist ja alles egal. Aber ich kann doch nicht jedem sagen, daß ich dreißigtausend Gulden dafür haben will! Da wäre ich ja wie ein Frauenzimmer von der Kärntnerstraße. Nein, ich verkaufe mich nicht. Niemals. Nie werde ich mich verkaufen. Ich schenke mich her. Ja, wenn ich einmal den Rechten finde, schenke ich mich her. Aber ich verkaufe mich nicht. Ein Luder will ich sein, aber nicht eine Dirne. Sie haben sich verrechnet, Herr von Dorsday. Und der Papa auch. Ja, verrechnet hat er sich. Er muß es ja vorher gesehen haben. Er kennt ja die Menschen. Er kennt doch den Herrn von Dorsday. Er hat sich doch denken können, daß der Herr Dorsday nicht für nichts und wieder nichts. – Sonst hätte er doch telegraphieren oder selber herreisen können. Aber so war es bequemer und sicherer, nicht wahr, Papa? Wenn man eine so hübsche Tochter hat, wozu braucht man ins Zuchthaus zu spazieren? Und die Mama, dumm wie sie ist, setzt sich hin und schreibt den Brief. Der Papa hat sich nicht getraut. Da hätte ich es ja gleich merken müssen. Aber es soll Euch nicht glücken. Nein, du hast zu sicher auf meine kindliche Zärtlichkeit spekuliert, Papa, zu sicher darauf gerechnet, daß ich lieber jede Gemeinheit erdulden würde als dich die Folgen deines verbrecherischen Leichtsinns tragen zu lassen. Ein Genie bist du ja. Herr von Dorsday sagt es, alle Leute sagen es. Aber was hilft mir das. Fiala ist eine Null, aber er unterschlägt keine Mündelgelder, sogar Waldheim ist nicht in einem Atem mit dir zu nennen ... Wer hat das nur gesagt? Der Doktor Froriep. Ein Genie ist Ihr Papa. – Und ich hab' ihn erst einmal reden gehört! – Im vorigen Jahr im Schwurgerichtssaal – – zum ersten- und letztenmal! Herrlich! Die Tränen sind mir über die Wangen gelaufen. Und der elende Kerl, den er verteidigt hat, ist freigesprochen worden. Er war vielleicht gar kein so elender Kerl. Er hat jedenfalls nur gestohlen, keine Mündelgelder veruntreut, um Bakkarat zu spielen und auf der Börse zu spekulieren. Und jetzt wird der Papa selber vor den Geschworenen stehen. In allen Zeitungen wird man es lesen. Zweiter Verhandlungstag, dritter Verhandlungstag; der Verteidiger erhob sich zu einer Replik. Wer wird denn sein Verteidiger sein? Kein Genie. Nichts wird ihm helfen. Einstimmig schuldig. Verurteilt auf fünf Jahre. Stein, Sträflingskleid, geschorene Haare. Einmal im Monat darf man ihn besuchen. Ich fahre mit Mama hinaus, dritter Klasse. Wir haben ja kein Geld. Keiner leiht uns was. Kleine Wohnung in der Lerchenfelderstraße, so wie die, wo ich die Nähterin besucht habe vor zehn

Jahren. Wir bringen ihm etwas zu essen mit. Woher denn? Wir haben ja selber nichts. Onkel Viktor wird uns eine Rente aussetzen. Dreihundert Gulden monatlich. Rudi wird in Holland sein bei Vanderhulst – wenn man noch auf ihn reflektiert. Die Kinder des Sträflings! Roman von Temme in drei Bänden. Der Papa empfängt uns im gestreiften Sträflingsanzug. Er schaut nicht bös drein, nur traurig. Er kann ja gar nicht bös dreinschauen. – Else, wenn du mir damals das Geld verschafft hättest, das wird er sich denken, aber er wird nichts sagen. Er wird nicht das Herz haben, mir Vorwürfe zu machen. Er ist ja seelengut, nur leichtsinnig ist er. Sein Verhängnis ist die Spielleidenschaft. Er kann ja nichts dafür, es ist eine Art von Wahnsinn. Vielleicht spricht man ihn frei, weil er wahnsinnig ist. Auch den Brief hat er vorher nicht überlegt. Es ist ihm vielleicht gar nicht eingefallen, daß Dorsday die Gelegenheit benützen könnte, und so eine Gemeinheit von mir verlangen wird. Er ist ein guter Freund unseres Hauses, er hat dem Papa schon einmal achttausend Gulden geliehen. Wie soll man so was von einem Menschen denken. Zuerst hat der Papa sicher alles andere versucht. Was muß er durchgemacht haben, ehe er die Mama veranlaßt hat, diesen Brief zu schreiben? Von einem zum andern ist er gelaufen, von Warsdorf zu Burin, von Burin zu Wertheimstein und weiß Gott noch zu wem. Bei Onkel Karl war er gewiß auch. Und alle haben sie ihn im Stich gelassen. Alle die sogenannten Freunde. Und nun ist Dorsday seine Hoffnung, seine letzte Hoffnung. Und wenn das Geld nicht kommt, so bringt er sich um. Natürlich bringt er sich um. Er wird sich doch nicht einsperren lassen. Untersuchungshaft, Verhandlung, Schwurgericht, Kerker, Sträflingsgewand. Nein, nein! Wenn der Haftbefehl kommt, erschießt er sich oder hängt sich auf. Am Fensterkreuz wird er hängen. Man wird herüberschicken vom Haus vis-à-vis, der Schlosser wird aufsperren müssen und ich bin Schuld gewesen. Und jetzt sitzt er zusammen mit Mama im selben Zimmer, wo er übermorgen hängen wird, und raucht eine Havannazigarre. Woher hat er immer noch Havannazigarren? Ich höre ihn sprechen, wie er die Mama beruhigt. Verlaß dich drauf, Dorsday weist das Geld an. Bedenke doch, ich habe ihm heuer im Winter eine große Summe durch meine Intervention gerettet. Und dann kommt der Prozeß Erbesheimer … – Wahrhaftig. – Ich höre ihn sprechen. Telepathie! Merkwürdig. Auch Fred seh ich in diesem Moment. Er geht mit einem Mädel im Stadtpark am Kursalon vorbei. Sie hat eine hellblaue Bluse und lichte Schuhe und ein bißl heiser ist sie. Das weiß ich alles ganz bestimmt. Wenn ich nach Wien komme, werde ich Fred fragen, ob er am dritten September zwischen halb acht und acht Uhr abends mit seiner Geliebten im Stadtpark war.

Wohin denn noch? Was ist denn mit mir? Beinahe ganz dunkel. Wie schön und ruhig. Weit und breit kein Mensch. Nun sitzen alle schon beim Diner. Telepathie? Nein, das ist noch keine Telepathie. Ich habe ja früher das Tamtam gehört. Wo ist die Else? wird sich Paul denken. Es wird allen auffallen, wenn ich zur Vorspeise noch nicht da bin. Sie werden zu mir heraufschicken. Was ist das mit Else? Sie ist doch sonst so pünktlich? Auch die zwei Herren am Fenster werden denken: Wo ist denn heute das schöne junge Mädel mit dem rötlich blonden Haar? Und Herr von Dorsday wird Angst bekommen. Er ist sicher feig. Beruhigen Sie sich, Herr von Dorsday, es wird Ihnen nichts geschehen. Ich verachte Sie ja so sehr. Wenn ich wollte, morgen abend wären Sie ein toter Mann. – Ich bin überzeugt, Paul würde ihn fordern, wenn ich ihm die Sache erzählte. Ich schenke Ihnen das Leben, Herr von Dorsday.

Wie ungeheuer weit die Wiesen und wie riesig schwarz die Berge. Keine Sterne beinahe. Ja doch, drei, vier, – es werden schon mehr. Und so still der Wald hinter mir. Schön hier auf der Bank am Waldesrand zu sitzen. So fern, so fern das Hotel und so märchenhaft leuchtet es her. Und was für Schufte sitzen drin. Ach nein, Menschen, arme Menschen, sie tun mir alle so leid. Auch die Marchesa tut mir leid, ich weiß nicht warum, und die Frau Winawer und die Bonne von Cissys kleinem Mädel. Sie sitzt nicht an der Table d'hôtes, sie hat schon früher mit Fritzi gegessen. Was ist das nur mit Else, fragt Cissy. Wie, auf ihrem Zimmer ist sie auch nicht? Alle haben sie Angst um mich, ganz gewiß. Nur ich habe keine Angst. Ja, da bin ich in Martino di Castrozza, sitze auf einer Bank am Waldesrand und die Luft ist wie Champagner und mir scheint gar, ich weine. Ja, warum weine ich denn? Es ist doch kein Grund zu weinen. Das sind die Nerven. Ich muß mich beherrschen. Ich darf mich nicht so gehen lassen. Aber das Weinen ist gar nicht unangenehm. Das Weinen tut mir immer wohl. Wie ich unsere alte Französin besucht habe im Krankenhaus, die dann gestorben ist, habe ich auch geweint. Und beim Begräbnis von der Großmama, und wie die Bertha nach Nürnberg gereist ist, und wie das Kleine von der Agathe gestorben ist, und im Theater bei der Kameliendame hab' ich auch geweint. Wer wird weinen, wenn ich tot bin? O, wie schön wäre das tot zu sein. Aufgebahrt liege ich im Salon, die Kerzen brennen. Lange Kerzen. Zwölf lange Kerzen. Unten steht schon der Leichenwagen. Vor dem Haustor stehen Leute. Wie alt war sie denn? Erst neunzehn. Wirklich erst neunzehn? – Denken Sie sich, ihr Papa ist im Zuchthaus. Warum hat sie sich denn umgebracht? Aus unglücklicher Liebe zu einem Filou. Aber was fällt Ihnen denn ein? Sie hätte ein Kind kriegen sollen. Nein, sie ist vom Cimone heruntergestürzt. Es ist ein Unglücksfall. Guten Tag, Herr Dorsday, Sie erweisen der kleinen Else auch die letzte Ehre? Kleine Else, sagt das alte Weib. – Warum denn? Natürlich, ich muß ihr die letzte Ehre erweisen. Ich habe ihr ja auch die erste Schande erwiesen. O, es war der Mühe wert, Frau Winawer, ich habe noch nie einen so schönen Körper gesehen. Es hat mich nur dreißig Millionen gekostet. Ein Rubens kostet dreimal so viel. Mit Haschisch hat sie sich vergiftet. Sie wollte nur schöne Visionen haben, aber sie hat zu viel genommen und ist nicht mehr aufgewacht. Warum hat er denn ein rotes Monokel der Herr Dorsday? Wem winkt er denn mit dem Taschentuch? Die Mama kommt die Treppe herunter und küßt ihm die Hand. Pfui, pfui. Jetzt flüstern sie miteinander. Ich kann nichts verstehen, weil ich aufgebahrt bin. Der Veilchenkranz um meine Stirn ist von Paul. Die Schleifen fallen bis auf den Boden. Kein Mensch traut sich ins Zimmer. Ich stehe lieber auf und schaue zum Fenster hinaus. Was für ein großer blauer See! Hundert Schiffe mit gelben Segeln –. Die Wellen glitzern. So viel Sonne. Regatta. Die Herren haben alle Ruderleibchen. Die Damen sind im Schwimmkostüm. Das ist unanständig. Sie bilden sich ein, ich bin nackt. Wie dumm sie sind. Ich habe ja schwarze Trauerkleider an, weil ich tot bin. Ich werde es euch beweisen. Ich lege mich gleich wieder auf die Bahre hin. Wo ist sie denn? Fort ist sie. Man hat sie davongetragen. Man hat sie unterschlagen. Darum ist der Papa im Zuchthaus. Und sie haben ihn doch freigesprochen auf drei Jahre. Die Geschworenen sind alle bestochen von Fiala. Ich werde jetzt zu Fuß auf den Friedhof gehen, da erspart die

Mama das Begräbnis. Wir müssen uns einschränken. Ich gehe so schnell, daß mir keiner nachkommt. Ah, wie schnell ich gehen kann. Da bleiben sie alle auf den Straßen stehen und wundern sich. Wie darf man jemanden so anschaun, der tot ist! Das ist zudringlich. Ich gehe lieber übers Feld, das ist ganz blau von Vergißmeinnicht und Veilchen. Die Marineoffiziere stehen Spalier. Guten Morgen, meine Herren. Öffnen Sie das Tor, Herr Matador. Erkennen Sie mich nicht? Ich bin ja die Tote ... Sie müssen mir darum nicht die Hand küssen ... Wo ist denn meine Gruft? Hat man die auch unterschlagen? Gott sei Dank, es ist gar nicht der Friedhof. Das ist ja der Park in Mentone. Der Papa wird sich freuen, daß ich nicht begraben bin. Vor den Schlangen habe ich keine Angst. Wenn mich nur keine in den Fuß beißt. O weh.

Was ist denn? Wo bin ich denn? Habe ich geschlafen? Ja. Geschlafen habe ich. Ich muß sogar geträumt haben. Mir ist so kalt in den Füßen. Im rechten Fuß ist mir kalt. Wieso denn? Da ist am Knöchel ein kleiner Riß im Strumpf. Warum sitze ich denn noch im Wald? Es muß ja längst geläutet haben zum Dinner. Dinner.

O Gott, wo war ich denn? So weit war ich fort. Was hab ich denn geträumt? Ich glaube ich war schon tot. Und keine Sorgen habe ich gehabt und mir nicht den Kopf zerbrechen müssen. Dreißigtausend, dreißigtausend ... ich habe sie noch nicht. Ich muß sie mir erst verdienen. Und da sitz' ich allein am Waldesrand. Das Hotel leuchtet bis her. Ich muß zurück. Es ist schrecklich, daß ich zurück muß. Aber es ist keine Zeit mehr zu verlieren. Herr von Dorsday erwartet meine Entscheidung. Entscheidung. Entscheidung! Nein. Nein, Herr von Dorsday, kurz und gut, nein. Sie haben gescherzt, Herr von Dorsday, selbstverständlich. Ja, das werde ich ihm sagen. O, das ist ausgezeichnet. Ihr Scherz war nicht sehr vornehm, Herr von Dorsday, aber ich will Ihnen verzeihen. Ich telegraphiere morgen früh an Papa, Herr von Dorsday, daß das Geld pünktlich in Doktor Fialas Händen sein wird. Wunderbar. Das sage ich ihm. Da bleibt ihm nichts übrig, er muß das Geld abschicken. Muß? Muß er? Warum muß er denn? Und wenn er's täte, so würde er sich dann rächen irgendwie. Er würde es so einrichten, daß das Geld zu spät kommt. Oder er würde das Geld schicken und dann überall erzählen, daß er mich gehabt hat. Aber er schickt ja das Geld gar nicht ab. Nein, Fräulein Else, so haben wir nicht gewettet. Telegraphieren Sie dem Papa, was Ihnen beliebt, ich schicke das Geld nicht ab. Sie sollen nicht glauben, Fräulein Else, daß ich mich von so einem kleinen Mädel übertölpeln lasse, ich, der Vicomte von Eperies.

Ich muß vorsichtig gehen. Der Weg ist ganz dunkel. Sonderbar, es ist mir wohler als vorher. Es hat sich doch gar nichts geändert und mir ist wohler. Was habe ich denn nur geträumt? Von einem Matador? Was war denn das für ein Matador? Es ist doch weiter zum Hotel, als ich gedacht habe. Sie sitzen gewiß noch alle beim Diner. Ich werde mich ruhig an den Tisch setzen und sagen, daß ich Migräne gehabt habe und lasse mir nachservieren. Herr von Dorsday wird am Ende selbst zu mir kommen und mir sagen, daß das Ganze nur ein Scherz war. Entschuldigen Sie, Fräulein Else, entschuldigen Sie den schlechten Spaß, ich habe schon an meine Bank telegraphiert. Aber er wird es nicht sagen. Er hat nicht telegraphiert. Es ist alles noch genau so wie früher. Er wartet. Herr von Dorsday wartet. Nein, ich will ihn nicht sehen. Ich kann ihn nicht mehr sehen. Ich will niemanden mehr sehen. Ich will nicht mehr ins Hotel, ich will nicht mehr nach Hause, ich will nicht nach Wien, zu niemandem will ich, zu keinem Menschen, nicht zu Papa und nicht zu Mama, nicht zu Rudi und nicht zu Fred, nicht zu Berta und nicht zu Tante Irene. Die ist noch die beste, die würde alles verstehen. Aber ich habe nichts mehr mit ihr zu tun und mit niemandem mehr. Wenn ich zaubern könnte, wäre ich ganz wo anders in der Welt. Auf irgendeinem herrlichen Schiff im Mittelländischen Meer, aber nicht allein. Mit Paul zum Beispiel. Ja, das könnte ich mir ganz gut vorstellen. Oder ich wohnte in einer Villa am Meer, und wir lägen auf den Marmorstufen, die ins Wasser führen, und er hielte mich fest in seinen Armen und bisse mich in die Lippen, wie es Albert vor zwei Jahren getan hat beim Klavier, der unverschämte Kerl. Nein. Allein möchte ich am Meer liegen auf den Marmorstufen und warten. Und endlich käme Einer oder mehrere, und ich hätte die Wahl und die Andern, die ich verschmähe, die stürzen sich aus Verzweiflung alle ins Meer. Oder sie müßten Geduld haben bis zum nächsten Tag. Ach, was wäre das für ein köstliches Leben. Wozu habe ich denn meine herrlichen Schultern und meine schönen schlanken Beine? Und wozu bin ich denn überhaupt auf der Welt? Und es geschähe ihnen ganz recht, ihnen allen, sie haben mich ja doch nur daraufhin erzogen, daß ich mich verkaufe, so oder so. Vom Theaterspielen haben sie nichts wissen wollen. Da haben sie mich ausgelacht. Und es wäre ihnen ganz recht gewesen im vorigen Jahr, wenn ich den Direktor Wilomitzer geheiratet hätte, der bald fünfzig ist. Nur daß sie mir nicht zugeredet haben. Da hat sich der Papa doch geniert. Aber die Mama hat ganz deutliche Anspielungen gemacht.

Wie riesig es dasteht das Hotel, wie eine ungeheuere beleuchtete Zauberburg. Alles ist so riesig. Die Berge auch.

Man könnte sich fürchten. Noch nie waren sie so schwarz. Der Mond ist noch nicht da. Der geht erst zur Vorstellung auf, zur großen Vorstellung auf der Wiese, wenn der Herr von Dorsday seine Sklavin nackt tanzen läßt. Was geht mich denn der Herr Dorsday an? Nun, Mademoiselle Else, was machen Sie denn für Geschichten? Sie waren doch schon bereit auf und davon zu gehen, die Geliebte von fremden Männern zu werden, von einem nach dem andern. Und auf die Kleinigkeit, die Herr von Dorsday von Ihnen verlangt, kommt es Ihnen an? Für einen Perlenschmuck, für schöne Kleider, für eine Villa am Meer sind Sie bereit sich zu verkaufen? Und das Leben Ihres Vaters ist Ihnen nicht so viel wert? Es wäre gerade der richtige Anfang. Es wäre dann gleich die Rechtfertigung für alles andere. Ihr wart es, könnt ich sagen, Ihr habt mich dazu gemacht, Ihr alle seid schuld, daß ich so geworden bin, nicht nur Papa und Mama. Auch der Rudi ist schuld und der Fred und alle, alle, weil sich ja niemand um einen kümmert. Ein bißchen Zärtlichkeit, wenn man hübsch aussieht, und ein bißl Besorgtheit, wenn man Fieber hat, und in die Schule schicken sie einen, und zu Hause lernt man Klavier und Französisch, und im Sommer geht man auf's Land und zum Geburtstag kriegt man Geschenke und bei Tisch reden sie über allerlei. Aber was in mir vorgeht und was in mir wühlt und Angst hat, habt ihr euch darum je gekümmert? Manchmal im Blick von Papa war eine Ahnung davon, aber ganz flüchtig. Und dann war gleich wieder der Beruf da, und die Sorgen und das Börsenspiel – und wahrscheinlich irgendein Frauenzimmer ganz im geheimen, ›nichts sehr Feines unter uns‹, – und ich war wieder allein. Nun, was tätst du Papa, was tätst du heute, wenn ich nicht da wäre?

Da stehe ich, ja da stehe ich vor dem Hotel. – Furchtbar

da hineingehen zu müssen, alle die Leute sehen, den Herrn von Dorsday, die Tante, Cissy. Wie schön war das früher auf der Bank am Waldesrand, wie ich schon tot war. Matador – wenn ich nur drauf käm', was – eine Regatta war es, richtig und ich habe vom Fenster aus zugesehen. Aber wer war der Matador? – Wenn ich nur nicht so müd wäre, so furchtbar müde. Und da soll ich bis Mitternacht aufbleiben und mich dann ins Zimmer von Herrn von Dorsday schleichen? Vielleicht begegne ich der Cissy auf dem Gang. Hat sie was an unter dem Schlafrock, wenn sie zu ihm kommt? Es ist schwer, wenn man in solchen Dingen nicht geübt ist. Soll ich sie nicht um Rat fragen, die Cissy? Natürlich würde ich nicht sagen, daß es sich um Dorsday handelt, sondern sie müßte sich denken, ich habe ein nächtliches Rendezvous mit einem von den hübschen jungen Leuten hier im Hotel. Zum Beispiel mit dem langen blonden Menschen, der die leuchtenden Augen hat. Aber der ist ja nicht mehr da. Plötzlich war er verschwunden. Ich habe doch gar nicht an ihn gedacht bis zu diesem Augenblick. Aber es ist leider nicht der lange blonde Mensch mit den leuchtenden Augen, auch der Paul ist es nicht, es ist der Herr von Dorsday. Also wie mach' ich es denn? Was sage ich ihm? Einfach Ja? Ich kann doch nicht zu Herrn Dorsday ins Zimmer kommen. Er hat sicher lauter elegante Flakons auf dem Waschtisch, und das Zimmer riecht nach französischem Parfüm. Nein, nicht um die Welt zu ihm. Lieber im Freien. Da geht er mich nichts an. Der Himmel ist so hoch und die Wiese ist so groß. Ich muß gar nicht an den Herrn Dorsday denken. Ich muß ihn nicht einmal anschauen. Und wenn er es wagen würde, mich anzurühren, einen Tritt bekäme er mit meinen nackten Füßen. Ach, wenn es doch ein anderer wäre, irgendein anderer. Alles, alles könnte er von mir haben heute Nacht, jeder andere, nur Dorsday nicht. Und gerade der! Gerade der! Wie seine Augen stechen und bohren werden. Mit dem Monokel wird er dastehen und grinsen. Aber nein, er wird nicht grinsen. Er wird ein vornehmes Gesicht schneiden. Elegant. Er ist ja solche Dinge gewohnt. Wie viele hat er schon so gesehen? Hundert oder tausend? Aber war schon eine darunter wie ich? Nein, gewiß nicht. Ich werde ihm sagen, daß er nicht der Erste ist, der mich so sieht. Ich werde ihm sagen, daß ich einen Geliebten habe. Aber erst, wenn die dreißigtausend Gulden an Fiala abgesandt sind. Dann werde ich ihm sagen, daß er ein Narr war, daß er mich auch hätte haben können um dasselbe Geld. – Daß ich schon zehn Liebhaber gehabt habe, zwanzig, hundert. – Aber das wird er mir ja alles nicht glauben. – Und wenn er es mir glaubt, was hilft es mir? – Wenn ich ihm nur irgendwie die Freude verderben könnte. Wenn noch einer dabei wäre? Warum nicht? Er hat ja nicht gesagt, daß er mit mir allein sein muß. Ach, Herr von Dorsday, ich habe solche Angst vor Ihnen. Wollen Sie mir nicht freundlichst gestatten, einen guten Bekannten mitzubringen? O, das ist keineswegs gegen die Abrede, Herr von Dorsday. Wenn es mir beliebte, dürfte ich das ganze Hotel dazu einladen, und Sie wären trotzdem verpflichtet, die dreißigtausend Gulden abzuschicken. Aber ich begnüge mich damit, meinen Vetter Paul mitzubringen. Oder ziehen Sie etwa einen andern vor? Der lange blonde Mensch ist leider nicht mehr da und der Filou mit dem Römerkopf leider auch nicht. Aber ich find' schon noch wen andern. Sie fürchten Indiskretion? Darauf kommt es ja nicht an. Ich lege keinen Wert auf Diskretion. Wenn man einmal so weit ist wie ich, dann ist alles ganz egal. Das ist heute ja nur der Anfang. Oder denken Sie, aus diesem Abenteuer fahre ich wieder nach Hause als anständiges Mädchen aus guter Familie? Nein, weder gute Familie noch anständiges junges Mädchen. Das wäre erledigt. Ich stelle mich jetzt auf meine eigenen Beine. Ich habe schöne Beine, Herr von Dorsday, wie Sie und die übrigen Teilnehmer des Festes bald zu bemerken Gelegenheit haben werden. Also die Sache ist in Ordnung, Herr von Dorsday. Um zehn Uhr, während alles noch in der Halle sitzt, wandern wir im Mondenschein über die Wiese, durch den Wald nach Ihrer berühmten selbstentdeckten Lichtung. Das Telegramm an die Bank bringen Sie für alle Fälle gleich mit. Denn eine Sicherheit darf ich doch wohl verlangen von einem solchen Spitzbuben wie Sie. Und um Mitternacht können Sie wieder nach Hause gehen, und ich bleibe mit meinem Vetter oder sonst wem auf der Wiese im Mondenschein. Sie haben doch nichts dagegen, Herr von Dorsday? Das dürfen Sie gar nicht. Und wenn ich morgen früh zufällig tot sein sollte, so wundern Sie sich weiter nicht. Dann wird eben Paul das Telegramm aufgeben. Dafür wird schon gesorgt sein. Aber bilden Sie sich dann um Gottes willen nicht ein, daß Sie, elender Kerl, mich in den Tod getrieben haben. Ich weiß ja schon lange, daß es so mit mir enden wird. Fragen Sie doch nur meinen Freund Fred, ob ich es ihm nicht schon öfters gesagt habe. Fred, das ist nämlich Herr Friedrich Wenkheim, nebstbei der einzige anständige Mensch, den ich in meinem Leben kennengelernt habe. Der einzige, den ich geliebt hätte, wenn er nicht ein gar so anständiger Mensch wäre. Ja, ein so verworfenes Geschöpf bin ich. Bin nicht geschaffen für eine bürgerliche Existenz, und Talent habe ich auch keines. Für unsere Familie wäre es sowieso das Beste, sie stürbe aus. Mit dem Rudi wird auch schon irgendein Malheur geschehen. Der wird sich in Schulden stürzen für eine holländische Chansonette und bei Vanderhulst defraudieren. Das ist schon so in unserer Familie. Und der jüngste Bruder von meinem Vater, der hat sich erschossen, wie er fünfzehn Jahre alt war. Kein Mensch weiß warum. Ich habe ihn nicht gekannt. Lassen Sie sich die Photographie zeigen, Herr von Dorsday. Wir haben sie in einem Album ... Ich soll ihm ähnlich sehen. Kein Mensch weiß, warum er sich umgebracht hat. Und von mir wird es auch keiner wissen. Ihretwegen keinesfalls, Herr von Dorsday. Die Ehre tue ich Ihnen nicht an. Ob mit neunzehn oder einundzwanzig, das ist doch egal. Oder soll ich Bonne werden oder Telephonistin oder einen Herrn Wilomitzer heiraten oder mich von Ihnen aushalten lassen? Es ist alles gleich ekelhaft, und ich komme überhaupt gar nicht mit Ihnen auf die Wiese. Nein, das ist alles viel zu anstrengend und zu dumm und zu widerwärtig. Wenn ich tot bin, werden Sie schon die Güte haben und die paar tausend Gulden für den Papa absenden, denn es wäre doch zu traurig, wenn er gerade an dem Tage verhaftet würde, an dem man meine Leiche nach Wien bringt. Aber ich werde einen Brief hinterlassen mit testamentarischer Verfügung: Herr von Dorsday hat das Recht, meinen Leichnam zu sehen. Meinen schönen nackten Mädchenleichnam. So können Sie sich nicht beklagen, Herr von Dorsday, daß ich Sie übers Ohr gehaut habe. Sie haben doch was für Ihr Geld. Daß ich noch lebendig sein muß, das steht nicht in unserem Kontrakt. O nein. Das steht nirgends geschrieben. Also den Anblick meines Leichnams vermache ich dem Kunsthändler Dorsday, und Herrn Fred Wenkheim vermache ich mein Tagebuch aus meinem siebzehnten Lebensjahr – weiter habe ich nicht geschrieben – und dem Fräulein bei Cissy vermache ich die fünf Zwanzigfranks-Stücke, die ich vor Jahren aus der Schweiz mitgebracht habe. Sie liegen im Schreibtisch neben den Briefen. Und Bertha vermache ich das schwarze Abendkleid. Und Agathe meine Bücher. Und meinem Vetter Paul, dem vermache ich einen Kuß auf meine blassen Lippen. Und der Cissy vermache ich mein Rakett, weil ich edel bin. Und man soll mich gleich hier begraben in San Martino di Castrozza auf dem schönen kleinen Friedhof. Ich will nicht mehr zurück nach Hause. Auch als Tote will ich nicht mehr zurück. Und Papa und Mama sollen sich nicht kränken, mir geht es besser als ihnen. Und ich verzeihe ihnen. Es ist nicht schade um mich. – Haha, was für ein komisches Testament. Ich bin wirklich gerührt. Wenn ich denke, daß ich morgen um die Zeit, während die andern beim Diner sitzen, schon tot bin? – Die Tante Emma wird natürlich nicht zum Diner herunterkommen und Paul auch nicht. Sie werden sich auf dem Zimmer servieren lassen. Neugierig bin ich, wie sich Cissy benehmen wird. Nur werde ich es leider nicht erfahren. Gar nichts mehr werde ich erfahren. Oder vielleicht weiß man noch alles, so lange man nicht begraben ist? Und am Ende bin ich nur scheintot. Und wenn der Herr von Dorsday an meinen Leichnam tritt, so erwache ich und schlage die Augen auf, da läßt er vor Schreck das Monokel fallen.

Aber es ist ja leider alles nicht wahr. Ich werde nicht scheintot sein und tot auch nicht. Ich werde mich überhaupt gar nicht umbringen, ich bin ja viel zu feig. Wenn ich auch eine couragierte Kletterin bin, feig bin ich doch. Und vielleicht habe ich nicht einmal genug Veronal. Wieviel Pulver braucht man denn? Sechs glaube ich. Aber zehn ist sicherer. Ich glaube, es sind noch zehn. Ja, das werden genug sein.

Zum wievielten Mal lauf' ich jetzt eigentlich um das Hotel herum? Also was jetzt? Da steh' ich vor dem Tor. In der Halle ist noch niemand. Natürlich – sie sitzen ja noch alle beim Diner. Seltsam sieht die Halle aus so ganz ohne Menschen. Auf dem Sessel dort liegt ein Hut, ein Touristenhut, ganz fesch. Hübscher Gemsbart. Dort im Fauteuil sitzt ein alter Herr. Hat wahrscheinlich keinen Appetit mehr. Liest Zeitung. Dem geht's gut. Er hat keine Sorgen. Er liest ruhig Zeitung, und ich muß mir den Kopf zerbrechen, wie ich dem Papa dreißigtausend Gulden verschaffen soll. Aber nein. Ich weiß ja wie. Es ist ja so furchtbar einfach. Was will ich denn? Was will ich denn? Was tu' ich denn da in der Halle? Gleich werden sie alle kommen vom Diner. Was soll ich denn tun? Herr von Dorsday sitzt gewiß auf Nadeln. Wo bleibt sie, denkt er sich. Hat sie sich am Ende umgebracht? Oder engagiert sie jemanden, daß er mich umbringt? Oder hetzt sie ihren Vetter Paul auf mich? Haben Sie keine Angst, Herr von Dorsday, ich bin keine so gefährliche Person. Ein kleines Luder bin ich, weiter nichts. Für die Angst, die Sie ausgestanden haben, sollen Sie auch Ihren Lohn haben. Zwölf Uhr, Zimmer Nummer fünfundsechzig. Im Freien wäre es mir doch zu kühl. Und von Ihnen aus, Herr von Dorsday, begebe ich mich direkt zu meinem Vetter Paul. Sie haben doch nichts dagegen, Herr von Dorsday?

»*Else! Else!*«

Wie? Was? Das ist ja Pauls Stimme. Das Diner schon aus? – »*Else!*« – »Ach, Paul, was gibt's denn, Paul?« – Ich stell' mich ganz unschuldig. – »*Ja, wo steckst du denn, Else?*« – »Wo soll ich denn stecken? Ich bin spazieren gegangen.« – »*Jetzt, während des Diners?*« – »Na, wann denn? Es ist doch die schönste Zeit dazu.« Ich red' Blödsinn. – »*Die Mama hat sich schon alles Mögliche eingebildet. Ich war an deiner Zimmertür, hab' geklopft.*« – »Hab' nichts gehört.« – »*Aber im Ernst, Else, wie kannst du uns in eine solche Unruhe versetzen! Du hättest Mama doch wenigstens verständigen können, daß du nicht zum Diner kommst.*« – »Du hast ja Recht, Paul, aber wenn du eine Ahnung hättest, was ich für Kopfschmerzen gehabt habe.« Ganz schmelzend red' ich. O, ich Luder. – »*Ist dir jetzt wenigstens besser?*« – »Könnt' ich eigentlich nicht sagen.« – »*Ich will vor allem der Mama*« – »Halt Paul, noch nicht. Entschuldige mich bei der Tante, ich will nur für ein paar Minuten auf mein Zimmer, mich ein bißl herrichten. Dann komme ich gleich herunter und werde mir eine Kleinigkeit nachservieren lassen.« – »*Du bist so blaß, Else? – Soll ich dir die Mama hinaufschicken?*« – »Aber mach' doch keine solchen Geschichten mit mir, Paul, und schau' mich nicht so an. Hast du noch nie ein weibliches Wesen mit Kopfschmerzen gesehen? Ich komme bestimmt noch herunter. In zehn Minuten spätestens. Grüß dich Gott, Paul.« – »*Also auf Wiedersehen, Else.*« – Gott sei Dank, daß er geht. Dummer Bub', aber lieb. Was will denn der Portier von mir? Wie, ein Telegramm? »Danke. Wann ist denn die Depesche gekommen, Herr Portier?« – »*Vor einer Viertelstunde, Fräulein.*« – Warum schaut er mich denn so an, so – bedauernd. Um Himmels willen, was wird denn da drin stehn? Ich mach' sie erst oben auf, sonst fall' ich vielleicht in Ohnmacht. Am Ende hat sich der Papa – Wenn der Papa tot ist, dann ist ja alles in Ordnung, dann muß ich nicht mehr mit Herrn von Dorsday auf die Wiese gehn ... O, ich elende Person. Lieber Gott, mach', daß in der Depesche nichts Böses steht. Lieber Gott, mach', daß der Papa lebt. Verhaftet meinetwegen, nur nicht tot. Wenn nichts Böses drin steht, dann will ich ein Opfer bringen. Ich werde Bonne, ich nehme eine Stellung in einem

Bureau an. Sei nicht tot, Papa. Ich bin ja bereit. Ich tue ja alles, was du willst …

Gott sei Dank, daß ich oben bin. Licht gemacht, Licht gemacht. Kühl ist es geworden. Das Fenster war zu lange offen. Courage, Courage. Ha, vielleicht steht drin, daß die Sache geordnet ist. Vielleicht hat der Onkel Bernhard das Geld hergegeben und sie telegraphieren mir: Nicht mit Dorsday reden. Ich werde es ja gleich sehen. Aber wenn ich auf den Plafond schaue, kann ich natürlich nicht lesen, was in der Depesche steht. Trala, trala, Courage. Es muß ja sein. ›Wiederhole flehentliche Bitte mit Dorsday reden. Summe nicht dreißig, sondern fünfzig. Sonst alles vergeblich. Adresse bleibt Fiala.‹ – Sondern fünfzig. Sonst alles vergeblich. Trala, trala. Fünfzig. Adresse bleibt Fiala. Aber gewiß, ob fünfzig oder dreißig, darauf kommt es ja nicht an. Auch dem Herrn von Dorsday nicht. Das Veronal liegt unter der Wäsche, für alle Fälle. Warum habe ich nicht gleich gesagt: fünfzig. Ich habe doch daran gedacht! Sonst alles vergeblich. Also hinunter, geschwind, nicht da auf dem Bett sitzen bleiben. Ein kleiner Irrtum, Herr von Dorsday, verzeihen Sie. Nicht dreißig, sondern fünfzig, sonst alles vergeblich. Adresse bleibt Fiala. – ›Sie halten mich wohl für einen Narren, Fräulein Else?‹ Keineswegs, Herr Vicomte, wie sollte ich. Für fünfzig müßte ich jedesfalls entsprechend mehr fordern, Fräulein. Sonst alles vergeblich, Adresse bleibt Fiala. Wie Sie wünschen, Herr von Dorsday. Bitte, befehlen Sie nur. Vor allem aber, schreiben Sie die Depesche an Ihr Bankhaus, natürlich, sonst habe ich ja keine Sicherheit. –

Ja, so mach' ich es. Ich komme zu ihm ins Zimmer und erst, wenn er vor meinen Augen die Depesche geschrieben – ziehe ich mich aus. Und die Depesche behalte ich in der Hand.

Ha, wie unappetitlich. Und wo soll ich denn meine Kleider hinlegen? Nein, nein, ich ziehe mich schon hier aus und nehme den großen schwarzen Mantel um, der mich ganz einhüllt. So ist es am bequemsten. Für beide Teile. Adresse bleibt Fiala. Mir klappern die Zähne. Das Fenster ist noch offen. Zugemacht. Im Freien? Den Tod hätte ich davon haben können. Schuft! Fünfzigtausend. Er kann nicht Nein sagen. Zimmer fünfundsechzig. Aber vorher sag' ich Paul, er soll in seinem Zimmer auf mich warten. Von Dorsday geh' ich direkt zu Paul und erzähle ihm alles. Und dann soll Paul ihn ohrfeigen. Ja, noch heute Nacht. Ein reichhaltiges Programm. Und dann kommt das Veronal. Nein, wozu denn? Warum denn sterben? Keine Spur. Lustig, lustig, jetzt fängt ja das Leben erst an. Ihr sollt Euere Freude haben. Ihr sollt stolz werden auf Euer Töchterlein. Ein Luder will ich werden, wie es die Welt noch nicht gesehen hat. Adresse bleibt Fiala. Du sollst deine fünfzigtausend Gulden haben, Papa. Aber die nächsten, die ich mir verdiene, um die kaufe ich mir neue Nachthemden mit Spitzen besetzt, ganz durchsichtig und köstliche Seidenstrümpfe. Man lebt nur einmal. Wozu schaut man denn so aus wie ich. Licht gemacht, – die Lampe über dem Spiegel schalt' ich ein. Wie schön meine blondroten Haare sind, und meine Schultern; meine Augen sind auch nicht übel. Hu, wie groß sie sind. Es wär' schad' um mich. Zum Veronal ist immer noch Zeit. – Aber ich muß ja hinunter. Tief hinunter. Herr Dorsday wartet, und er weiß noch nicht einmal, daß es indes fünfzigtausend geworden sind. Ja, ich bin im Preis gestiegen, Herr von Dorsday. Ich muß ihm das Telegramm zeigen, sonst glaubt er mir am Ende nicht und denkt, ich will ein Geschäft bei der Sache machen. Ich werde die Depesche auf sein Zimmer schicken und etwas dazu schreiben.

Zu meinem lebhaften Bedauern sind es nun fünfzigtausend geworden, Herr von Dorsday, das kann Ihnen ja ganz egal sein. Und ich bin überzeugt, Ihre Gegenforderung war gar nicht ernst gemeint. Denn Sie sind ein Vicomte und ein Gentleman. Morgen früh werden Sie die fünfzigtausend, an denen das Leben meines Vaters hängt, ohne weiters an Fiala senden. Ich rechne darauf. – ›Selbstverständlich, mein Fräulein, ich sende für alle Fälle gleich hunderttausend, ohne jede Gegenleistung und verpflichte mich überdies, von heute an für den Lebensunterhalt Ihrer ganzen Familie zu sorgen, die Börsenschulden Ihres Herrn Papas zu zahlen und sämtliche veruntreute Mündelgelder zu ersetzen.‹ Adresse bleibt Fiala. Hahaha! Ja, genau so ist der Vicomte von Eperies. Das ist ja alles Unsinn. Was bleibt mir denn übrig? Es muß ja sein, ich muß es ja tun, alles muß ich tun, was Herr von Dorsday verlangt, damit der Papa morgen das Geld hat, – damit er nicht eingesperrt wird, damit er sich nicht umbringt. Und ich werde es auch tun. Ja, ich werde es tun, obzwar doch alles für die Katz' ist. In einem halben Jahr sind wir wieder gerade so weit wie heute! In vier Wochen! – Aber dann geht es mich nichts mehr an. Das eine Opfer bringe ich – und dann keines mehr. Nie, nie, niemals wieder. Ja, das sage ich dem Papa, sobald ich nach Wien komme. Und dann fort aus dem Haus, wo immer hin. Ich werde mich mit Fred beraten. Er ist der einzige, der mich wirklich gern hat. Aber so weit bin ich ja noch nicht. Ich bin nicht in Wien, ich bin noch in Martino di Castrozza. Noch nichts ist geschehen. Also wie, wie, was? Da ist das Telegramm. Was tue ich denn mit dem Telegramm? Ich habe es ja schon gewußt. Ich muß es ihm auf sein Zimmer schicken. Aber was sonst? Ich muß ihm etwas dazu schreiben. Nun ja, was soll ich ihm schreiben? Erwarten Sie mich um zwölf. Nein, nein, nein! Den Triumph soll er nicht haben. Ich will nicht, will nicht, will nicht. Gott sei Dank, daß ich die Pulver da habe. Das ist die einzige Rettung. Wo sind sie denn? Um Gottes willen, man wird sie mir doch nicht gestohlen haben. Aber nein, da sind sie ja. Da in der Schachtel. Sind sie noch alle da? Ja, da sind sie. Eins, zwei, drei, vier, fünf, sechs. Ich will sie ja nur ansehen, die lieben Pulver. Es verpflichtet ja zu nichts. Auch daß ich sie ins Glas schütte, verpflichtet ja zu nichts. Eins, zwei, – aber ich bringe mich ja sicher nicht um. Fällt mir gar nicht ein. Drei, vier, fünf – davon stirbt man auch noch lange nicht. Es wäre schrecklich, wenn ich das Veronal nicht mit hätte. Da müßte ich mich zum Fenster hinunterstürzen und dazu hätt' ich doch nicht den Mut. Aber das Veronal, – man schläft langsam ein, wacht nicht mehr auf, keine Qual, kein Schmerz. Man legt sich ins Bett; in einem Zuge trinkt man es aus, träumt, und alles ist vorbei. Vorgestern habe ich auch ein Pulver genommen und neulich sogar zwei. Pst, niemandem sagen. Heut' werden es halt ein bißl mehr sein. Es ist ja nur für alle Fälle. Wenn es mich gar gar zu sehr grausen sollte. Aber warum soll es mich denn grausen? Wenn er mich anrührt, so spucke ich ihm ins Gesicht. Ganz einfach.

Aber wie soll ich ihm denn den Brief zukommen lassen? Ich kann doch nicht dem Herrn von Dorsday durch das Stubenmädchen einen Brief schicken. Das Beste, ich gehe hinunter und rede mit ihm und zeige ihm das Telegramm. Hinunter muß ich ja jedenfalls. Ich kann doch nicht da heroben im Zimmer bleiben. Ich hielte es ja gar nicht aus, drei Stunden lang – bis der Moment kommt. Auch wegen der Tante muß ich hinunter. Ha, was geht mich denn die Tante an. Was gehen mich die Leute an? Sehen Sie, meine Herrschaften, da steht das Glas mit dem Veronal. So, jetzt nehme ich es in die Hand. So, jetzt führe ich es an die Lippen. Ja, jeden Moment kann ich drüben sein, wo es keine Tanten gibt und keinen Dorsday und keinen Vater, der Mündelgelder defraudiert ...

Aber ich werde mich nicht umbringen. Das habe ich nicht notwendig. Ich werde auch nicht zu Herrn von Dorsday ins Zimmer gehen. Fällt mir gar nicht ein. Ich werde mich doch nicht um fünfzigtausend Gulden nackt hinstellen vor einen alten Lebemann, um einen Lumpen vor dem Kriminal zu retten. Nein, nein, entweder oder. Wie kommt denn der Herr von Dorsday dazu? Gerade der? Wenn einer mich sieht, dann sollen mich auch andere sehen. Ja! – Herrlicher Gedanke! – Alle sollen sie mich sehen. Die ganze Welt soll mich sehen. Und dann kommt das Veronal. Nein, nicht das Veronal, – wozu denn?! dann kommt die Villa mit den Marmorstufen und die schönen Jünglinge und die Freiheit und die weite Welt! Guten Abend, Fräulein Else, so gefallen Sie mir. Haha. Da unten werden sie meinen, ich bin verrückt geworden. Aber ich war noch nie so vernünftig. Zum erstenmal in meinem Leben bin ich wirklich vernünftig. Alle, alle sollen sie mich sehen! – Dann gibt es kein Zurück, kein nach Hause zu Papa und Mama, zu den Onkeln und Tanten. Dann bin ich nicht mehr das Fräulein Else, das man an irgendeinen Direktor Wilomitzer verkuppeln möchte; alle hab' ich sie so zum Narren; – den Schuften Dorsday vor allem – und komme zum zweitenmal auf die Welt ... sonst alles vergeblich – Adresse bleibt Fiala. Haha!

Keine Zeit mehr verlieren, nicht wieder feig werden. Herunter das Kleid. Wer wird der Erste sein? Wirst du es sein, Vetter Paul? Dein Glück, daß der Römerkopf nicht mehr da ist. Wirst du diese schönen Brüste küssen heute Nacht? Ah, wie bin ich schön. Bertha hat ein schwarzes Seidenhemd. Raffiniert. Ich werde noch viel raffinierter sein. Herrliches Leben. Fort mit den Strümpfen, das wäre unanständig. Nackt, ganz nackt. Wie wird mich Cissy beneiden! Und andere auch. Aber sie trauen sich nicht. Sie möchten ja alle so gern. Nehmt Euch ein Beispiel. Ich, die Jungfrau, ich traue mich. Ich werde mich ja zu Tod lachen über Dorsday. Da bin ich, Herr von Dorsday. Rasch auf die Post. Fünfzigtausend. So viel ist es doch wert?

Schön, schön bin ich! Schau' mich an, Nacht! Berge schaut mich an! Himmel schau' mich an, wie schön ich bin. Aber ihr seid ja blind. Was habe ich von euch. Die da unten haben Augen. Soll ich mir die Haare lösen? Nein. Da säh ich aus wie eine Verrückte. Aber Ihr sollt mich nicht für verrückt halten. Nur für schamlos sollt Ihr mich halten. Für eine Kanaille. Wo ist das Telegramm? Um Gottes willen, wo habe ich denn das Telegramm? Da liegt es ja, friedlich neben dem Veronal. ›Wiederhole flehentlich – fünfzigtausend – sonst alles vergeblich. Adresse bleibt Fiala.‹ Ja, das ist das Telegramm. Das ist ein Stück Papier und da stehen Worte darauf. Aufgegeben in Wien vier Uhr dreißig. Nein, ich träume nicht, es ist alles wahr. Und zu Hause warten sie auf die fünfzigtausend Gulden. Und Herr von Dorsday wartet auch. Er soll nur warten. Wir haben ja Zeit. Ah, wie hübsch ist es, so nackt im Zimmer auf- und abzuspazieren. Bin ich wirklich so schön wie im Spiegel? Ach, kommen Sie doch näher, schönes Fräulein. Ich will Ihre blutroten Lippen küssen. Ich will Ihre Brüste an meine Brüste pressen. Wie schade, daß das Glas zwischen uns ist, das kalte Glas. Wie gut würden wir uns miteinander vertragen. Nicht wahr? Wir brauchten gar niemanden andern.

Es gibt vielleicht gar keine andern Menschen. Es gibt Telegramme und Hotels und Berge und Bahnhöfe und Wälder, aber Menschen gibt es nicht. Die träumen wir nur. Nur der Doktor Fiala existiert mit der Adresse. Es bleibt immer dieselbe. O, ich bin keineswegs verrückt. Ich bin nur ein wenig erregt. Das ist doch ganz selbstverständlich, bevor man zum zweitenmal auf die Welt kommt. Denn die frühere Else ist schon gestorben. Ja, ganz bestimmt bin ich tot. Da braucht man kein Veronal dazu. Soll ich es nicht weggießen? Das Stubenmädel könnte es aus Versehen trinken. Ich werde einen Zettel hinlegen und darauf schreiben: Gift; nein, lieber: Medizin, – damit dem Stubenmädel nichts geschieht. So edel bin ich. So. Medizin, zweimal unterstrichen und drei Ausrufungszeichen. Jetzt kann nichts passieren. Und wenn ich dann heraufkomme und keine Lust habe mich umzubringen und nur schlafen will, dann trinke ich eben nicht das ganze Glas aus, sondern nur ein Viertel davon oder noch weniger. Ganz einfach. Alles habe ich in meiner Hand. Am einfachsten wäre, ich liefe hinunter – so wie ich bin über Gang und Stiegen. Aber nein, da könnte ich aufgehalten werden, ehe ich unten bin – und ich muß doch die Sicherheit haben, daß der Herr von Dorsday dabei ist! Sonst schickt er natürlich das Geld nicht ab, der Schmutzian. – Aber ich muß ihm ja noch schreiben. Das ist doch das Wichtigste. O, kalt ist die Sessellehne, aber angenehm. Wenn ich meine Villa am italienischen See haben werde, dann werde ich in meinem Park immer nackt herumspazieren … Die Füllfeder vermache ich Fred, wenn ich einmal sterbe. Aber vorläufig habe ich etwas Gescheiteres zu tun als zu sterben. ›Hochverehrter Herr Vicomte‹ – also vernünftig Else, keine Aufschrift, weder hochverehrt, noch hochverachtet. ›Ihre Bedingung, Herr von Dorsday, ist erfüllt‹ – – – ›In dem Augenblick, da Sie diese Zeilen lesen, Herr von Dorsday, ist ihre Bedingung erfüllt, wenn auch nicht ganz in der von Ihnen vorgesehenen Weise.‹ – ›Nein, wie gut das Mädel schreibt‹, möcht' der Papa sagen. – ›Und so rechne ich darauf, daß Sie Ihrerseits Ihr Wort halten und die fünfzigtausend Gulden telegraphisch an die bekannte Adresse unverzüglich anweisen lassen werden, Else.‹ Nein, nicht Else. Gar keine Unterschrift. So. Mein schönes gelbes Briefpapier! Hab' ich zu Weihnachten bekommen. Schad' drum. So – und jetzt Telegramm und Brief ins Kuvert. – ›Herrn von Dorsday‹, Zimmer Nummer fünfundsechzig. Wozu die Nummer? Ich lege ihm den Brief einfach vor die Tür im Vorbeigehen. Aber ich muß nicht. Ich muß überhaupt gar nichts. Wenn es mir beliebt, kann ich mich jetzt auch ins Bett legen und schlafen und mich um nichts mehr kümmern. Nicht um den Herrn von Dorsday und nicht um den Papa. Ein gestreifter Sträflingsanzug ist auch ganz elegant. Und erschossen haben sich schon viele. Und sterben müssen wir alle.

Aber du hast ja das alles vorläufig nicht nötig, Papa. Du hast ja deine herrlich gewachsene Tochter, und Adresse bleibt Fiala. Ich werde eine Sammlung einleiten. Mit dem Teller werde ich herumgehen. Warum sollte nur Herr von Dorsday zahlen? Das wäre ein Unrecht. Jeder nach seinen Verhältnissen. Wieviel wird Paul auf den Teller legen? Und wieviel der Herr mit dem goldenen Zwicker? Aber bildet Euch nur ja nicht ein, daß das Vergnügen lange dauern wird. Gleich hülle ich mich wieder ein, laufe die Treppen hinauf in mein Zimmer, sperre mich ein und, wenn es mir beliebt, trinke ich das ganze Glas auf einen Zug. Aber es wird mir nicht belieben. Es wäre nur eine Feigheit. Sie verdienen gar nicht so viel Respekt, die Schufte. Schämen vor Euch? Ich mich schämen vor irgend wem? Das habe ich wirklich nicht nötig. Laß dir noch einmal in die Augen sehen, schöne Else. Was du für Riesenaugen hast, wenn man näher kommt. Ich wollte, es küßte mich einer auf meine Augen, auf meinen blutroten Mund. Kaum über die Knöchel reicht mein Mantel. Man wird sehen, daß meine Füße nackt sind. Was tut's, man wird noch mehr sehen! Aber ich bin nicht verpflichtet. Ich kann gleich wieder umkehren, noch bevor ich unten bin. Im ersten Stock kann ich umkehren. Ich muß überhaupt nicht hinuntergehen. Aber ich will ja. Ich freue mich drauf. Hab' ich mir nicht mein ganzes Leben lang so was gewünscht?

Worauf warte ich denn noch? Ich bin ja bereit. Die Vorstellung kann beginnen. Den Brief nicht vergessen. Eine aristokratische Schrift behauptet Fred. Auf Wiedersehen, Else. Du bist schön mit dem Mantel. Florentinerinnen haben sich so malen lassen. In den Galerien hängen ihre Bilder und es ist eine Ehre für sie. – Man muß gar nichts bemerken, wenn ich den Mantel um habe. Nur die Füße, nur die Füße. Ich nehme die schwarzen Lackschuhe, dann denkt man, es sind fleischfarbene Strümpfe. So werde ich durch die Halle gehen, und kein Mensch wird ahnen, daß unter dem Mantel nichts ist, als ich, ich selber. Und dann kann ich immer noch herauf ... – Wer spielt denn da unten so schön Klavier? Chopin? – Herr von Dorsday wird etwas nervös sein. Vielleicht hat er Angst vor Paul. Nur Geduld, Geduld, wird sich alles finden. Ich weiß noch gar nichts, Herr von Dorsday, ich bin selber schrecklich gespannt. Licht ausschalten! Ist alles in Ordnung in meinem Zimmer? Leb' wohl, Veronal, auf Wiedersehen. Leb' wohl, mein heißgeliebtes Spiegelbild. Wie du im Dunkel leuchtest. Ich bin schon ganz gewohnt, unter dem Mantel nackt zu sein. Ganz angenehm. Wer weiß, ob nicht manche so in der Halle sitzen und keiner weiß es? Ob nicht manche Dame so ins Theater geht und so in ihrer Loge sitzt – zum Spaß oder aus anderen Gründen.

Soll ich zusperren? Wozu? Hier wird ja nichts gestohlen. Und wenn auch – ich brauche ja nichts mehr. Schluß ... Wo ist denn Nummer fünfundsechzig? Niemand ist auf dem Gang. Alles noch unten beim Diner. Einundsechzig ... zweiundsechzig ... das sind ja riesige Bergschuhe, die da vor der Türe stehen. Da hängt eine Hose am Haken. Wie unanständig. Vierundsechzig, fünfundsechzig. So. Da wohnt er, der Vicomte ... Da unten lehn' ich den Brief hin, an die Tür. Da muß er ihn gleich sehen. Es wird ihn doch keiner stehlen? So, da liegt er ... Macht nichts ... Ich kann noch immer tun, was ich will. Hab' ich ihn halt zum Narren gehalten ... Wenn ich ihm nur jetzt nicht auf der Treppe begegne. Da kommt ja ... nein, das ist er nicht! ... Der ist viel hübscher als der Herr von Dorsday, sehr elegant, mit dem kleinen schwarzen Schnurrbart. Wann ist denn der angekommen? Ich könnte eine kleine Probe veranstalten – ein ganz klein wenig den Mantel lüften. Ich habe große Lust dazu. Schauen Sie mich nur an, mein Herr. Sie ahnen nicht, an wem Sie da vorübergehen. Schade, daß Sie gerade jetzt sich heraufbemühen. Warum bleiben Sie nicht in der Halle? Sie versäumen etwas. Große Vorstellung. Warum halten Sie mich nicht auf? Mein Schicksal liegt in Ihrer Hand. Wenn Sie mich grüßen, so kehre ich wieder um. So grüßen Sie mich doch. Ich sehe Sie doch so liebenswürdig an ... Er grüßt nicht. Vorbei ist er. Er wendet sich um, ich spüre es. Rufen Sie, grüßen Sie! Retten Sie mich! Vielleicht sind Sie an meinem Tode schuld, mein Herr! Aber Sie werden es nie erfahren. Adresse bleibt Fiala ...

Wo bin ich? Schon in der Halle? Wie bin ich daher gekommen? So wenig Leute und so viele Unbekannte. Oder sehe ich so schlecht? Wo ist Dorsday? Er ist nicht da. Ist es ein Wink des Schicksals? Ich will zurück. Ich will einen andern Brief an Dorsday schreiben. Ich erwarte Sie in meinem Zimmer um Mitternacht. Bringen Sie die Depesche an Ihre Bank mit. Nein. Er könnte es für eine Falle halten. Könnte auch eine sein. Ich könnte Paul bei mir versteckt haben, und er könnte ihn mit dem Revolver zwingen, uns die Depesche auszuliefern. Erpressung. Ein Verbrecherpaar. Wo ist Dorsday? Dorsday, wo bist du? Hat er sich vielleicht umgebracht aus Reue über meinen Tod? Im Spielzimmer wird er sein. Gewiß. An einem Kartentisch wird er sitzen. Dann will ich ihm von der Tür aus mit den Augen ein Zeichen geben. Er wird sofort aufstehen. ›Hier bin ich, mein Fräulein.‹ Seine Stimme wird klingen. ›Wollen wir ein wenig promenieren, Herr Dorsday?‹ ›Wie es beliebt, Fräulein Else.‹ Wir gehen über den Marienweg zum Walde hin. Wir sind allein. Ich schlage den Mantel auseinander. Die fünfzigtausend sind fällig. Die Luft ist kalt, ich bekomme eine Lungenentzündung und sterbe ... Warum sehen mich die zwei Damen an? Merken sie was? Warum bin ich denn da? Bin ich verrückt? Ich werde zurückgehen in mein Zimmer, mich geschwind ankleiden, das blaue, drüber den Mantel wie jetzt, aber offen, da kann niemand glauben, daß ich vorher nichts angehabt habe ... Ich kann nicht zurück. Ich will auch nicht zurück. Wo ist Paul? Wo ist Tante Emma? Wo ist Cissy? Wo sind sie denn alle? Keiner wird es merken ... Man kann es ja gar nicht merken. Wer spielt so schön? Chopin? Nein, Schumann.

Ich irre in der Halle umher wie eine Fledermaus. Fünfzigtausend! Die Zeit vergeht. Ich muß diesen verfluchten Herrn von Dorsday finden. Nein, ich muß in mein Zimmer zurück ...

Ich werde Veronal trinken. Nur einen kleinen Schluck, dann werde ich gut schlafen ... Nach getaner Arbeit ist gut ruhen ... Aber die Arbeit ist noch nicht getan ... Wenn der Kellner den schwarzen Kaffee dem alten Herrn dort serviert, so geht alles gut aus. Und wenn er ihn dem jungen Ehepaar in der Ecke bringt, so ist alles verloren. Wieso? Was heißt das? Zu dem alten Herrn bringt er den Kaffee. Triumph! Alles geht gut aus. Ha, Cissy und Paul! Da draußen vor dem Hotel gehen sie auf und ab. Sie reden ganz vergnügt miteinander. Er regt sich nicht sonderlich auf wegen meiner Kopfschmerzen. Schwindler! ... Cissy hat keine so schönen Brüste wie ich. Freilich, sie hat ja ein Kind ... Was reden die Zwei? Wenn man es hören könnte! Was geht es mich an, was sie reden? Aber ich könnte auch vors Hotel gehen, ihnen guten Abend wünschen und dann weiter, weiterflattern über die Wiese, in den Wald, hinaufsteigen, klettern, immer höher, bis auf den Cimone hinauf, mich hinlegen, einschlafen, erfrieren. Geheimnisvoller Selbstmord einer jungen Dame der Wiener Gesellschaft. Nur mit einem schwarzen Abendmantel bekleidet, wurde das schöne Mädchen an einer unzugänglichen Stelle des Cimone della Pala tot aufgefunden ... Aber vielleicht findet man mich nicht ... Oder erst im nächsten Jahr. Oder noch später. Verwest. Als Skelett. Doch besser, hier in der geheizten Halle sein und nicht erfrieren. Nun, Herr von Dorsday, wo stecken Sie denn eigentlich? Bin ich verpflichtet zu warten? Sie haben mich zu suchen, nicht ich Sie. Ich will noch im Spielsaal nachschauen. Wenn er dort nicht ist, hat er sein Recht verwirkt. Und ich schreibe ihm: Sie waren nicht zu finden, Herr von Dorsday, Sie haben freiwillig verzichtet; das entbindet Sie nicht von der Verpflichtung, das Geld sofort abzuschicken. Das Geld. Was für ein Geld denn? Was kümmert mich das? Es ist mir doch ganz gleichgültig, ob er das Geld abschickt oder nicht. Ich habe nicht das geringste Mitleid mehr mit Papa. Mit keinem Menschen habe ich Mitleid. Auch mit mir selber nicht. Mein Herz ist tot. Ich glaube, es schlägt gar nicht mehr. Vielleicht habe ich das Veronal schon getrunken ... Warum schaut mich die holländische Familie so an? Man kann doch unmöglich was merken. Der Portier sieht mich auch so verdächtig an. Ist vielleicht noch eine Depesche gekommen? Achtzigtausend? Hunderttausend? Adresse bleibt Fiala. Wenn eine Depesche da wäre, würde er es mir sagen. Er sieht mich hochachtungsvoll an. Er weiß nicht, daß ich unter dem Mantel nichts an habe. Niemand weiß es. Ich gehe zurück in mein Zimmer. Zurück, zurück, zurück! Wenn ich über die Stufen stolperte, das wäre eine nette Geschichte. Vor drei Jahren auf dem Wörthersee ist eine Dame ganz nackt hinausgeschwommen. Aber noch am selben Nachmittag ist sie abgereist. Die Mama hat gesagt, es ist eine Operettensängerin aus Berlin. Schumann? Ja, Karneval. Die oder der spielt ganz schön. Das Kartenzimmer ist aber rechts. Letzte Möglichkeit, Herr von Dorsday. Wenn er dort ist, winke ich ihn mit den Augen zu mir her und sage ihm, um Mitternacht werde ich bei Ihnen sein, Sie Schuft. – Nein, Schuft sage ich ihm nicht. Aber nachher sage ich es ihm ... Irgendwer geht mir nach. Ich wende mich nicht um. Nein, nein. –

»*Else!*« – Um Gottes willen die Tante. Weiter, weiter! »*Else!*« – Ich muß mich umdrehen, es hilft mir nichts. »O, guten Abend, Tante.« – »*Ja, Else, was ist denn mit dir? Grad wollte ich zu dir hinaufschauen. Paul hat mir gesagt – – Ja, wie schaust du denn aus?*« – »Wie schau ich denn aus, Tante? Es geht mir schon ganz gut. Ich habe auch eine Kleinigkeit gegessen.« Sie merkt was, sie merkt was. – »*Else – du hast ja – keine Strümpfe an!«* – »Was sagst du da, Tante? Meiner Seel, ich habe keine Strümpfe an. Nein –!« – *»Ist dir nicht wohl, Else? Deine Augen – du hast Fieber.«* – »Fieber? Ich glaub nicht. Ich hab' nur so furchtbare Kopfschmerzen gehabt, wie nie in meinem Leben noch.« – *»Du mußt sofort zu Bett, Kind, du bist totenblaß.«* – »Das kommt von der Beleuchtung, Tante. Alle Leute sehen hier blaß aus in der Halle.« Sie schaut so sonderbar an mir herab. Sie kann doch nichts merken? Jetzt nur die Fassung bewahren. Papa ist verloren, wenn ich nicht die Fassung bewahre. Ich muß etwas reden. »Weißt du, Tante, was mir heuer in Wien passiert ist? Da bin ich einmal mit einem gelben und einem schwarzen Schuh auf die Straße gegangen.« Kein Wort ist wahr. Ich muß weiterreden. Was sag' ich nur? »Weißt du, Tante, nach Migräneanfällen habe ich manchmal solche Anfälle von Zerstreutheit. Die Mama hat das auch früher gehabt.« Nicht ein Wort ist wahr. – *»Ich werde jedenfalls um den Doktor schicken.«* – »Aber ich bitte dich, Tante, es ist ja gar keiner im Hotel. Man müßt einen aus einer anderen Ortschaft holen. Der würde schön lachen, daß man ihn holen läßt, weil ich keine Strümpfe anhabe. Haha.« Ich sollte nicht so laut lachen. Das Gesicht von der Tante ist angstverzerrt. Die Sache ist ihr unheimlich. Die Augen fallen ihr heraus. – *»Sag', Else, hast du nicht zufällig Paul gesehen?«* – Ah, sie will sich Sukkurs verschaffen. Fassung, alles steht auf dem Spiel. »Ich glaube, er geht auf und ab vor dem Hotel mit Cissy Mohr, wenn ich nicht irre.« – *»Vor dem Hotel? Ich werde sie beide hereinholen. Wir wollen noch alle einen Tee trinken, nicht wahr?«* – »Gern.« Was für ein dummes Gesicht sie macht. Ich nicke ihr ganz freundlich und harmlos zu. Fort ist sie. Ich werde jetzt in mein Zimmer gehen. Nein, was soll ich denn in meinem Zimmer tun?

Es ist höchste Zeit, höchste Zeit. Fünfzigtausend, fünfzigtausend. Warum laufe ich denn so? Nur langsam, langsam ... Was will ich denn? Wie heißt der Mann? Herr von Dorsday. Komischer Name ... Da ist ja das Spielzimmer. Grüner Vorhang vor der Tür. Man sieht nichts. Ich stelle mich auf die Zehenspitzen. Die Whistpartie. Die spielen jeden Abend. Dort spielen zwei Herren Schach. Herr von Dorsday ist nicht da. Viktoria. Gerettet! Wieso denn? Ich muß weiter suchen. Ich bin verdammt, Herrn von Dorsday zu suchen bis an mein Lebensende. Er sucht mich gewiß auch. Wir verfehlen uns immerfort. Vielleicht sucht er mich oben. Wir werden uns auf der Stiege treffen. Die Holländer sehen mich wieder an. Ganz hübsch die Tochter. Der alte Herr hat eine Brille, eine Brille, eine Brille ... Fünfzigtausend. Es ist ja nicht so viel. Fünfzigtausend, Herr von Dorsday. Schumann? Ja, Karneval ... Hab' ich auch einmal studiert. Schön spielt sie. Warum denn sie? Vielleicht ist es ein Er? Vielleicht ist es eine Virtuosin? Ich will einen Blick in den Musiksalon tun.

Da ist ja die Tür. – – Dorsday! Ich falle um. Dorsday! Dort steht er am Fenster und hört zu. Wie ist das möglich? Ich verzehre mich – ich werde verrückt – ich bin tot – und er hört einer fremden Dame Klavierspielen zu. Dort auf dem Diwan sitzen zwei Herren. Der Blonde ist erst heute angekommen. Ich hab' ihn aus dem Wagen steigen sehen. Die Dame ist gar

nicht mehr jung. Sie ist schon ein paar Tage lang hier. Ich habe nicht gewußt, daß sie so schön Klavier spielt. Sie hat es gut. Alle Menschen haben es gut ... nur ich bin verdammt ... Dorsday! Dorsday! Ist er das wirklich? Er sieht mich nicht. Jetzt schaut er aus, wie ein anständiger Mensch. Er hört zu. Fünfzigtausend! Jetzt oder nie. Leise die Tür aufgemacht. Da bin ich, Herr von Dorsday! Er sieht mich nicht. Ich will ihm nur ein Zeichen mit den Augen geben, dann werde ich den Mantel ein wenig lüften, das ist genug. Ich bin ja ein junges Mädchen. Bin ein anständiges junges Mädchen aus guter Familie. Bin ja keine Dirne ... Ich will fort. Ich will Veronal nehmen und schlafen. Sie haben sich geirrt, Herr von Dorsday, ich bin keine Dirne. Adieu, adieu! ... Ha, er schaut auf. Da bin ich, Herr von Dorsday. Was für Augen er macht. Seine Lippen zittern. Er bohrt seine Augen in meine Stirn. Er ahnt nicht, daß ich nackt bin unter dem Mantel. Lassen Sie mich fort, lassen Sie mich fort! Seine Augen glühen. Seine Augen drohen. Was wollen Sie von mir? Sie sind ein Schuft. Keiner sieht mich als er. Sie hören zu. So kommen Sie doch, Herr von Dorsday! Merken Sie nichts? Dort im Fauteuil – Herrgott, im Fauteuil – das ist ja der Filou! Himmel, ich danke dir. Er ist wieder da, er ist wieder da! Er war nur auf einer Tour! Jetzt ist er wieder da. Der Römerkopf ist wieder da. Mein Bräutigam, mein Geliebter. Aber er sieht mich nicht. Er soll mich auch nicht sehen. Was wollen Sie, Herr von Dors-

day? Sie schauen mich an, als wenn ich Ihre Sklavin wäre. Ich bin nicht Ihre Sklavin. Fünfzigtausend! Bleibt es bei unserer Abmachung, Herr von Dorsday? Ich bin bereit. Da bin ich. Ich bin ganz ruhig. Ich lächle. Verstehen Sie meinen Blick? Sein Auge spricht zu mir: komm! Sein Auge spricht: ich will dich nackt sehen. Nun, du Schuft, ich bin ja nackt. Was willst du denn noch? Schick die Depesche ab ... Sofort ... Es rieselt durch meine Haut. Die Dame spielt weiter. Köstlich rieselt es durch meine Haut. Wie wundervoll ist es nackt zu sein. Die Dame spielt weiter, sie weiß nicht, was hier geschieht. Niemand weiß es. Keiner noch sieht mich. Filou, Filou! Nackt stehe ich da. Dorsday reißt die Augen auf. Jetzt endlich glaubt er es. Der Filou steht auf. Seine Augen leuchten. Du verstehst mich, schöner Jüngling. »Haha!« Die Dame spielt nicht mehr. Der Papa ist gerettet. Fünfzigtausend! Adresse bleibt Fiala! »Ha, ha, ha!« Wer lacht denn da? Ich selber? »Ha, ha, ha!« Was sind denn das für Gesichter um mich? »Ha, ha, ha!« Zu dumm, daß ich lache. Ich will nicht lachen, ich will nicht. »Haha!« – »*Else!*« – Wer ruft Else? Das ist Paul. Er muß hinter mir sein. Ich spüre einen Luftzug über meinen nackten Rücken. Es saust in meinen Ohren. Vielleicht bin ich schon tot? Was wollen Sie, Herr von Dorsday? Warum sind Sie so groß und stürzen über mich her? »Ha, ha, ha!«

Was habe ich denn getan? Was habe ich getan? Was habe ich getan? Ich falle um. Alles ist vorbei. Warum ist denn keine Musik mehr? Ein Arm schlingt sich um meinen Nacken. Das ist Paul. Wo ist denn der Filou? Da lieg ich. »Ha, ha, ha!« Der Mantel fliegt auf mich herab. Und ich liege da. Die Leute halten mich für ohnmächtig. Nein, ich bin nicht ohnmächtig. Ich bin bei vollem Bewußtsein. Ich bin hundertmal wach, ich bin tausendmal wach. Ich muß nur immer lachen. »Ha, ha, ha!« Jetzt haben Sie Ihren Willen, Herr von Dorsday, Sie müssen das Geld für Papa schicken. Sofort. »Haaaah!« Ich will nicht schreien, und ich muß immer schreien. Warum muß ich denn schreien. – Meine Augen sind zu. Niemand kann mich sehen. Papa ist gerettet. – »*Else!*« – Das ist die Tante. – »*Else! Else!*« – »*Ein Arzt, ein Arzt!*« – »*Geschwind zum Portier!*« – »*Was ist denn passiert?*« – »*Das ist ja nicht möglich.*« – »*Das arme Kind.*« – Was reden sie denn da? Was murmeln sie denn da? Ich bin kein armes Kind. Ich bin glücklich. Der Filou hat mich nackt gesehen. O, ich schäme mich so. Was habe ich getan? Nie wieder werde ich die Augen öffnen. – »*Bitte, die Türe schließen.*« – Warum soll man die Türe schließen? Was für Gemurmel. Tausend Leute sind um mich. Sie halten mich alle für ohnmächtig. Ich bin nicht ohnmächtig. Ich träume nur. – »*Beruhigen Sie sich doch, gnädige Frau.*« – »*Ist schon um den Arzt geschickt?*« – »*Es ist ein Ohnmachtsanfall.*« – Wie weit sie alle weg sind. Sie sprechen alle vom Cimone herunter. – »*Man kann sie doch nicht auf dem Boden liegen lassen.*« – »*Hier ist ein Plaid.*« – »*Eine Decke.*« – »*Decke oder Plaid, das ist ja gleichgültig.*« – »*Bitte doch um Ruhe.*« – »*Auf den Diwan.*« – »*Bitte doch endlich die Türe zu schließen.*« – »*Nicht so nervös sein, sie ist ja geschlossen.*« – »*Else! Else!*« – Wenn die Tante nur endlich still wär! – »*Hörst du mich Else?*« – »*Du siehst doch, Mama, daß sie ohnmächtig ist.*« – Ja, Gott sei Dank, für Euch bin ich ohnmächtig. Und ich bleibe auch ohnmächtig. – »*Wir müssen sie auf ihr Zimmer bringen.*« – »*Was ist denn da geschehen? Um Gottes willen!*« – Cissy. Wie kommt denn Cissy auf die Wiese. Ach, es ist ja nicht die Wiese. – »*Else!*« – »*Bitte um Ruhe.*« – »*Bitte ein wenig zurückzutreten.*« – Hände, Hände unter mir. Was wollen sie denn? Wie schwer ich bin. Pauls Hände. Fort, fort. Der Filou ist in meiner Nähe, ich spüre es. Und Dorsday ist fort. Man muß ihn suchen. Er darf sich nicht umbringen, ehe er die fünfzigtausend abgeschickt hat. Meine Herrschaften, er ist mir Geld schuldig. Verhaften Sie ihn. »*Hast du eine Ahnung, von wem die Depesche war, Paul?*« – »*Guten Abend, meine Herrschaften.*« – »*Else, hörst du mich?*« – »*Lassen Sie sie doch, Frau Cissy.*« – »*Ach Paul.*« – »*Der Direktor sagt, es kann vier Stunden dauern, bis der Doktor da ist.*« – »*Sie sieht aus, als wenn sie schliefe.*« – Ich liege auf dem Diwan, Paul hält meine Hand, er fühlt mir den Puls. Richtig, er ist ja Arzt. – »*Von Gefahr ist keine Rede, Mama. Ein – Anfall.*« – »*Keinen Tag länger bleibe ich im Hotel.*« »*Bitte dich, Mama.*« – »*Morgen früh reisen wir ab.*« – »*Aber einfach über die Dienerschaftsstiege. Die Tragbahre wird sofort hier sein.*« – Bahre? Bin ich nicht heute schon auf einer Bahre gelegen? War ich nicht schon tot? Muß ich denn noch einmal sterben? – »*Wollen Sie nicht dafür sor-*

gen, Herr Direktor, daß die Leute sich endlich von der Türe entfernen.« – »Rege dich doch nicht auf, Mama.« – »Es ist eine Rücksichtslosigkeit von den Leuten.« – Warum flüstern sie denn alle? Wie in einem Sterbezimmer. Gleich wird die Bahre da sein. Mach' auf das Tor, Herr Matador! – »*Der Gang ist frei.« – »Die Leute könnten doch wenigstens so viel Rücksicht haben.« – »Ich bitte dich, Mama, beruhige dich doch.« – »Bitte, gnädige Frau.« – »Wollen Sie sich nicht ein wenig meiner Mutter annehmen, Frau Cissy?«* – Sie ist seine Geliebte, aber sie ist nicht so schön wie ich. Was ist denn schon wieder? Was geschieht denn da? Sie bringen die Bahre. Ich sehe es mit geschlossenen Augen. Das ist die Bahre, auf der sie die Verunglückten tragen. Auf der ist auch der Doktor Zigmondi gelegen, der vom Cimone abgestürzt ist. Und jetzt werde ich auf der Bahre liegen. Ich bin auch abgestürzt. »Ha!« Nein, ich will nicht noch einmal schreien. Sie flüstern. Wer beugt sich über meinen Kopf? Es riecht gut nach Zigaretten. Seine Hand ist unter meinem Kopf. Hände unter meinem Rücken, Hände unter meinen Beinen. Fort, fort, rührt mich nicht an. Ich bin ja nackt. Pfui, pfui. Was wollt Ihr denn? Laßt mich in Ruhe. Es war nur für Papa. – »*Bitte vorsichtig, so, langsam.« – »Der Plaid?« – »Ja, danke, Frau Cissy.«* – Warum dankt er ihr? Was hat sie denn getan? Was geschieht mit mir? Ah, wie gut, wie gut. Ich schwebe. Ich schwebe. Ich schwebe hinüber. Man trägt mich, man trägt mich, man trägt mich zu Grabe. – »*Aber mir sein das g'wohnt, Herr Doktor. Da sind schon Schwerere darauf gelegen. Im vorigen Herbst einmal zwei zugleich.« – »Pst, pst.« – »Vielleicht sind Sie so gut, vorauszugehen, Frau Cissy und sehen, ob in Elses Zimmer alles in Ordnung ist.«* – Was hat Cissy in meinem Zimmer zu tun? Das Veronal, das Veronal! Wenn sie es nur nicht weggießen. Dann müßte ich mich doch zum Fenster hinunterstürzen. – »*Danke sehr, Herr Direktor, bemühen Sie sich nicht weiter.*« – »*Ich werde mir erlauben, später wieder nachzufragen.*« – Die Treppe knarrt, die Träger haben schwere Bergstiefel. Wo sind meine Lackschuhe? Im Musikzimmer geblieben. Man wird sie stehlen. Ich habe sie der Agathe vermachen wollen. Fred kriegt meine Füllfeder. Sie tragen mich, sie tragen mich. Trauerzug. Wo ist Dorsday, der Mörder? Fort ist er. Auch der Filou ist fort. Er ist gleich wieder auf die Wanderschaft gegangen. Er ist nur zurückgekommen, um einmal meine weißen Brüste zu sehen. Und jetzt ist er wieder fort. Er geht einen schwindligen Weg zwischen Felsen und Abgrund; – leb' wohl, leb' wohl. – Ich schwebe, ich schwebe. Sie sollen mich nur hinauftragen, immer weiter, bis zum Dach, bis zum Himmel. Das wäre so bequem. – »*Ich habe es ja kommen gesehen, Paul.*« – Was hat die Tante kommen gesehen? – »*Schon die ganzen letzten Tage habe ich so etwas kommen gesehen. Sie ist überhaupt nicht normal. Sie muß natürlich in einen Anstalt.*« – »*Aber Mama, jetzt ist doch nicht der Moment davon zu reden.*« – Anstalt –? Anstalt –?! – »*Du denkst doch nicht, Paul, daß ich in ein und demselben Coupé mit dieser Person nach Wien fahren werde. Da könnte man schöne Sachen erleben.*« – »*Es wird nicht das Geringste passieren, Mama. Ich garantiere dir, daß du keinerlei Ungelegenheiten haben wirst.*« – »*Wie kannst du das garantieren?*« – Nein, Tante, du sollst keine Ungelegenheiten haben. Niemand wird Ungelegenheiten haben. Nicht einmal Herr von Dorsday. Wo sind wir denn? Wir bleiben stehen. Wir sind im zweiten Stock. Ich werde blinzeln. Cissy steht in der Tür und spricht mit Paul. – »*Hieher bitte. So. So. Hier. Danke. Rücken Sie die Bahre ganz nah ans Bett heran.«* – Sie heben die Bahre. Sie tragen mich. Wie gut. Nun bin ich wieder zu Hause. Ah! – »*Danke. So, es ist schon recht. Bitte die Türe zu schließen. – Wenn Sie so gut sein wollten mir zu helfen, Cissy.«* – »*O, mit Vergnügen, Herr Doktor.«* – »*Langsam, bitte. Hier, bitte, Cissy, fassen Sie sie an. Hier an den Beinen. Vorsichtig. Und dann – – Else – –? Hörst du mich, Else?«* – Aber natürlich höre ich dich, Paul. Ich höre alles. Aber was geht Euch das an. Es ist ja so schön, ohnmächtig zu sein. Ach, macht, was Ihr wollt. – »*Paul!«* – »*Gnädige Frau?«* – »*Glaubst du wirklich, daß sie bewußtlos ist, Paul?«* – Du? Sie sagt ihm du. Hab' ich Euch erwischt! Du sagt sie ihm! – »*Ja, sie ist vollkommen bewußtlos. Das kommt nach solchen Anfällen gewöhnlich vor.«* – »*Nein, Paul, du bist zum Kranklachen, wenn du dich so erwachsen als Doktor benimmst.«* – Hab' ich Euch, Schwindelbande! Hab' ich Euch? – »*Still, Cissy.«* – »*Warum denn, wenn sie nichts hört?!«* – Was ist denn geschehen? Nackt liege ich im Bett unter der Decke. Wie haben sie das gemacht? – »*Nun, wie geht's? Besser?«* – Das ist ja die Tante. Was will sie denn da? – »*Noch immer ohnmächtig?«* – Auf den Zehenspitzen schleicht sie heran. Sie soll zum Teufel gehen. Ich laß mich in keine Anstalt bringen. Ich bin nicht irrsinnig. – »*Kann man sie nicht zum Bewußtsein erwecken?«* – »*Sie wird bald wieder zu sich kommen, Mama. Jetzt braucht sie nichts als Ruhe. Übrigens du auch, Mama. Möchtest du nicht schlafen gehen? Es besteht absolut keine Gefahr. Ich werde zusammen mit Frau Cissy bei Else Nachtwache halten.«* – »*Jawohl, gnädige Frau, ich bin die Gardedame. Oder Else, wie man's nimmt.«* – Elendes Frauenzimmer. Ich liege hier ohnmächtig und sie macht Späße. »*Und ich kann mich darauf verlassen, Paul, daß du mich wecken läßt, sobald der Arzt kommt?«* –

»Aber Mama, der kommt nicht vor morgen früh.« – *»Sie sieht aus, als wenn sie schliefe. Ihr Atem geht ganz ruhig.«* – *»Es ist ja auch eine Art von Schlaf, Mama.«* – *»Ich kann mich noch immer nicht fassen, Paul, ein solcher Skandal! – Du wirst sehen, es kommt in die Zeitung!«* – *»Mama!«* – *»Aber sie kann doch nichts hören, wenn sie ohnmächtig ist. Wir reden doch ganz leise.«* – *»In diesem Zustand sind die Sinne manchmal unheimlich geschärft.«* – *»Sie haben einen so gelehrten Sohn, gnädige Frau.«* – *»Bitte dich, Mama, geh' zu Bette.«* – *»Morgen reisen wir ab unter jeder Bedingung. Und in Bozen nehmen wir eine Wärterin für Else.«* – Was? Eine Wärterin? Da werdet Ihr Euch aber täuschen. – *»Über all' das reden wir morgen, Mama. Gute Nacht, Mama.«* – *»Ich will mir einen Tee aufs Zimmer bringen lassen und in einer Viertelstunde schau ich noch einmal her.«* – *»Das ist doch absolut nicht notwendig, Mama.«* – Nein, notwendig ist es nicht. Du sollst überhaupt zum Teufel gehen. Wo ist das Veronal? Ich muß noch warten. Sie begleiten die Tante zur Türe. Jetzt sieht mich niemand. Auf dem Nachttisch muß es ja stehen, das Glas mit dem Veronal. Wenn ich es austrinke, ist alles vorbei. Gleich werde ich es trinken. Die Tante ist fort. Paul und Cissy stehen noch an der Tür. Ha. Sie küßt ihn. Sie küßt ihn. Und ich liege nackt unter der Decke. Schämt Ihr Euch denn gar nicht? Sie küßt ihn wieder. Schämt Ihr Euch nicht? – *»Siehst du, Paul, jetzt weiß ich, daß sie ohnmächtig ist. Sonst wäre sie mir unbedingt an die Kehle gesprungen.«* *»Möchtest du mir nicht den Gefallen tun und schweigen, Cissy?«* – *»Aber was willst du denn, Paul? Entweder ist sie wirklich bewußtlos. Dann hört und sieht sie nichts. Oder sie hält uns zum Narren. Dann geschieht ihr ganz recht.«* – *»Es hat geklopft, Cissy.«* – *»Mir kam es auch*

so vor.« – *»Ich will leise aufmachen und sehen wer es ist. – Guten Abend Herr von Dorsday.«* – *»Verzeihen Sie, ich wollte nur fragen, wie sich die Kranke«* – Dorsday! Dorsday! Wagt er es wirklich? Alle Bestien sind losgelassen. Wo ist er denn? Ich höre sie flüstern vor der Tür. Paul und Dorsday. Cissy stellt sich vor den Spiegel hin. Was machen Sie vor dem Spiegel dort? Mein Spiegel ist es. Ist nicht mein Bild noch drin? Was reden sie draußen vor der Tür, Paul und Dorsday? Ich fühle Cissys Blick. Vom Spiegel aus sieht sie zu mir her. Was will sie denn? Warum kommt sie denn näher? Hilfe! Hilfe! Ich schreie doch, und keiner hört mich. Was wollen Sie an meinem Bett, Cissy?! Warum beugen Sie sich herab? wollen Sie mich erwürgen? Ich kann mich nicht rühren. – *»Else!«* – Was will sie denn? – *»Else! Hören Sie mich, Else?«* – Ich höre, aber ich schweige. Ich bin ohnmächtig, ich muß schweigen. – *»Else, Sie haben uns in einen schönen Schreck versetzt.«* – Sie spricht zu mir. Sie spricht zu mir, als wenn ich wach wäre. Was will sie denn? – *»Wissen Sie, was Sie getan haben, Else? Denken Sie, nur mit dem Mantel bekleidet sind Sie ins Musikzimmer getreten, sind plötzlich nackt dagestanden vor allen Leuten und dann sind Sie ohnmächtig hingefallen. Ein hysterischer Anfall wird behauptet. Ich glaube kein Wort davon. Ich glaube auch nicht, daß Sie bewußtlos sind. Ich wette, Sie hören jedes Wort, das ich rede.«* – Ja, ich höre, ja, ja, ja. Aber sie hört mein Ja nicht. Warum denn nicht? Ich kann meine Lippen nicht bewegen. Darum hört sie mich nicht. Ich kann mich nicht rühren. Was ist denn mit mir? Bin ich tot? Bin ich scheintot? Träume ich? Wo ist das Veronal? Ich möchte mein Veronal trinken. Aber ich kann den Arm nicht ausstrecken. Gehen Sie fort, Cissy. Warum sind Sie über mich gebeugt? Fort, fort! Nie wird sie wissen, daß ich sie gehört habe. Niemand wird es je wissen. Nie wieder werde ich zu einem Menschen sprechen. Nie wache ich wieder auf. Sie geht zur Türe. Sie wendet sich noch einmal nach mir um. Sie öffnet die Türe. Dorsday! Dort steht er. Ich habe ihn gesehen mit geschlossenen Augen. Nein, ich sehe ihn wirklich. Ich habe ja die Augen offen. Die Türe ist angelehnt. Cissy ist auch draußen. Nun flüstern sie alle. Ich bin allein. Wenn ich mich jetzt rühren könnte.

Ha, ich kann ja, kann ja. Ich bewege die Hand, ich rege die Finger, ich strecke den Arm, ich sperre die Augen weit auf. Ich sehe, ich sehe. Da steht mein Glas. Geschwind, ehe sie wieder ins Zimmer kommen. Sind es nur Pulver genug?! Nie wieder darf ich erwachen. Was ich zu tun hatte auf der Welt, habe ich getan. Der Papa ist gerettet. Niemals könnte ich wieder unter Menschen gehen. Paul guckt durch die Türspalte herein. Er denkt, ich bin noch ohnmächtig. Er sieht nicht, daß ich den Arm beinahe schon ausgestreckt habe. Nun stehen sie wieder alle drei draußen vor der Tür, die Mörder! – Alle sind sie Mörder. Dorsday und Cissy und Paul, auch Fred ist ein Mörder und die Mama ist eine Mörderin. Alle haben sie mich gemordet und machen sich nichts wissen. Sie hat sich selber umgebracht, werden sie sagen. Ihr habt mich umgebracht, Ihr Alle, Ihr Alle! Hab' ich es endlich? Geschwind, geschwind! Ich muß. Keinen Tropfen verschütten. So. Geschwind. Es schmeckt gut. Weiter, weiter. Es ist gar kein Gift. Nie hat mir was so gut geschmeckt. Wenn Ihr wüßtet, wie gut der Tod schmeckt! Gute Nacht, mein Glas. Klirr, klirr! Was ist denn das? Auf dem Boden liegt das Glas. Unten liegt es. Gute Nacht. – »*Else! Else!*« – Was wollt Ihr denn? – »*Else!*« – Seid Ihr wieder da? Guten Morgen. Da lieg' ich bewußtlos mit geschlossenen Augen. Nie wieder sollt Ihr meine Augen sehen. – »*Sie muß sich bewegt haben, Paul, wie hätte es sonst herunterfallen können?*« – »*Eine unwillkürliche Bewegung, das wäre schon möglich.*« – »*Wenn sie nicht wach ist.*« – »*Was fällt dir ein, Cissy. Sieh sie doch nur an.*« – Ich habe Veronal getrunken. Ich werde sterben. Aber es ist geradeso wie vorher. Vielleicht war es nicht genug ... Paul faßt meine Hand. – »*Der Puls geht ruhig. Lach' doch nicht, Cissy. Das arme Kind.*« – »*Ob du mich auch ein armes Kind nennen würdest, wenn ich mich im Musikzimmer nackt hingestellt hätte?*« – »*Schweig' doch, Cissy.*« – »*Ganz nach Belieben, mein Herr. Vielleicht soll ich mich entfernen, dich mit dem nackten Fräulein allein lassen. Ach bitte, geniere dich nicht. Tu', als ob ich nicht da wäre.*« – Ich habe Veronal getrunken. Es ist gut. Ich werde sterben. Gott sei Dank. – »*Übrigens weißt du, was mir vorkommt. Daß dieser Herr von Dorsday in das nackte Fräulein verliebt ist. Er war so erregt, als ginge ihn die Sache persönlich an.*« – Dorsday, Dorsday! Das ist ja der – Fünfzigtausend! Wird er sie abschicken? Um Gottes willen, wenn er sie nicht abschickt? Ich muß es ihnen sagen. Sie müssen ihn zwingen. Um Gottes willen, wenn alles umsonst gewesen ist? Aber jetzt kann man mich noch retten. Paul! Cissy! Warum hört Ihr mich denn nicht? Wißt Ihr denn nicht, daß ich sterbe? Aber ich spüre nichts. Nur müde bin ich. Paul! Ich bin müde. Hörst du mich denn nicht? Ich bin müde, Paul. Ich kann die Lippen nicht öffnen. Ich kann die Zunge nicht bewegen, aber ich bin noch nicht tot. Das ist das Veronal. Wo seid Ihr denn? Gleich schlafe ich ein. Dann wird es zu spät sein! Ich höre sie gar nicht reden. Sie reden und ich weiß nicht was. Ihre Stimmen brausen so. So hilf mir doch, Paul! die Zunge ist mir so schwer. – »*Ich glaube, Cissy, daß sie bald erwachen wird. Es ist, als wenn sie sich schon mühte, die Augen zu öffnen. Aber Cissy, was tust du denn?«* – »*Nun, ich umarme dich. Warum denn nicht? Sie hat sich auch nicht geniert.*« – Nein, ich habe mich nicht geniert. Nackt bin ich dagestanden vor allen Leuten. Wenn ich nur reden könnte, so würdet Ihr verstehen warum. Paul! Paul! Ich will, daß Ihr mich hört. Ich habe Veronal getrunken, Paul, zehn Pulver, hundert. Ich hab' es nicht tun wollen. Ich war verrückt. Ich will nicht sterben. Du sollst mich retten, Paul. Du bist ja Doktor. Rette mich! – »*Jetzt scheint sie wieder ganz ruhig geworden. Der Puls – der Puls ist ziemlich regelmäßig.*« – Rette mich, Paul. Ich beschwöre dich. Laß mich doch nicht sterben. Jetzt ist's noch Zeit. Aber dann werde ich einschlafen und Ihr werdet es nicht wissen. Ich will nicht sterben. So rette mich doch. Es war nur wegen Papa. Dorsday hat es verlangt. Paul! Paul! – »*Schau mal her, Cissy, scheint dir nicht, daß sie lächelt?*« – »*Wie sollte sie nicht lächeln, Paul, wenn du immerfort zärtlich ihre Hand hältst.*« – Cissy, Cissy, was habe ich dir denn getan, daß du so böse zu mir bist. Behalte deinen Paul – aber laßt mich nicht sterben. Ich bin noch so jung. Die Mama wird sich kränken. Ich will noch auf viele Berge klettern. Ich will noch tanzen. Ich will auch einmal heiraten. Ich will noch reisen. Morgen machen wir die Partie auf den Cimone. Morgen wird ein wunderschöner Tag sein. Der Filou soll mitkommen. Ich lade ihn ergebenst ein. Lauf' ihm doch nach, Paul, er geht einen so schwindligen Weg. Er wird dem Papa begegnen. Adresse bleibt Fiala, vergiß nicht. Es sind nur fünfzigtausend, und dann ist alles in Ordnung. Da marschieren sie alle im Sträflingsgewand und singen. Mach' auf das Tor, Herr Matador! Das ist ja alles nur ein Traum. Da geht auch Fred mit dem heisren Fräulein und unter dem freien Himmel steht das Klavier. Der Klavierstimmer wohnt in der Bartensteinstraße, Mama! Warum hast du ihm denn nicht geschrieben, Kind? Du vergißt aber alles. Sie sollten mehr Skalen üben, Else. Ein Mädel mit dreizehn Jahren sollte fleißiger sein. – Rudi war auf dem Maskenball und ist erst um acht Uhr früh nach Hause gekommen. Was hast du mir mitgebracht, Papa? Dreißigtausend Puppen. Da brauch ich ein eigenes Haus dazu. Aber sie können auch im Garten spazierengehen. Oder auf den Maskenball mit Rudi. Grüß dich Gott, Else. Ach Bertha, bist du wieder aus Neapel zurück? Ja, aus Sizilien. Erlaube, daß ich dir meinen Mann vorstelle, Else. Enchanté, Monsieur. – »*Else, hörst du mich, Else? Ich bin es, Paul.*« – Haha, Paul. Warum sitzest du denn auf der Giraffe im Ringelspiel? – »*Else, Else!*« – So reit' mir doch nicht davon. Du kannst mich doch nicht hören, wenn du so schnell durch die Hauptallee reitest. Du sollst mich ja retten. Ich habe Veronalica genommen. Das läuft mir über die Beine, rechts und links, wie Ameisen. Ja, fang' ihn nur, den Herrn von Dorsday. Dort läuft er. Siehst du ihn denn nicht? Da springt er über den Teich. Er hat ja den Papa umgebracht. So lauf' ihm doch nach. Ich laufe mit. Sie haben mir die Bahre auf den Rücken geschnallt, aber ich laufe mit. Meine Brüste zittern so. Aber ich laufe mit. Wo bist du denn, Paul? Fred, wo bist du? Mama, wo bist Du? Cissy? Warum laßt Ihr mich denn allein durch die Wüste laufen? Ich habe ja Angst so allein. Ich werde lieber fliegen. Ich habe ja gewußt, daß ich fliegen kann.

»*Else!*« …

»*Else!*« …

Wo seid Ihr denn? Ich höre Euch, aber ich sehe Euch nicht.

»*Else!*« …

»*Else!*« …

»*Else! …*«

Was ist denn das? Ein ganzer Chor? Und Orgel auch? Ich singe mit. Was ist es denn für ein Lied? Alle singen mit. Die Wälder auch und die Berge und die Sterne. Nie habe ich etwas so Schönes gehört. Noch nie habe ich eine so helle Nacht gesehen. Gib mir die Hand, Papa. Wir fliegen zusammen. So schön ist die Welt, wenn man fliegen kann. Küss' mir doch nicht die Hand. Ich bin ja dein Kind, Papa.

»*Else! Else!*«

Sie rufen von so weit! Was wollt Ihr denn? Nicht wecken. Ich schlafe ja so gut. Morgen früh. Ich träume und fliege. Ich fliege … fliege … fliege … schlafe und träume … und fliege … nicht wecken … morgen früh …

»*El …*«

Ich fliege … ich träume … ich schlafe … ich träu … träu – ich flie ……

LEUTNANT GUSTL

Wie lange wird denn das noch dauern? Ich muß auf die Uhr schauen ... schickt sich wahrscheinlich nicht in einem so ernsten Konzert. Aber wer sieht's denn? Wenn's einer sieht, so paßt er gerade so wenig auf, wie ich, und vor dem brauch' ich mich nicht zu genieren ... Erst viertel auf zehn? ... Mir kommt vor, ich sitz' schon drei Stunden in dem Konzert. Ich bin's halt nicht gewohnt ... Was ist es denn eigentlich? Ich muß das Programm anschauen ... Ja, richtig: Oratorium? Ich hab' gemeint: Messe. Solche Sachen gehören doch nur in die Kirche. Die Kirche hat auch das Gute, daß man jeden Augenblick fortgehen kann. – Wenn ich wenigstens einen Ecksitz hätt'! – Also Geduld, Geduld! Auch Oratorien nehmen ein End'! Vielleicht ist es sehr schön, und ich bin nur nicht in der Laune. Woher sollt' mir auch die Laune kommen? Wenn ich denke, daß ich hergekommen bin, um mich zu zerstreuen ... Hätt' ich die Karte lieber dem Benedek geschenkt, dem machen solche Sachen Spaß; er spielt ja selber Violine. Aber da wär' der Kopetzky beleidigt gewesen. Es war ja sehr lieb von ihm, wenigstens gut gemeint. Ein braver Kerl, der Kopetzky! Der einzige, auf den man sich verlassen kann ... Seine Schwester singt ja mit unter denen da oben. Mindestens hundert Jungfrauen, alle schwarz gekleidet; wie soll ich sie da herausfinden? Weil sie mitsingt, hat er auch das Billett gehabt, der Kopetzky ... Warum ist er denn nicht selber gegangen? – Sie singen übrigens sehr schön. Es ist sehr erhebend – sicher! Bravo! bravo! ... Ja, applaudieren wir mit. Der neben mir klatscht wie verrückt. Ob's ihm wirklich so gut gefällt? – Das Mädel drüben in der Loge ist sehr hübsch. Sieht sie mich an oder den Herrn dort mit dem blonden Vollbart? ... Ah, ein Solo! Wer ist das? Alt: Fräulein Walker, Sopran: Fräulein Michalek ... das ist wahrscheinlich Sopran ... Lang' war ich schon nicht in der Oper. In der Oper unterhalt' ich mich immer, auch wenn's langweilig ist. Übermorgen könnt' ich eigentlich wieder hineingeh'n, zur »Traviata«. Ja, übermorgen bin ich vielleicht schon eine tote Leiche! Ah, Unsinn, das glaub' ich selber nicht! Warten S' nur, Herr Doktor, Ihnen wird's vergeh'n, solche Bemerkungen zu machen! Das Nasenspitzel hau' ich Ihnen herunter ...

Wenn ich die in der Loge nur genau sehen könnt'! Ich möcht' mir den Operngucker von dem Herrn neben mir ausleih'n, aber der frißt mich ja auf, wenn ich ihn in seiner Andacht stör' ... In welcher Gegend die Schwester vom Kopetzky steht? Ob ich sie erkennen möcht'? Ich hab' sie ja nur zwei- oder dreimal gesehen, das letztemal im Offizierskasino ... Ob das lauter anständige Mädeln sind, alle hundert? O jeh! ... »Unter Mitwirkung des Singvereins!« – Singverein ... komisch! Ich hab' mir darunter eigentlich immer so was Ähnliches vorgestellt, wie die Wiener Tanzsängerinnen, das heißt, ich hab' schon gewußt, daß es was anderes ist! ... Schöne Erinnerungen! Damals beim »Grünen Tor« ... Wie hat sie nur geheißen? Und dann hat sie mir einmal eine Ansichtskarte aus Belgrad geschickt ... auch eine schöne Gegend! – Der Kopetzky hat's gut, der sitzt jetzt längst im Wirtshaus und raucht seine Virginia! ...

Was guckt mich denn der Kerl dort immer an? Mir scheint, der merkt, daß ich mich langweil' und nicht herg'hör' ... Ich möcht' Ihnen raten, ein etwas weniger freches Gesicht zu machen, sonst stell' ich Sie mir nachher im Foyer! – Schaut schon weg! ... Daß sie alle vor meinem Blick so eine Angst hab'n ... »Du hast die schönsten Augen, die mir je vorgekommen sind!« hat neulich die Steffi gesagt ... O Steffi, Steffi, Steffi! – Die Steffi ist eigentlich schuld, daß ich dasitz' und mir stundenlang vorlamentieren lassen muß. – Ah, diese ewige Abschreiberei von der Steffi geht mir wirklich schon auf die Nerven! Wie schön hätt' der heutige Abend sein können. Ich hätt' große Lust, das Brieferl von der Steffi zu lesen. Da hab' ich's ja. Aber wenn ich die Brieftasche herausnehm', frißt mich der Kerl daneben auf! – Ich weiß ja, was drinsteht ... sie kann nicht kommen, weil sie mit »ihm« nachtmahlen gehen muß ... Ah, das war komisch vor acht Tagen, wie sie mit ihm in der Gartenbaugesellschaft gewesen ist, und ich vis-a-vis mit'm Kopetzky; und sie hat mir immer die Zeichen gemacht mit den Augerln, die verabredeten. Er hat nichts gemerkt – unglaublich! Muß übrigens ein Jud' sein! Freilich, in einer Bank ist er, und der schwarze Schnurrbart ... Reserveleutnant soll er auch sein! Na, in mein Regiment sollt' er nicht zur Waffenübung kommen! Überhaupt, daß sie noch immer so viel Juden zu Offizieren machen – da pfeif' ich auf'n ganzen Antisemitismus! Neulich in der Gesellschaft, wo die G'schicht' mit dem Doktor passiert ist bei den Mannheimers ... die Mannheimer selber sollen ja auch Juden sein, getauft natürlich ... denen merkt man's aber gar nicht an – besonders die Frau ... so blond, bildhübsch die Figur ... War sehr amüsant im ganzen. Famoses Essen, großartige Zigarren ... Na ja, wer hat's Geld? ...

Bravo, bravo! Jetzt wird's doch bald aus sein? – Ja, jetzt steht die ganze G'sellschaft da droben auf ... sieht sehr gut aus – imposant! – Orgel auch? ... Orgel hab' ich sehr gern ... So, das laß' ich mir g'fall'n – sehr schön! Es ist wirklich wahr, man sollt' öfter in Konzerte gehen ... Wunderschön ist's g'wesen, werd' ich dem Kopetzky sagen ... Werd' ich ihn heut' im Kaffeehaus treffen? – Ah, ich hab' gar keine Lust, ins Kaffeehaus zu geh'n; hab' mich gestern so gegiftet! Hundertsechzig Gulden auf einem Sitz verspielt – zu dumm! Und wer hat alles gewonnen? Der Ballert, grad' der, der's nicht notwendig hat ... Der Ballert ist eigentlich schuld, daß ich in das blöde Konzert hab' geh'n müssen ... Na ja, sonst hätt' ich heut wieder spielen können, vielleicht doch was zurückgewonnen. Aber es ist ganz gut, daß ich mir selber das Ehrenwort gegeben hab', einen Monat lang keine Karte anzurühren ... Die Mama wird wieder ein G'sicht machen, wenn sie meinen Brief bekommt! – Ah, sie soll zum Onkel geh'n, der hat Geld wie Mist; auf die paar hundert Gulden kommt's ihm nicht an. Wenn ich's nur durchsetzen könnt', daß er mir eine regelmäßige Sustentation gibt ... aber nein, um jeden Kreuzer muß man extra betteln. Dann heißt's wieder: Im vorigen Jahr war die Ernte schlecht! ... Ob ich heuer im Sommer wieder zum Onkel fahren soll auf vierzehn Tag'? Eigentlich langweilt man sich dort zum Sterben ... Wenn ich die ... wie hat sie nur geheißen? ... Es ist merkwürdig, ich kann mir keinen Namen merken! ... Ah, ja: Etelka! ... Kein Wort deutsch hat sie verstanden, aber das war auch nicht notwendig ... hab' gar nichts zu reden brauchen! ... Ja, es wird ganz gut sein, vierzehn Tage Landluft und vierzehn Nächt' Etelka oder sonstwer ... Aber acht Tag' sollt' ich doch auch wieder beim Papa und bei der Mama sein ... Schlecht hat sie ausg'seh'n heuer zu Weihnachten ... Na, jetzt wird die Kränkung schon überwunden sein. Ich an ihrer Stelle wär' froh, daß der Papa in Pension gegangen ist. – Und die Klara wird schon noch einen Mann kriegen ... Der Onkel kann schon was hergeben ... Achtundzwanzig Jahr, das ist doch nicht so alt ... Die Steffi ist sicher nicht jünger ... Aber es ist merkwürdig: *die* Frauenzimmer erhalten sich länger jung. Wenn man so bedenkt: die Maretti neulich in der »Madame Sans-Gêne« – siebenunddreißig Jahr ist sie sicher, und sieht aus ... Na, ich hätt' nicht Nein g'sagt! – Schad', daß sie mich nicht g'fragt hat ...

Heiß wird's! Noch immer nicht aus? Ah, ich freu' mich so auf die frische Luft! Werd' ein bißl spazieren geh'n, übern Ring ... Heut' heißt's: früh ins Bett, morgen nachmittag frisch sein! Komisch, wie wenig ich daran denk', so egal ist mir das! Das erstemal hat's mich doch ein bißl aufgeregt. Nicht, daß ich Angst g'habt hätt'; aber nervös bin ich gewesen in der Nacht vorher ... Freilich, der Oberleutnant Bisanz war ein ernster Gegner. – Und doch, nichts ist mir g'scheh'n! ... Auch schon anderthalb Jahr her. Wie die Zeit vergeht! Und wenn mir der Bisanz nichts getan hat, der Doktor wird mir schon gewiß nichts tun! Obzwar, gerade diese ungeschulten Fechter sind manchmal die gefährlichsten. Der Doschintzky hat mir erzählt, daß ihn ein Kerl, der das erstemal einen Säbel in der Hand gehabt hat, auf ein Haar abgestochen hätt'; und der Doschintzky ist heut Fechtlehrer bei der Landwehr. Freilich – ob er damals schon so viel können hat ... Das Wichtigste ist: kaltes Blut. Nicht einmal einen rechten Zorn hab' ich mehr in mir, und es war doch eine Frechheit – unglaublich! Sicher hätt' er sich's nicht getraut, wenn er nicht Champagner getrunken hätt' vorher ... So eine Frechheit! Gewiß ein Sozialist! Die Rechtsverdreher sind doch heutzutag' alle Sozialisten! Eine Bande ... am liebsten möchten sie gleich 's ganze Militär abschaffen; aber wer ihnen dann helfen möcht', wenn die Chinesen über die kommen, daran denken sie nicht. Blödisten! – Man muß gelegentlich ein Exempel statuieren. Ganz recht hab' ich g'habt. Ich bin froh, daß ich ihn nimmer auslassen hab' nach der Bemerkung. Wenn ich dran denk', werd' ich ganz wild! Aber ich hab' mich famos benommen; der Oberst sagt auch, es war absolut korrekt. Wird mir überhaupt nützen, die Sache. Ich kenn' manche, die den Burschen hätten durchschlüpfen lassen. Der Müller sicher, der wär' wieder objektiv gewesen oder so was. Mit dem Objektivsein hat sich noch jeder blamiert ... »Herr Leutnant!« ... schon die Art, wie er »Herr Leutnant« gesagt hat, war unverschämt! ... »Sie werden mir doch zugeben müssen« ... – Wie sind wir denn nur d'rauf gekommen? Wieso hab' ich mich mit dem Sozialisten in ein Gespräch eingelassen? Wie hat's denn nur angefangen? ... Mir scheint, die schwarze Frau, die ich zum Büfett geführt hab', ist auch dabei gewesen ... und dann dieser junge Mensch, der die Jagdbilder malt – wie heißt er denn nur? ... Meiner Seel', der ist an der ganzen Geschichte schuld gewesen! Der hat von den Manövern geredet; und dann erst ist dieser Doktor dazugekommen und hat irgendwas g'sagt, was mir nicht gepaßt hat, von Kriegsspielerei oder so was – aber wo ich noch nichts hab' reden können ... Ja, und dann ist von den Kadettenschulen gesprochen worden ... ja, so war's ... und ich hab' von einem patriotischen Fest erzählt ... und dann hat der Doktor gesagt – nicht gleich, aber aus dem Fest hat es sich entwickelt – »Herr Leutnant, Sie werden mir doch zugeben, daß nicht alle Ihre Kameraden zum Militär gegangen sind, ausschließlich um das Vaterland zu verteidigen!« So eine Frechheit! Das wagt so ein Mensch einem Offizier ins Gesicht zu sagen! Wenn ich mich nur erinnern könnt', was ich d'rauf geantwortet hab'? ... Ah ja, etwas von Leuten, die sich in Dinge dreinmengen, von denen sie nichts versteh'n ... Ja, richtig ... und dann war einer da, der hat die Sache gütlich beilegen wollen, ein älterer Herr mit einem Stockschnupfen ... Aber ich war zu wütend! Der Doktor hat das absolut in dem Ton gesagt, als wenn er direkt mich gemeint hätt'. Er hätt' nur noch sagen müssen, daß sie mich aus dem Gymnasium hinausg'schmissen haben, und daß ich deswegen in die Kadettenschul' gesteckt worden bin ... Die Leut' können eben unserein'n nicht versteh'n, sie sind zu dumm dazu ... Wenn ich mich so erinner', wie ich das erstemal den Rock angehabt hab', so was erlebt eben nicht ein jeder ... Im vorigen Jahr bei den Manövern – ich hätt' was drum gegeben, wenn's plötzlich Ernst gewesen wär' ... Und der Mirovic hat mir g'sagt, es ist ihm ebenso gegangen. Und dann, wie Seine Hoheit die Front abgeritten sind, und die Ansprache vom Obersten – da muß einer schon ein ordentlicher Lump sein, wenn ihm das Herz nicht höher schlägt ... Und da kommt so ein Tintenfisch daher, der sein Lebtag nichts getan hat, als hinter den Büchern gesessen, und erlaubt sich eine freche Bemerkung! ... Ah, wart' nur, mein Lieber – bis zur Kampfunfähigkeit ... jawohl, du sollst so kampfunfähig werden ...

Ja, was ist denn? Jetzt muß es doch bald aus sein? ... »Ihr, seine Engel, lobet den Herrn« ... – Freilich, das ist der Schlußchor ... Wunderschön, da kann man gar nichts sagen. Wunderschön! – Jetzt hab' ich ganz die aus der Loge vergessen, die früher zu kokettieren angefangen hat. Wo ist sie denn? ... Schon fortgegangen ... Die dort scheint auch sehr nett zu sein ... Zu dumm, daß ich keinen Operngucker bei mir hab'! Der Brunnthaler ist ganz gescheit, der hat sein Glas immer im Kaffeehaus bei der Kassa liegen, da kann einem nichts g'scheh'n ... Wenn sich die Kleine da vor mir nur *ein*mal umdreh'n möcht'! So brav sitzt s' alleweil da. Das neben ihr ist sicher die Mama. – Ob ich nicht doch einmal ernstlich ans Heiraten denken soll? Der Willy war nicht älter als ich, wie er hineingesprungen ist. Hat schon was für sich, so immer gleich ein hübsches Weiberl zu Haus vorrätig zu haben ... Zu dumm, daß die Steffi grad heut' keine Zeit hat! Wenn ich wenigstens wüßte, wo sie ist, möcht' ich mich wieder vis-a-vis von ihr hinsetzen. Das wär' eine schöne G'schicht', wenn ihr der draufkommen möcht', da hätt' *ich* sie am Hals ... Wenn ich so denk', was dem Fließ sein Verhältnis mit der Winterfeld kostet! Und dabei betrügt sie ihn hinten und vorn. Das nimmt noch einmal ein Ende mit Schrecken ... Bravo, bravo! Ah, aus! ... So, das tut wohl, aufsteh'n können, sich rühren ... Na, vielleicht! Wie lang' wird der da noch brauchen, um sein Glas ins Futteral zu stecken?

»Pardon, pardon, wollen mich nicht hinauslassen?«

Ist das ein Gedränge! Lassen wir die Leut' lieber vorbeipassieren ... Elegante Person ... ob das echte Brillanten sind? ... Die da ist nett ... Wie sie mich anschaut! ... O ja, mein Fräulein, ich möcht' schon! ... O, die Nase! – Jüdin ... Noch eine ... Es ist doch fabelhaft, da sind auch die Hälfte Juden ... nicht einmal ein Oratorium kann man mehr in Ruhe genießen ... So, jetzt schließen wir uns an ... Warum drängt denn der Idiot hinter mir? Das werd' ich ihm abgewöhnen ... Ah, ein älterer Herr! ... Wer grüßt mich denn dort von drüben? ... Habe die Ehre, habe die Ehre! Keine Ahnung hab' ich, wer das ist ... das Einfachste wär', ich ging gleich zum Leidinger hinüber nachtmahlen ... oder soll ich in die Gartenbaugesellschaft? Am End' ist die Steffi auch dort? Warum hat sie mir eigentlich nicht geschrieben, wohin sie mit ihm geht? Sie wird's selber noch nicht gewußt haben. Eigentlich schrecklich, so eine abhängige Existenz ... Armes Ding! –

So, da ist der Ausgang ... Ah, die ist aber bildschön! Ganz allein? Wie sie mich anlacht. Das wär' eine Idee, der geh' ich nach! ... So, jetzt die Treppen hinunter ... Oh, ein Major von Fünfundneunzig ... Sehr liebenswürdig hat er gedankt ... Bin doch nicht der einzige Offizier hier gewesen ... Wo ist denn das hübsche Mädel? Ah, dort ... am Geländer steht sie ... So, jetzt heißt's noch zur Garderobe ... Daß mir die Kleine nicht auskommt ... Hat ihm schon! So ein elender Fratz! Laßt sich da von einem Herrn abholen, und jetzt lacht sie noch auf mich herüber! – Es ist doch keine was wert ... Herrgott, ist das ein Gedränge bei der Garderobe! ... Warten wir lieber noch ein bissel ... So! Ob der Blödist meine Nummer nehmen möcht'? ...

»Sie, zweihundertvierundzwanzig! Da hängt er! Na, hab'n Sie keine Augen? Da hängt er! Na, Gott sei Dank! ... Also bitte!« ... Der Dicke da verstellt einem schier die ganze Garderobe ... »Bitte sehr!« ...

»Geduld, Geduld!« Was sagt der Kerl?

»Nur ein bissel Geduld!«

Dem muß ich doch antworten ... »Machen Sie doch Platz!«

»Na, Sie werden's auch nicht versäumen!«

Was sagt er da? Sagt er das zu mir? Das ist doch stark! Das darf ich mir nicht gefallen lassen! »Ruhig!«

»Was meinen Sie?«

Ah, so ein Ton? Da hört sich doch alles auf!

»Stoßen Sie nicht!«

»Sie, halten Sie das Maul!« Das hätt' ich nicht sagen sollen, ich war zu grob ... Na, jetzt ist's schon g'scheh'n!

»Wie meinen?«

Jetzt dreht er sich um ... Den kenn' ich ja! – Donnerwetter, das ist ja der Bäckermeister, der immer ins Kaffeehaus kommt ... Was macht denn der da? Hat sicher auch eine Tochter oder so was bei der Singakademie ... Ja, was ist denn das? Ja, was macht er denn? Mir scheint gar ... ja, meiner Seel', er hat den Griff von meinem Säbel in der Hand ... Ja, ist der Kerl verrückt? ... »Sie Herr ...«

»Sie, Herr Leutnant, sein S' jetzt ganz stad.«

Was sagt er da? Um Gottes willen, es hat's doch keiner gehört? Nein, er red't ganz leise ... Ja, warum laßt er denn meinen Säbel net aus? ... Herrgott noch einmal ... Ah, da heißt's rabiat sein ... ich bring' seine Hand vom Griff nicht weg ... nur keinen Skandal jetzt! ... Ist nicht am End' der Major hinter mir? ... Bemerkt's nur niemand, daß er den Griff von meinem Säbel hält? Er red't ja zu mir! Was red't er denn?

»Herr Leutnant, wenn Sie das geringste Aufsehen machen, so zieh' ich den Säbel aus der Scheide, zerbrech' ihn und schick' die Stück' an Ihr Regimentskommando. Versteh'n Sie mich, Sie dummer Bub?«

Was hat er g'sagt? Mir scheint, ich träum'! Red't er wirklich zu mir? Ich sollt' was antworten ... Aber der Kerl macht ja Ernst – der zieht wirklich den Säbel heraus. Herrgott – er tut's! ... Ich spür's, er reißt schon dran. Was red't er denn? ... Um Gottes willen, nur kein' Skandal – – Was red't er denn noch immer?

»Aber ich will Ihnen die Karriere nicht verderben ... Also, schön brav sein! ... So, hab'n S' keine Angst, 's hat niemand was gehört ... es ist schon alles gut ... so! Und damit keiner glaubt, daß wir uns gestritten haben, werd' ich jetzt sehr freundlich mit Ihnen sein! – Habe die Ehre, Herr Leutnant, hat mich sehr gefreut – habe die Ehre.«

Um Gottes willen, hab' ich geträumt? ... Hat er das wirklich gesagt? ... Wo ist er denn? ... Da geht er ... Ich müßt' ja den Säbel ziehen und ihn zusammen hauen -- Um Gottes willen, es hat's doch niemand gehört? ... Nein, er hat ja nur ganz leise geredet, mir ins Ohr ... Warum geh' ich denn nicht hin und hau' ihm den Schädel auseinander? ... Nein, es geht ja nicht, es geht ja nicht ... gleich hätt' ich's tun müssen ... Warum hab' ich's denn nicht gleich getan? ... Ich hab's ja nicht können ... er hat ja den Griff nicht auslassen, und er ist zehnmal stärker als ich ... Wenn ich noch ein Wort gesagt hätt', hätt' er mir wirklich den Säbel zerbrochen ... Ich muß ja noch froh sein, daß er nicht laut geredet hat! Wenn's ein Mensch gehört hätt', so müßt' ich mich ja *stante pede* erschießen ... Vielleicht ist es doch ein Traum gewesen ... Warum schaut mich denn der Herr dort an der Säule so an? – hat der am End' was gehört? ... Ich werd' ihn fragen ... Fragen? – Ich bin ja verrückt! – Wie schau' ich denn aus? – Merkt man mir was an? – Ich muß ganz blaß sein. – Wo ist der Hund? ... Ich muß ihn umbringen! ... Fort ist er ... Überhaupt schon ganz leer ... Wo ist denn mein Mantel? ... Ich hab' ihn ja schon angezogen ... Ich hab's gar nicht gemerkt ... Wer hat mir denn geholfen? ... Ah, der da ... dem muß ich ein Sechserl geben ... So! ... Aber was ist denn das? Ist es denn wirklich gescheh'n? Hat wirklich einer so zu mir geredet? Hat mir wirklich einer »dummer Bub« gesagt? Und ich hab' ihn nicht auf der Stelle zusammengehauen? ... Aber ich hab' ja nicht können ... er hat ja eine Faust gehabt wie Eisen ... ich bin ja dagestanden wie angenagelt ... Nein, ich muß den Verstand verloren gehabt haben, sonst hätt' ich mit der anderen Hand ... Aber da hätt' er ja meinen Säbel herausgezogen und zerbrochen, und aus wär's gewesen – alles wär' aus gewesen! Und nachher, wie er fortgegangen ist, war's zu spät ... ich hab' ihm doch nicht den Säbel von hinten in den Leib rennen können.

Was, ich bin schon auf der Straße? Wie bin ich denn da herausgekommen? – So kühl ist es ... ah, der Wind, der ist gut ... Wer ist denn das da drüben? Warum schau'n denn die zu mir herüber? Am Ende haben die was gehört ... Nein, es kann niemand was gehört haben ... ich weiß ja, ich hab' mich gleich nachher umgeschaut! Keiner hat sich um mich gekümmert, niemand hat was gehört ... Aber gesagt hat er's, wenn's auch niemand gehört hat; gesagt hat er's doch. Und ich bin dagestanden und hab' mir's gefallen lassen, wie wenn mich einer vor den Kopf geschlagen hätt'! ... Aber ich hab' ja nichts sagen können, nichts tun können; es war ja noch das einzige, was mir übrig geblieben ist: stad sein, stad sein! ... 's ist fürchterlich, es ist nicht zum Aushalten; ich muß ihn totschlagen, wo ich ihn treff'! ... Mir sagt das einer! Mir sagt das so ein Kerl, so ein Hund! Und er kennt mich ... Herrgott noch einmal, er kennt mich, er weiß, wer ich bin! ... Er kann jedem Menschen erzählen, daß er mir das g'sagt hat! ... Nein, nein, das wird er ja nicht tun, sonst hätt' er auch nicht so leise geredet ... er hat auch nur wollen, daß ich es allein hör'! ... Aber wer garantiert mir, daß er's nicht doch erzählt, heut' oder morgen, seiner Frau, seiner Tochter, seinen Bekannten im Kaffeehaus. – – Um Gottes willen, morgen seh' ich ihn ja wieder! Wenn ich morgen ins Kaffeehaus komm', sitzt er wieder dort wie alle Tag' und spielt seinen Tapper mit dem Herrn Schlesinger und mit dem Kunstblumenhändler ... Nein, nein, das geht ja nicht, das geht ja nicht ... Wenn ich ihn seh', so hau' ich ihn zusammen ... Nein, das darf ich ja nicht ... gleich hätt' ich's tun müssen, gleich! ... Wenn's nur gegangen wär'! Ich werd' zum Obersten geh'n und ihm die Sache melden ... ja, zum Obersten ... Der Oberst ist immer sehr freundlich – und ich werd' ihm sagen: Herr Oberst, ich melde gehorsamst, er hat den Griff gehalten, er hat ihn nicht aus'lassen; es war genau so, als wenn ich ohne Waffe gewesen wäre ... – Was wird der Oberst sagen? – Was er sagen wird? – Aber da gibt's ja nur eins: quittieren mit Schimpf und Schand' – quittieren! ... Sind das Freiwillige da drüben? ... Ekelhaft, bei der Nacht schau'n sie aus, wie Offiziere ... sie salutieren! – Wenn die wüßten – wenn die wüßten! ... – Da ist das Café Hochleitner ... Sind jetzt gewiß ein paar Kameraden drin ... vielleicht auch einer oder der andere, den ich kenn' ... Wenn ich's dem ersten Besten erzählen möcht', aber so, als wär's einem andern passiert? ... – Ich bin ja schon ganz irrsinnig ... Wo lauf' ich denn da herum? Was tu' ich denn auf der Straße? – Ja, aber wo soll ich denn hin? Hab' ich nicht zum Leidinger wollen? Haha, unter Menschen mich niedersetzen ... ich glaub', ein jeder müßt' mir's anseh'n ... Ja, aber irgendwas muß doch gescheh'n ... Was soll denn gescheh'n? ... Nichts, nichts – es hat ja niemand was gehört ... es weiß ja niemand was ... in dem Moment weiß niemand was ... Wenn ich jetzt zu ihm in die Wohnung ginge und ihn beschwören möchte, daß er's niemandem erzählt? ... – Ah, lieber gleich eine Kugel vor den Kopf, als so was! ... Wär' so das Gescheiteste! ... Das Gescheiteste? Das Gescheiteste? – Gibt ja überhaupt nichts anderes ... gibt nichts anderes ... Wenn ich den Oberst fragen möcht', oder den Kopetzky – oder den Blany – oder den Friedmair: – jeder möcht' sagen: Es bleibt dir nichts anderes übrig! ... Wie wär's, wenn ich mit dem Kopetzky spräch'? ... Ja, es wär' doch das Vernünftigste ... schon wegen morgen ... Ja, natürlich – wegen morgen ... um vier in der Reiterkasern' ... ich soll mich ja morgen um vier Uhr schlagen ... und ich darf's ja nimmer, ich bin satisfaktionsunfähig ... Unsinn! Unsinn! Kein Mensch weiß was, kein Mensch weiß was! – Es laufen viele herum, denen ärgere Sachen passiert sind, als mir ... Was hat man nicht alles von dem Deckener erzählt, wie er sich mit dem Rederow geschossen hat ... und der Ehrenrat hat entschieden, das Duell darf stattfinden ... Aber wie möcht' der Ehrenrat bei mir entscheiden? – Dummer Bub – dummer Bub ... und ich bin dagestanden –! heiliger Himmel, es ist doch ganz egal, ob ein anderer was weiß! ... *ich* weiß es doch, und das ist die Hauptsache! *Ich* spür', daß ich jetzt wer anderer bin, als vor einer Stunde – *Ich* weiß, daß ich satisfaktionsunfähig bin, und darum muß ich mich totschießen ... Keine ruhige Minute hätt' ich mehr im Leben ... immer hätt' ich die Angst, daß es doch einer erfahren könnt', so oder so ... und daß mir's einer einmal ins Gesicht sagt, was heut' abend gescheh'n ist! – Was für ein glücklicher Mensch bin ich vor einer Stund' gewesen ... Muß mir der Kopetzky die Karte schenken – und die Steffi muß mir absagen, das Mensch! – Von so was hängt man ab ... Nachmittag war noch alles gut und schön, und jetzt bin ich ein verlorener Mensch und muß mich totschießen ... Warum renn' ich denn so? Es lauft mir ja nichts davon ... Wieviel schlagt's denn? ... 1, 2, 3, 4, 5, 6, 7, 8, 9, 10, 11 ... elf, elf ... ich sollt' doch nachtmahlen geh'n! Irgendwo muß ich doch schließlich hingeh'n ... ich könnt' mich ja in irgendein Beisl setzen, wo mich kein Mensch kennt – schließlich, essen muß der Mensch, auch wenn er sich nachher gleich totschießt ... Haha, der Tod ist ja kein Kinderspiel ... wer hat das nur neulich gesagt? ... Aber das ist ja ganz egal ...

Ich möcht' wissen, wer sich am meisten kränken möcht'? ... die Mama, oder die Steffi? ... die Steffi ... Gott, die Steffi ... die dürft' sich ja nicht einmal was anmerken lassen, sonst gibt »er« ihr den Abschied ... Arme Person! – Beim Regiment – kein Mensch hätt' eine Ahnung, warum ich's getan hab' ... sie täten sich alle den Kopf zerbrechen ... warum hat sich denn der Gustl umgebracht? – Darauf möcht' keiner kommen, daß ich mich hab' totschießen müssen, weil ein elender Bäckermeister, so ein niederträchtiger, der zufällig stärkere Fäust' hat ... es ist ja zu dumm, zu dumm! – Deswegen soll ein Kerl wie ich, so ein junger, fescher Mensch ... Ja, nachher möchten's gewiß alle sagen: das hätt' er doch nicht tun müssen, wegen so einer Dummheit; ist doch schad'! ... Aber wenn ich jetzt wen immer fragen tät', jeder möcht' mir die gleiche Antwort geben ... und ich selber, wenn ich mich frag' ... das ist doch zum Teufelholen ... ganz wehrlos sind wir gegen die Zivilisten ... Da meinen die Leut', wir sind besser dran, weil wir einen Säbel haben ... und wenn schon einmal einer von der Waffe Gebrauch macht, geht's über uns her, als wenn wir alle die geborenen Mörder wären ... In der Zeitung möcht's auch steh'n: ... »Selbstmord eines jungen Offiziers« ... Wie schreiben sie nur immer? ... »Die Motive sind in Dunkel gehüllt« ... Haha! ... »An seinem Sarge trauern« ... – Aber es ist ja wahr ... mir ist immer, als wenn ich mir eine Geschichte erzählen möcht' ... aber es ist wahr ... ich muß mich umbringen, es bleibt mir ja nichts anderes übrig – ich kann's ja nicht drauf ankommen lassen, daß morgen früh der Kopetzky und der Blany mir ihr Mandat zurückgeben und mir sagen: wir können dir nicht sekundieren! ... Ich wär' ja ein Schuft, wenn ich's ihnen zumuten möcht' ... So ein Kerl wie ich, der dasteht und sich einen dummen Buben heißen läßt ... morgen wissen's ja alle Leut' ... das ist zu dumm, daß ich mir einen Moment einbilde, so ein Mensch erzählt's nicht weiter ... überall wird er's erzählen ... seine Frau weiß's jetzt schon ... morgen weiß es das ganze Kaffeehaus ... die Kellner werd'n's wissen ... der Herr Schlesinger – die Kassierin – – Und selbst wenn er sich vorgenommen hat, er red't nicht davon, so sagt er's übermorgen ... und wenn er's übermorgen nicht sagt, in einer Woche ... Und wenn ihn heut nacht der Schlag trifft, so weiß ich's ... ich weiß es ... und ich bin nicht der Mensch, der weiter den Rock trägt und den Säbel, wenn ein solcher Schimpf auf ihm sitzt! ... So, ich muß es tun, und Schluß! – Was ist weiter dabei? – Morgen nachmittag könnt' mich der Doktor mit 'm Säbel erschlagen ... so was ist schon einmal dagewesen ... und der Bauer, der arme Kerl, der hat eine Gehirnentzündung 'kriegt und war in drei Tagen hin ... und der Brenitsch ist vom Pferd gestürzt und hat sich 's Genick gebrochen ... und schließlich und endlich: es gibt nichts anderes – für mich nicht, für mich nicht! – Es gibt ja Leut', die's leichter nähmen ... Gott, was gibt's für Menschen! ... Dem Ringeimer hat ein Fleischselcher, wie er ihn mit seiner Frau erwischt hat, eine Ohrfeige gegeben, und er hat quittiert und sitzt irgendwo auf'm Land und hat geheiratet ... Daß es Weiber gibt, die so einen Menschen heiraten! ... – Meiner Seel', ich gäb' ihm nicht die Hand, wenn er wieder nach Wien käm' ... Also, hast's gehört, Gustl: – aus, aus, abgeschlossen mit dem Leben! Punktum und Streusand drauf! ... So, jetzt weiß ich's, die Geschichte ist ganz einfach ... So! Ich bin eigentlich ganz ruhig ... Das hab' ich übrigens immer gewußt: wenn's einmal dazu kommt, werd' ich ruhig sein, ganz ruhig ... aber daß es so dazu kommt, das hab' ich doch nicht gedacht ... daß ich mich umbringen muß, weil so ein ... Vielleicht hab' ich ihn doch nicht recht verstanden ... am End' hat er ganz was anderes gesagt ... Ich war ja ganz blöd von der Singerei und der Hitz' ... vielleicht bin ich verrückt gewesen, und es ist alles gar nicht wahr? ... Nicht wahr, haha, nicht wahr! – Ich hör's ja noch ... es klingt mir noch immer im Ohr ... und ich spür's in den Fingern, wie ich seine Hand vom Säbelgriff hab' wegbringen wollen ... Ein Kraftmensch ist er, ein Jagendorfer ... Ich bin doch auch kein Schwächling ... der Franziski ist der einzige im Regiment, der stärker ist als ich ...

Die Aspernbrücke ... Wie weit renn' ich denn noch? – Wenn ich so weiterrenn', bin ich um Mitternacht in Kagran ... Haha! – Herrgott, froh sind wir gewesen, wie wir im vorigen September dort eingerückt sind. Noch zwei Stunden, und Wien ... todmüd' war ich, wie wir angekommen sind ... den ganzen Nachmittag hab' ich geschlafen wie ein Stock, und am Abend waren wir schon beim Ronacher ... der Kopetzky, der Ladinser und ... wer war denn nur noch mit uns? – Ja, richtig, der Freiwillige, der uns auf dem Marsch die jüdischen Anekdoten erzählt hat ... Manchmal sind's ganz nette Burschen, die Einjährigen ... aber sie sollten alle nur Stellvertreter werden – denn was hat das für einen Sinn? Wir müssen uns jahrelang plagen, und so ein Kerl dient ein Jahr und hat genau dieselbe Distinktion wie wir ... es ist eine Ungerechtigkeit! – Aber was geht mich denn das alles an? – Was scher' ich mich denn um solche Sachen? – Ein Gemeiner von der Verpflegsbranche ist ja jetzt mehr als ich ... ich bin ja überhaupt nicht mehr auf der Welt ... es ist ja aus mit mir ... Ehre verloren, alles verloren! ... Ich hab' ja nichts anderes zu tun, als meinen Revolver zu laden und ... Gustl, Gustl, mir scheint, du glaubst noch immer nicht recht dran? Komm' nur zur Besinnung ... es gibt nichts anderes ... wenn du auch dein Gehirn zermarterst, es gibt nichts anderes! – Jetzt heißt's nur mehr, im letzten Moment sich anständig benehmen, ein Mann sein, ein Offizier sein, so daß der Oberst sagt: Er ist ein braver Kerl gewesen, wir werden ihm ein treues Angedenken bewahren! ... Wieviel Kompagnien rücken denn aus beim Leichenbegängnis von einem Leutnant? ... Das müßt' ich eigentlich wissen ... Haha! wenn das ganze Bataillon ausrückt, oder die ganze Garnison, und sie feuern zwanzig Salven ab, davon wach' ich doch nimmer auf! – Vor dem Kaffeehaus, da bin ich im vorigen Sommer einmal mit dem Herrn von Engel gesessen, nach der Armee-Steeple-Chase ... Komisch, den Menschen hab' ich seitdem nie wieder geseh'n ... Warum hat er denn das linke Aug' verbunden gehabt? Ich hab' ihn immer drum fragen wollen, aber es hätt' sich nicht gehört ... Da geh'n zwei Artilleristen ... die denken gewiß, ich steig' der Person nach ... Muß sie mir übrigens anseh'n ... O schrecklich! – Ich möcht' nur wissen, wie sich so eine ihr Brot verdient ... da möcht' ich doch eher ... Obzwar in der Not frißt der Teufel Fliegen ... in Przemysl – mir hat's nachher so gegraut, daß ich gemeint hab', nie wieder rühr' ich ein Frauenzimmer an ... Das war eine gräßliche Zeit da oben in Galizien ... eigentlich ein Mordsglück, daß wir nach Wien gekommen sind. Der Bokorny sitzt noch immer in Sambor und kann noch zehn Jahr dort sitzen und alt und grau werden ... Aber wenn ich dort geblieben wär', wär' mir das nicht passiert, was mir heut passiert ist ... und ich möcht' lieber in Galizien alt und grau werden, als daß ... als was? als was? – Ja, was ist denn? was ist denn? – Bin ich denn wahnsinnig, daß ich das immer vergeß'? – Ja, meiner Seel', vergessen tu' ich's jeden Moment ... ist das schon je erhört worden, daß sich einer in ein paar Stunden eine Kugel durch'n Kopf jagen muß, und er denkt an alle möglichen Sachen, die ihn gar nichts mehr angeh'n? Meiner Seel', mir ist geradeso, als wenn ich einen Rausch hätt'! Haha! ein schöner Rausch! ein Mordsrausch! ein Selbstmordsrausch! – Ha! Witze mach' ich, das ist sehr gut! – Ja, ganz gut aufgelegt bin ich – so was muß doch angeboren sein ... Wahrhaftig, wenn ich's einem erzählen möcht', er würd' es nicht glauben. – Mir scheint, wenn ich das Ding bei mir hätt' ... jetzt würd' ich abdrükken – in einer Sekunde ist alles vorbei ... Nicht jeder hat's so gut – andere müssen sich monatelang plagen ... meine arme Cousin', zwei Jahr ist sie gelegen, hat sich nicht rühren können, hat die gräßlichsten Schmerzen g'habt – so ein Jammer! ... Ist es nicht besser, wenn man das selber besorgt? Nur Obacht geben heißt's, gut zielen, daß einem nicht am End' das Malheur passiert, wie dem Kadett-Stellvertreter im vorigen Jahr ... Der arme Teufel, gestorben ist er nicht, aber blind ist er geworden ... Was mit dem nur geschehen ist? Wo er jetzt lebt? – Schrecklich, so herumlaufen, wie der – das heißt: herumlaufen kann er nicht, g'führt muß er werden – so ein junger Mensch, kann heut noch keine Zwanzig sein ... seine Geliebte hat er besser getroffen ... gleich war sie tot ... Unglaublich, weswegen sich die Leut' totschießen! Wie kann man überhaupt nur eifersüchtig sein? ... Mein Lebtag hab' ich so was nicht gekannt ... Die Steffi ist jetzt gemütlich in der Gartenbaugesellschaft; dann geht sie mit »ihm« nach Haus ... Nichts liegt mir dran, gar nichts! Hübsche Einrichtung hat sie – das kleine Badezimmer mit der roten Latern'. – Wie sie neulich in dem grünseidenen Schlafrock hereingekommen ist ... den grünen Schlafrock werd' ich auch nimmer seh'n – und die ganze Steffi auch nicht ... und die schöne, breite Treppe in der Gußhausstraße werd' ich auch nimmer hinaufgeh'n ... Das Fräulein Steffi wird sich weiter amüsieren, als wenn gar nichts gescheh'n wär' ... nicht einmal erzählen darf sie's wem, daß ihr lieber Gustl sich umgebracht hat ... Aber weinen wird's schon – ah ja, weinen wird's ... Überhaupt, weinen werden gar viele Leut' ... Um Gottes willen, die Mama! – Nein, nein, daran darf ich nicht denken. – Ah, nein, daran darf absolut nicht gedacht werden ... An Zuhaus wird nicht gedacht, Gustl, verstanden? – nicht mit dem allerleisesten Gedanken ...

Das ist nicht schlecht, jetzt bin ich gar im Prater ... mitten in der Nacht ... das hätt' ich mir auch nicht gedacht in der Früh, daß ich heut' nacht im Prater spazieren geh'n werd' ... Was sich der Sicherheitswachmann dort denkt? ... Na, geh'n wir nur weiter ... es ist ganz schön ... Mit'm Nachtmahlen ist's eh' nichts, mit dem Kaffeehaus auch nichts; die Luft ist angenehm, und ruhig ist es ... sehr ... Zwar, ruhig werd' ich's jetzt bald haben, so ruhig, als ich's mir nur wünschen kann. Haha! – aber ich bin ja ganz außer Atem ... ich bin ja gerannt wie nicht g'scheit ... langsamer, langsamer, Gustl, versäumst nichts, hast gar nichts mehr zu tun – gar nichts, aber absolut nichts mehr! – Mir scheint gar, ich fröstel'? – Es wird halt doch die Aufregung sein ... dann hab' ich ja nichts gegessen ... Was riecht denn da so eigentümlich? ... es kann doch noch nichts blühen? ... Was haben wir denn heut'? – den vierten April ... freilich, es hat viel geregnet in den letzten Tagen ... aber die Bäume sind beinah' noch ganz kahl ... und dunkel ist es, hu! man könnt' schier Angst kriegen ... Das ist eigentlich das einzigemal in meinem Leben, daß ich Furcht gehabt hab', als kleiner Bub, damals im

Wald ... aber ich war ja gar nicht so klein ... vierzehn oder fünfzehn ... Wie lang ist das jetzt her? – neun Jahr' ... freilich – mit achtzehn war ich Stellvertreter, mit zwanzig Leutnant ... und im nächsten Jahr werd' ich ... Was werd ich im nächsten Jahr? Was heißt das überhaupt: nächstes Jahr? Was heißt das: in der nächsten Woche? Was heißt das: übermorgen? ... Wie? Zähneklappern? Oho! – Na lassen wir's nur ein bissel klappern ... Herr Leutnant, Sie sind jetzt allein, brauchen niemandem einen Pflanz vorzumachen ... es ist bitter, es ist bitter ...

Ich will mich auf die Bank setzen ... Ah! – wie weit bin ich denn da? – So eine Dunkelheit! Das da hinter mir, das muß das zweite Kaffeehaus sein ... bin ich im vorigen Sommer auch einmal gewesen, wie unsere Kapelle konzertiert hat ... mit'm Kopetzky und mit'm Rüttner – noch ein paar waren dabei ... – Ich bin aber müd' ... nein, ich bin müd', als wenn ich einen Marsch von zehn Stunden gemacht hätt' ... Ja, das wär' sowas, da einschlafen. – Ha! ein obdachloser Leutnant ... Ja, ich sollt' doch eigentlich nach Haus ... was tu' ich denn zu Haus? aber was tu' ich denn im Prater? – Ah, mir wär' am liebsten, ich müßt' gar nicht aufsteh'n – da einschlafen und nimmer aufwachen ... ja, das wär' halt bequem! – Nein, so bequem wird's Ihnen nicht gemacht, Herr Leutnant ... Aber wie und wann? – Jetzt könnt' ich mir doch endlich einmal die Geschichte ordentlich überlegen ... überlegt muß ja alles werden ... so ist es schon einmal im Leben ... Also überlegen wir ... Was denn? ... – Nein, ist die Luft gut ... man sollt' öfters bei der Nacht in' Prater geh'n ... Ja, das hätt' mir eben früher einfallen müssen, jetzt ist's aus mit'm Prater, mit der Luft und mit'm Spazierengeh'n ... Ja, also was ist denn? – Ah, fort mit dem Kappl; mir scheint, das drückt mir aufs Gehirn ... ich kann ja gar nicht ordentlich denken ... Ah ... so! ... also jetzt Verstand zusammennehmen, Gustl ... letzte Verfügungen treffen! Also morgen früh wird Schluß gemacht ... morgen früh um sieben Uhr ... sieben Uhr ist eine schöne Stund'. Haha! – also um acht, wenn die Schul' anfangt, ist alles vorbei ... der Kopetzky wird aber keine Schul' halten können, weil er zu sehr erschüttert sein wird ... Aber vielleicht weiß er's noch gar nicht ... man braucht ja nichts zu hören ... Den Max Lippay haben sie auch erst am Nachmittag gefunden, und in der Früh hat er sich erschossen, und kein Mensch hat was davon gehört ... Aber was geht mich das an, ob der Kopetzky Schul' halten wird oder nicht? ... Ha! – also um sieben Uhr! – Ja ... na, was denn noch? ... Weiter ist ja nichts zu überlegen. Im Zimmer schieß' ich mich tot, und dann is basta! Montag ist die Leich' ... Einen kenn' ich, der wird eine Freud' haben: das ist der Doktor ... Duell kann nicht stattfinden wegen Selbstmord des einen Kombattanten ... Was sie bei Mannheimers sagen werden? – Na, er wird sich nicht viel draus machen ... aber die Frau, die hübsche, blonde ... mit der war was zu machen ... O ja, mir scheint, bei der hätt' ich Chance gehabt, wenn ich mich nur ein bissl zusammengenommen hätt' ... ja, das wär' doch was anders gewesen, als die Steffi, dieses Mensch ... Aber faul darf man halt nicht sein ... da heißt's: Cour machen, Blumen schicken, vernünftig reden ... das geht nicht so, daß man sagt: Komm' morgen nachmittag zu mir in die Kasern'! ... Ja, so eine anständige Frau, das wär' halt was g'wesen ... Die Frau von meinem Hauptmann in Przemysl, das war ja doch keine anständige Frau ... ich könnt' schwören: der Libitzky und der Wermutek und der schäbige Stellvertreter, der hat sie auch g'habt ... Aber die Frau Mannheimer … ja, das wär' was anders, das wär' doch auch ein Umgang gewesen, das hätt' einen beinah' zu einem andern Menschen gemacht – da hätt' man doch noch einen andern Schliff gekriegt – da hätt' man einen Respekt vor sich selber haben dürfen. – – Aber ewig diese Menscher … und so jung hab' ich ang'fangen – ein Bub war ich ja noch, wie ich damals den ersten Urlaub gehabt hab' und in Graz bei den Eltern zu Haus war … der Riedl war auch dabei – eine Böhmin ist es gewesen … die muß doppelt so alt gewesen sein wie ich – in der Früh bin ich erst nach Haus gekommen … Wie mich der Vater ang'schaut hat … und die Klara … Vor der Klara hab' ich mich am meisten g'schämt … Damals war sie verlobt … warum ist denn nichts draus geworden? Ich hab' mich eigentlich nicht viel drum gekümmert … Armes Hascherl, hat auch nie Glück gehabt – und jetzt verliert sie noch den einzigen Bruder … Ja, wirst mich nimmer seh'n, Klara – aus! Was, das hast du dir nicht gedacht, Schwesterl, wie du mich am Neujahrstag zur Bahn begleitet hast, daß du mich nie wieder seh'n wirst? – und die Mama … Herrgott, die Mama … nein, ich darf daran nicht denken … wenn ich daran denk', bin ich imstand, eine Gemeinheit zu begehen … Ah … wenn ich zuerst noch nach Haus fahren möcht' … sagen, es ist ein Urlaub auf einen Tag … noch einmal den Papa, die Mama, die Klara seh'n, bevor ich einen Schluß mach' … Ja, mit dem ersten Zug um sieben kann ich nach Graz fahren, um eins bin ich dort … Grüß dich Gott, Mama … Servus, Klara! Na, wie geht's euch denn? … Nein, das ist eine Überraschung! … Aber sie möchten was merken … wenn niemand anders … die Klara … die Klara gewiß … Die Klara ist ein so gescheites Mädel … Wie lieb sie mir neulich geschrieben hat, und ich bin ihr noch immer die Antwort schuldig – und die guten Ratschläge, die sie mir immer gibt ... ein so seelengutes Geschöpf ... Ob nicht alles ganz anders geworden wär', wenn ich zu Haus geblieben wär'? Ich hätt' Ökonomie studiert, wär' zum Onkel gegangen ... sie haben's ja alle wollen, wie ich noch ein Bub war ... Jetzt wär' ich am End' schon verheiratet, ein liebes, gutes Mädel ... vielleicht die Anna, die hat mich so gern gehabt ... auch jetzt hab' ich's noch gemerkt, wie ich das letztemal zu Haus war, obzwar sie schon einen Mann hat und zwei Kinder ... ich hab's g'sehn', wie sie mich ang'schaut hat ... Und noch immer sagt sie mir »Gustl« wie früher ... Der wird's ordentlich in die Glieder fahren, wenn sie erfährt, was es mit mir für ein End' genommen hat – aber ihr Mann wird sagen: Das hab' ich voraus gesehen – so ein Lump! – Alle werden meinen, es ist, weil ich Schulden gehabt hab' ... und es ist doch gar nicht wahr, es ist doch alles bezahlt ... nur die letzten hundertsechzig Gulden – na, und die sind morgen da ... Ja, dafür muß ich auch noch sorgen, daß der Ballert die hundertsechzig Gulden kriegt ... das muß ich niederschreiben, bevor ich mich erschieß' ... Es ist schrecklich, es ist schrecklich! ... Wenn ich lieber auf und davon fahren möcht' – nach Amerika, wo mich niemand kennt ... In Amerika weiß kein Mensch davon, was hier heut' abend gescheh'n ist ... da kümmert sich kein Mensch drum ... Neulich ist in der Zeitung gestanden von einem Grafen Runge, der hat fortmüssen wegen einer schmutzigen Geschichte, und jetzt hat er drüben ein Hotel und pfeift auf den ganzen Schwindel ... Und in ein paar Jahren könnt' man ja wieder zurück ... nicht nach Wien natürlich ... auch nicht nach Graz ... aber aufs Gut könnt' ich ... und der Mama und dem Papa und der Klara möcht's doch tausendmal lieber sein, wenn ich nur lebendig blieb' ...

Und was geh'n mich denn die andern Leut' an? Wer meint's denn sonst gut mit mir? – Außerm Kopetzky könnt' ich allen gestohlen werden ... der Kopetzky ist doch der einzige ... Und gerad der hat mir heut das Billett geben müssen ... und das Billett ist an allem schuld ... ohne das Billett wär' ich nicht ins Konzert gegangen, und alles das wär' nicht passiert ... Was ist denn nur passiert? ... Es ist grad', als wenn hundert Jahr seitdem vergangen wären, und es kann noch keine zwei Stunden sein ... Vor zwei Stunden hat mir einer »dummer Bub« gesagt und hat meinen Säbel zerbrechen wollen ... Herrgott, ich fang' noch zu schreien an mitten in der Nacht! Warum ist denn das alles gescheh'n? Hätt' ich nicht länger warten können, bis ganz leer wird in der Garderobe? Und warum hab' ich ihm denn nur gesagt: »Halten Sie's Maul!« Wie ist mir denn das nur ausgerutscht? Ich bin doch sonst ein höflicher Mensch ... nicht einmal mit meinem Burschen bin ich sonst so grob ... aber natürlich, nervös bin ich gewesen – alle die Sachen, die da zusammengekommen sind ... das Pech im Spiel und die ewige Absagerei von der Steffi – und das Duell morgen nachmittag – und zu wenig schlafen tu' ich in der letzten Zeit – und die Rackerei in der Kasern' – das halt' man auf die Dauer nicht aus! ... Ja, über kurz oder lang wär' ich krank geworden – hätt' um einen Urlaub einkommen müssen ... Jetzt ist es nicht mehr notwendig – jetzt kommt ein langer Urlaub – mit Karenz der Gebühren – haha! ...

Wie lang werd' ich denn da noch sitzen bleiben? Es muß Mitternacht vorbei sein ... hab' ich's nicht früher schlagen hören? – Was ist denn das ... ein Wagen fährt da? Um die Zeit? Gummiradler – kann mir schon denken ... Die haben's besser wie ich – vielleicht ist es der Ballert mit der Berta ...

Warum soll's grad' der Ballert sein? – Fahr' nur zu! – Ein hübsches Zeug'l hat Seine Hoheit in Pzremysl gehabt ... mit dem ist er immer in die Stadt hinuntergefahren zu der Rosenberg ... Sehr leutselig war Seine Hoheit – ein echter Kamerad, mit allen auf du und du ... War doch eine schöne Zeit ... obzwar ... die Gegend war trostlos und im Sommer zum verschmachten ... an einem Nachmittag sind einmal drei vom Sonnenstich getroffen worden ... auch der Korporal von meinem Zug – ein so verwendbarer Mensch ... Nachmittag haben wir uns nackt aufs Bett hingelegt. – Einmal ist plötzlich der Wiesner zu mir hereingekommen; ich muß grad' geträumt haben und steh' auf und zieh' den Säbel, der neben mir liegt ... muß gut ausg'schaut haben ... der Wiesner hat sich halb tot gelacht – der ist jetzt schon Rittmeister ... – Schad', daß ich nicht zur Kavallerie gegangen bin ... aber das hat der Alte nicht wollen – wär' ein zu teurer Spaß gewesen – jetzt ist es ja doch alles eins ... Warum denn? – Ja, ich weiß schon: sterben muß ich, darum ist es alles eins – sterben muß ich ... Also wie? – Schau, Gustl, du bist doch extra da herunter in den Prater gegangen, mitten in der Nacht, wo dich keine Menschenseele stört – jetzt kannst du dir alles ruhig überlegen ... Das ist ja lauter Unsinn mit Amerika und quittieren, und du bist ja viel zu dumm, um was anderes anzufangen – und wenn du hundert Jahr alt wirst, und du denkst dran, daß dir einer hat den Säbel zerbrechen wollen und dich einen dummen Buben geheißen, und du bist dag'standen und hast nichts tun können – nein, zu überlegen ist da gar nichts – gescheh'n ist gescheh'n – auch das mit der Mama und mit der Klara ist ein Unsinn – die werden's schon verschmerzen – man verschmerzt alles ... Wie hat die Mama gejammert, wie ihr Bruder gestorben ist – und nach vier Wochen hat sie kaum mehr dran gedacht ... auf den Friedhof ist sie hinausgefahren ... zuerst alle Wochen, dann alle Monat – und jetzt nur mehr am Todestag. – – Morgen ist mein Todestag – fünfter April. – – Ob sie mich nach Graz überführen? Haha! da werden die Würmer in Graz eine Freud' haben! – Aber das geht mich nichts an – darüber sollen sich die andern den Kopf zerbrechen ... Also, was geht mich denn eigentlich an? ... Ja, die hundertsechzig Gulden für den Ballert – das ist alles – weiter brauch ich keine Verfügungen zu treffen. – Briefe schreiben? Wozu denn? An wen denn? ... Abschied nehmen? – Ja, zum Teufel hinein, das ist doch deutlich genug, wenn man sich totschießt! – Dann merken's die andern schon, daß man Abschied genommen hat ... Wenn die Leut' wüßten, wie egal mir die ganze Geschichte ist, möchten sie mich gar nicht bedauern – ist eh' nicht schad' um mich ... Und was hab' ich denn vom ganzen Leben gehabt? – Etwas hätt' ich gern noch mitgemacht: einen Krieg – aber da hätt' ich lang' warten können ... Und alles übrige kenn' ich ... Ob so ein Mensch Steffi oder Kunigunde heißt, bleibt sich gleich. – – Und die schönsten Operetten kenn' ich auch – und im Lohengrin bin ich zwölfmal drin gewesen – und heut' abend war ich sogar bei einem Oratorium – und ein Bäckermeister hat mich einen dummen Buben geheißen – meiner Seel', es ist grad' genug! – Und ich bin gar nimmer neugierig ... – Also geh'n wir nach Haus, langsam, ganz langsam ... Eile hab' ich ja wirklich keine. – Noch ein paar Minuten ausruhen da im Prater, auf einer Bank – obdachlos. – Ins Bett leg' ich mich ja doch nimmer – hab' ja genug Zeit zum Ausschlafen. – – Ah, die Luft! – Die wird mir abgeh'n ...

Was ist denn? – He, Johann, bringen S' mir ein Glas frisches Wasser ... Was ist? ... Wo ... Ja, träum' ich denn? ... Mein Schädel ... oh, Donnerwetter ... Fischamend ... Ich bring' die Augen nicht auf! – Ich bin ja angezogen! – Wo sitz ich denn? – Heiliger Himmel, eingeschlafen bin ich! Wie hab' ich denn nur schlafen können; es dämmert ja schon! – Wie lang' hab' ich denn geschlafen? – Muß auf die Uhr schau'n ... Ich seh' nichts? ... Wo sind denn meine Zündhölzeln? ... Na, brennt eins an? ... Drei ... und ich soll mich um vier duellieren – nein, nicht duellieren – totschießen soll ich mich! – Es ist gar nichts mit dem Duell; ich muß mich totschießen, weil ein Bäckermeister mich einen dummen Buben genannt hat ... Ja, ist es denn wirklich g'scheh'n? – Mir ist im Kopf so merkwürdig ... wie in einem Schraubstock ist mein Hals – ich kann mich gar nicht rühren – das rechte Bein ist eingeschlafen. – Aufstehn! Aufstehn! ... Ah, so ist es besser! – Es wird schon lichter ... Und die Luft ... ganz wie damals in der Früh, wie ich auf Vorposten war und im Wald kampiert hab' ... Das war ein anderes Aufwachen – da war ein anderer Tag vor mir ... Mir scheint, ich glaub's noch nicht recht – Da liegt die Straße, grau, leer – ich bin jetzt sicher der einzige Mensch im Prater. – Um vier Uhr früh war ich schon einmal herunten, mit'm Pausinger – geritten sind wir – ich auf dem Pferd vom Hauptmann Mirovic und der Pausinger auf seinem eigenen Krampen – das war im Mai, im vorigen Jahr – da hat schon alles geblüht – alles war grün. Jetzt ist's noch kahl – aber der Frühling kommt bald – in ein paar Tagen ist er schon da. – Maiglöckerln, Veigerln – schad', daß ich nichts mehr davon haben werd' – jeder Schubiak hat was davon, und ich muß sterben! Es ist ein Elend! Und die andern werden im Weingartl sitzen beim Nachtmahl, als wenn gar nichts g'wesen wär' – so wie wir alle im Weingartl g'sessen sind, noch am Abend nach dem Tag, wo sie den Lippay hinausgetragen haben ... Und der Lippay war so beliebt ... sie haben ihn lieber g'habt, als mich, beim Regiment – warum sollen sie denn nicht im Weingartl sitzen, wenn ich abkratz'? – Ganz warm ist es – viel wärmer als gestern – und so ein Duft – es muß doch schon blühen ... Ob die Steffi mir Blumen bringen wird? – Aber fallt ihr ja gar nicht ein! Die wird grad' hinausfahren ... Ja, wenn's noch die Adel' wär' ... Nein, die Adel'! Mir scheint, seit zwei Jahren hab' ich an die nicht mehr gedacht ... mein Lebtag hab' ich kein Frauenzimmer so weinen geseh'n ... Das war doch eigentlich das Hübscheste, was ich erlebt hab' ... So bescheiden, so anspruchslos, wie die war – die hat mich gern gehabt, da könnt' ich drauf schwören. – War doch was ganz anderes, als die Steffi ... Ich möcht' nur wissen, warum ich die aufgegeben hab' ... so eine Eselei! Zu fad ist es mir geworden, ja, das war das Ganze ... So jeden Abend mit ein und derselben ausgeh'n ... Dann hab' ich eine Angst g'habt, daß ich überhaupt nimmer loskomm' – eine solche Raunzen – – Na, Gustl, hätt'st schon noch warten können – war doch die einzige, die dich gern gehabt hat ... Was sie jetzt macht? Na was wird s' machen? – Jetzt wird s' halt einen andern haben ... Freilich, das mit der Steffi ist bequemer – wenn man nur gelegentlich engagiert ist und ein anderer hat die ganzen Unannehmlichkeiten, und ich hab' nur das Vergnügen ... Ja, da kann man auch nicht verlangen, daß sie auf den Friedhof hinauskommt ... Wer ging denn überhaupt mit, wenn er nicht müßt'! – Vielleicht der Kopetzky, und dann wär' Rest! – Ist doch traurig, so gar niemanden zu haben ...

Aber so ein Unsinn! der Papa und die Mama und die Klara ... Ja, ich bin halt der Sohn, der Bruder ... aber was ist denn weiter zwischen uns? gern haben sie mich ja – aber was wissen sie denn von mir? – Daß ich meinen Dienst mach', daß ich Karten spiel' und daß ich mit Menschern herumlauf' ... aber sonst? – Daß mich manchmal selber vor mir graust, das hab' ich ihnen ja doch nicht geschrieben – na, mir scheint, ich hab's auch selber gar nicht recht gewußt – Ah was, kommst du jetzt mit solchen Sachen, Gustl? Fehlt nur noch, daß du zum Weinen anfangst ... pfui Teufel! – Ordentlich Schritt ... so! Ob man zu einem Rendezvous geht oder auf Posten oder in die Schlacht ... wer hat das nur gesagt? ... ah ja, der Major Lederer, in der Kantin', wie man von dem Wingleder erzählt hat, der so blaß geworden ist vor seinem ersten Duell – und gespieben hat ... Ja: ob man zu einem Rendezvous geht oder in den sichern Tod, am Gang und am G'sicht laßt sich das der richtige Offizier nicht anerkennen! – Also Gustl – der Major Lederer hat's g'sagt! ha! –

Immer lichter ... man könnt' schon lesen ... Was pfeift denn da? ... Ah, drüben ist der Nordbahnhof ... Die Tegetthoffsäule ... so lang hat sie noch nie ausg'schaut ... Da drüben stehen Wagen ... Aber nichts als Straßenkehrer auf der Straße ... meine letzten Straßenkehrer – ha! ich muß immer lachen, wenn ich dran denk' ... das versteh' ich gar nicht ... Ob das bei allen Leuten so ist, wenn sie's einmal ganz sicher wissen? Halb vier auf der Nordbahnuhr ... jetzt ist nur die Frage, ob ich mich um sieben nach Bahnzeit oder nach Wiener Zeit erschieß'? ... Sieben ... ja, warum grad' sieben? ... Als wenn's gar nicht anders sein könnt' ... Hunger hab' ich – meiner Seel', ich hab' Hunger – kein Wunder ... seit wann hab' ich denn nichts gegessen? ... Seit – seit gestern sechs Uhr abends im Kaffeehaus ... ja! Wie mir der Kopetzky das

Billett gegeben hat – einc Melange und zwei Kipfel. – Was der Bäckermeister sagen wird, wenn er's erfahrt? ... der verfluchte Hund! – Ah, der wird wissen, warum – dem wird der Knopf aufgeh'n – der wird draufkommen, was es heißt: Offizier! – So ein Kerl kann sich auf offener Straße prügeln lassen, und es hat keine Folgen, und unsereiner wird unter vier Augen insultiert und ist ein toter Mann ... Wenn sich so ein Fallot wenigstens schlagen möcht' – aber nein, da wär' er ja vorsichtiger, da möcht' er sowas nicht riskieren ... Und der Kerl lebt weiter, ruhig weiter, während ich – krepieren muß! – Der hat mich doch umgebracht ... Ja, Gustl, merkst d' was? – der ist es, der dich umbringt! Aber so glatt soll's ihm doch nicht ausgeh'n! – Nein, nein, nein! Ich werd' dem Kopetzky einen Brief schreiben, wo alles drinsteht, die ganze G'schicht' schreib' ich auf ... oder noch besser: ich schreib's dem Obersten, ich mach' eine Meldung ans Regimentskommando ... ganz wie eine dienstliche Meldung ... Ja, wart', du glaubst, daß sowas geheim bleiben kann? – Du irrst dich – aufgeschrieben wird's zum ewigen Gedächtnis, und dann möcht' ich sehen, ob du dich noch ins Kaffeehaus traust – Ha! – »das möcht' ich sehen,« ist gut! ... Ich möcht' noch manches gern sehen, wird nur leider nicht möglich sein – aus is! –

Jetzt kommt der Johann in mein Zimmer, jetzt merkt er, daß der Herr Leutnant nicht zu Haus geschlafen hat. – Na, alles mögliche wird er sich denken; aber daß der Herr Leutnant im Prater übernachtet hat, das, meiner Seel', das nicht ... Ah, die Vierundvierziger! zur Schießstätte marschieren s' – lassen wir sie vorübergeh'n ... so, stellen wir uns daher ... – Da oben wird ein Fenster aufgemacht – hübsche Person – na, ich möcht' mir wenigstens ein Tüchel umnehmen, wenn ich zum Fenster geh' ... Vorigen Sonntag war's zum letztenmal ... Daß grad' die Steffi die letzte sein wird, hab' ich mir nicht träumen lassen. – Ach Gott, das ist doch das einzige reelle Vergnügen ... Na ja, der Herr Oberst wird in zwei Stunden nobel nachreiten ... die Herren haben's gut – ja, ja, rechts g'schaut! – Ist schon gut ... Wenn ihr wüßtet, wie ich auf euch pfeif'! – Ah, das ist nicht schlecht: der Katzer ... seit wann ist denn der zu den Vierundvierzigern übersetzt? – Servus, servus! – Was der für ein G'sicht macht? ... Warum deut' er denn auf seinen Kopf? – Mein Lieber, dein Schädel interessiert mich sehr wenig ... Ah, so! Nein, mein Lieber, du irrst dich: im Prater hab' ich übernachtet ... wirst schon heut' im Abendblatt lesen. – »Nicht möglich!« wird er sagen, »heut' früh, wie wir zur Schießstätte ausgerückt sind, hab' ich ihn noch auf der Praterstraße getroffen!« – Wer wird denn meinen Zug kriegen? – Ob sie ihn dem Walterer geben werden? – Na, da wird was Schönes herauskommen – ein Kerl ohne Schneid, der hätt' auch lieber Schuster werden sollen ... Was, geht schon die Sonne auf? – Das wird heut ein schöner Tag – so ein rechter Frühlingstag ... Ist doch eigentlich zum Teufelholen! – der Komfortabelkutscher wird noch um achte in der Früh auf der Welt sein, und ich ... na, was ist denn das? He, das wär sowas – noch im letzten Moment die Contenance verlieren wegen einem Komfortabelkutscher ... Was ist denn das, daß ich auf einmal so ein blödes Herzklopfen krieg'? – Das wird doch nicht deswegen sein ... Nein, o nein ... es ist, weil ich so lang' nichts gegessen hab'. – – Aber Gustl, sei doch aufrichtig mit dir selber: – Angst hast du – Angst, weil du's noch nie probiert hast ... Aber das hilft dir ja nichts, die Angst hat noch keinem was geholfen, jeder muß es einmal durchmachen, der eine früher, der andere später, und du kommst halt früher dran ... Viel wert bist du ja nie gewesen, so benimm dich wenigstens anständig zu guter Letzt, das verlang' ich von dir! – So, jetzt heißt's nur überlegen – aber was denn? ... Immer will ich mir was überlegen ... ist doch ganz einfach: – im Nachtkastelladel liegt er, geladen ist er auch, heißt's nur: losdrucken – das wird doch keine Kunst sein! – –

Die geht schon ins Geschäft ... die armen Mädeln! die Adel' war auch in einem G'schäft – ein paarmal hab' ich sie am Abend abg'holt ... Wenn sie in einem Geschäft sind, werd'n sie doch keine solchen Menscher ... Wenn die Steffi mir allein g'hören möcht', ich ließ sie Modistin werden oder sowas ... Wie wird sie's denn erfahren? – Aus der Zeitung! ... Sie wird sich ärgern, daß ich ihr's nicht geschrieben hab' ... Mir scheint, ich schnapp' doch noch über ... Was geht denn das mich an, ob sie sich ärgert ... Wie lang' hat denn die ganze G'schicht gedauert? ... Seit'm Jänner? ... Ah nein, es muß doch schon vor Weihnachten gewesen sein ... ich hab' ihr ja aus Graz Zuckerln mitgebracht, und zu Neujahr hat sie mir ein Brieferl g'schickt ... Richtig, die Briefe, die ich zu Haus hab', – sind keine da, die ich verbrennen sollt'? ... Hm, der vom Fallsteiner – wenn man den Brief findet ... der Bursch könnt' Unannehmlichkeiten haben ... Was mir das schon aufliegt! – Na, es ist ja keine große Anstrengung ... aber hervorsuchen kann ich den Wisch nicht ... Das beste ist, ich verbrenn' alles zusammen ... wer braucht's denn? Ist lauter Makulatur. – – Und meine paar Bücher könnt' ich dem Blany vermachen. – »Durch Nacht und Eis« ... schad', daß ich's nimmer auslesen kann ... bin wenig zum Lesen gekommen in der letzten Zeit ... Orgel – ah, aus der Kirche ... Frühmesse – bin schon lang bei keiner gewesen ... das letztemal im

Feber, wie mein Zug dazu kommandiert war ... Aber das galt nichts – ich hab' auf meine Leut' aufgepaßt, ob sie andächtig sind und sich ordentlich benehmen ... – Möcht' in die Kirche hineingeh'n ... am End' ist doch was dran ... – Na, heut nach Tisch werd' ich's schon genau wissen ... Ah, »nach Tisch« ist sehr gut! ... Also, was ist, soll ich hineingeh'n? – Ich glaub', der Mama wär's ein Trost, wenn sie das wüßt'! ... Die Klara gibt weniger drauf ... Na, geh'n wir hinein – schaden kann's ja nicht!

Orgel – Gesang – hm! – was ist denn das? – Mir ist ganz schwindlig ... O Gott, o Gott, o Gott! ich möcht' einen Menschen haben, mit dem ich ein Wort reden könnt' vorher! – Das wär' so was – zur Beicht' geh'n! Der möcht' Augen machen, der Pfaff', wenn ich zum Schluß sagen möcht': Habe die Ehre, Hochwürden; jetzt geh' ich mich umbringen! ... – Am liebsten läg' ich da auf dem Steinboden und tät' heulen ... Ah nein, das darf man nicht tun! Aber weinen tut manchmal so gut ... Setzen wir uns einen Moment – aber nicht wieder einschlafen wie im Prater! ... – Die Leut', die eine Religion haben, sind doch besser dran ... Na, jetzt fangen mir gar die Händ' zu zittern an! ... Wenn's so weitergeht, werd' ich mir selber auf die Letzt' so ekelhaft, daß ich mich vor lauter Schand' umbring'! – Das alte Weib da – um was betet denn die noch? ... Wär' eine Idee, wenn ich ihr sagen möcht': Sie, schließen Sie mich auch ein ... ich hab' das nicht ordentlich gelernt, wie man das macht ... Ha! mir scheint, das Sterben macht blöd'! – Aufsteh'n! – Woran erinnert mich denn nur die Melodie? – Heiliger Himmel! gestern abend! – Fort, fort! das halt' ich gar nicht aus! ... Pst! keinen solchen Lärm, nicht mit dem Säbel schleppern – die Leut' nicht in der Andacht stören – so! – doch besser im Freien ... Licht ... Ah, es kommt immer näher – wenn es lieber schon vorbei wär'! – Ich hätt's gleich tun sollen – im Prater ... man sollt' nie ohne Revolver ausgehn ... Hätt' ich gestern abend einen gehabt ... Herrgott noch einmal! – In das Kaffeehaus könnt' ich geh'n frühstücken ... Hunger hab' ich ... Früher ist's mir immer sonderbar vorgekommen, daß die Leut', die verurteilt sind, in der Früh noch ihren Kaffee trinken und ihr Zigarrl rauchen ... Donnerwetter, geraucht hab' ich gar nicht! gar keine Lust zum Rauchen! – Es ist komisch: ich hätt' Lust, in mein Kaffeehaus zu geh'n ... Ja, aufgesperrt ist schon, und von uns ist jetzt doch keiner dort – und wenn schon ... ist höchstens ein Zeichen von Kaltblütigkeit. »Um sechs hat er noch im Kaffeehaus gefrühstückt, und um sieben hat er sich erschossen« ... – Ganz ruhig bin ich wieder ... das Gehen ist so angenehm – und das Schönste ist, daß mich keiner zwingt. – Wenn ich wollt', könnt' ich noch immer den ganzen Krempel hinschmeißen ... Amerika ... Was ist das: »Krempel«? *Was* ist ein »Krempel«? Mir scheint, ich hab' den Sonnenstich! ... Oho, bin ich vielleicht deshalb so ruhig, weil ich mir immer noch einbild', ich muß nicht? ... Ich muß! Ich muß! Nein, ich will! – Kannst du dir denn überhaupt vorstellen, Gustl, daß du dir die Uniform ausziehst und durchgehst? Und der verfluchte Hund lacht sich den Buckel voll – und der Kopetzky selbst möcht' dir nicht mehr die Hand geben ... Mir kommt vor, ich bin ganz rot geworden. – – Der Wachmann salutiert mir ..., ich muß danken ... »Servus!« – Jetzt hab' ich gar »Servus« gesagt! ... Das freut so einen armen Teufel immer ... Na, über mich hat sich keiner zu beklagen gehabt – außer Dienst war ich immer gemütlich. – Wie wir auf Manöver waren, hab' ich den Chargen von der Kompagnie Britannikas geschenkt; – einmal hab' ich gehört, wie ein Mann hinter mir bei den Gewehrgriffen was von »verfluchter Rackerei« g'sagt hat, und ich hab' ihn nicht zum Rapport geschickt – ich hab' ihm nur gesagt: »Sie, passen S' auf, das könnt' einmal wer anderer hören – da ging's Ihnen schlecht!« ... Der Burghof ... Wer ist denn heut auf der Wach'? – Die Bosniaken – schau'n gut aus – der Oberstleutnant hat neulich g'sagt: Wie wir im 78er Jahr unten waren, hätt' keiner geglaubt, daß uns die einmal so parieren werden! ... Herrgott, bei so was hätt' ich dabei sein mögen – Da steh'n sie alle auf von der Bank. – Servus, servus! – Das ist halt zuwider, daß unsereiner nicht dazu kommt. – Wär' doch schöner gewesen, auf dem Felde der Ehre, fürs Vaterland, als so ... Ja, Herr Doktor, Sie kommen eigentlich gut weg! ... Ob das nicht einer für mich übernehmen könnt'? – Meiner Seel', das sollt' ich hinterlassen, daß sich der Kopetzky oder der Wymetal an meiner Statt mit dem Kerl schlagen ... Ah, so leicht sollt' der doch nicht davonkommen! – Ah, was! Ist das nicht egal, was nachher geschieht? Ich erfahr's ja doch nimmer! – Da schlagen die Bäume aus ... Im Volksgarten hab' ich einmal eine angesprochen – ein rotes Kleid hat sie angehabt – in der Strozzigasse hat sie gewohnt – nachher hat sie der Rochlitz übernommen ... Mir scheint, er hat sie noch immer, aber er red't nichts mehr davon – er schämt sich vielleicht ... Jetzt schlaft die Steffi noch ... so lieb sieht sie aus, wenn sie schläft ... als wenn sie nicht bis fünf zählen könnt'! – Na, wenn sie schlafen, schau'n sie alle so aus! – Ich sollt' ihr doch noch ein Wort schreiben ... warum denn nicht? Es tut's ja doch ein jeder, daß er vorher noch Briefe schreibt. – Auch der Klara sollt' ich schreiben, daß sie den Papa und die Mama tröstet – und was man halt so schreibt! – und dem Kopetzky doch auch ... Meiner Seel', mir kommt vor, es wär' viel leichter, wenn man ein paar Leuten Adieu gesagt hätt' ... Und die Anzeige an das Regimentskommando – und die hundertsechzig Gulden für den Ballert ... eigentlich noch viel zu tun ... Na, es hat's mir ja keiner g'schafft, daß ich's um sieben tu' ... von acht an ist noch immer Zeit genug zum Totsein! ... Totsein, ja – so heißt's – da kann man nichts machen ...

Ringstraße – jetzt bin ich ja bald in meinem Kaffeehaus ... Mir scheint gar, ich freu' mich aufs Frühstück ... es ist nicht zum glauben. – – Ja, nach dem Frühstück zünd' ich mir eine Zigarre an, und dann geh' ich nach Haus und schreib' ... Ja, vor allem mach' ich die Anzeige ans Kommando; dann kommt der Brief an die Klara – dann an den Kopetzky – dann an die Steffi ... Was soll ich denn dem Luder schreiben ... »Mein liebes Kind, du hast wohl nicht gedacht« ... – Ah, was, Unsinn! – »Mein liebes Kind, ich danke dir sehr« ... – »Mein liebes Kind, bevor ich von hinnen gehe, will ich es nicht versäumen« ... – Na, Briefschreiben war auch nie meine starke Seite ... »Mein liebes Kind, ein letztes Lebewohl von deinem Gustl« ... – Die Augen, die sie machen wird! Ist doch ein Glück, daß ich nicht in sie verliebt war ... das muß traurig sein, wenn man eine gern hat und so ... Na, Gustl, sei gut: so ist es auch traurig genug ... Nach der Steffi wär' ja noch manche andere gekommen, und am End' auch eine, die was wert ist – junges Mädel aus guter Familie mit Kaution – es wär' ganz schön gewesen ... – Der Klara muß ich ausführlich schreiben, daß ich nicht hab' anders können ... »Du mußt mir verzeihen, liebe Schwester, und bitte, tröste auch die lieben Eltern. Ich weiß, daß ich euch allen manche Sorge gemacht habe und manchen Schmerz bereitet; aber glaube mir, ich habe euch alle immer sehr lieb gehabt, und ich hoffe, du wirst noch einmal glücklich werden, meine liebe Klara, und deinen unglücklichen Bruder nicht ganz vergessen« ... – Ah, ich schreib' ihr lieber gar nicht! ... Nein, da wird mir zum Weinen ... es beißt mich ja schon in den Augen, wenn ich dran denk' ... Höchstens dem Kopetzky schreib' ich – ein kameradschaftliches Lebewohl, und er soll's den andern ausrichten ... – Ist's schon sechs? – Ah, nein: halb – dreiviertel. – Ist das ein liebes G'sichtel! ... der kleine Fratz mit den schwarzen Augen, den ich so oft in der Florianigasse treff'! – was die sagen wird? – Aber die weiß ja gar nicht, wer ich bin – die wird sich nur wundern, daß sie mich nimmer sieht ... Vorgestern hab' ich mir vorgenommen, das nächstemal sprech' ich sie an. – Kokettiert hat sie genug ... so jung war die – am End' war die gar noch eine Unschuld! ... Ja, Gustl! Was du heute kannst besorgen, das verschiebe nicht auf morgen! ... Der da hat sicher auch die ganze Nacht nicht geschlafen. – Na, jetzt wird er schön nach Haus geh'n und sich niederlegen – ich auch! – Haha! jetzt wird's ernst, Gustl, ja! ... Na, wenn nicht einmal das biss'l Grausen wär', so wär' ja schon gar nichts dran – und im ganzen, ich muß's schon selber sagen, halt' ich mich brav ... Ah, wohin denn noch? Da ist ja schon mein Kaffeehaus ... auskehren tun sie noch ... Na, geh'n wir hinein ...

Da hinten ist der Tisch, wo die immer Tarok spielen ... Merkwürdig, ich kann mir's gar nicht vorstellen, daß der Kerl, der immer da hinten sitzt an der Wand, derselbe sein soll, der mich ... – Kein Mensch ist noch da ... Wo ist denn der Kellner? ... He! Da kommt er aus der Küche ... er schlieft schnell in den Frack hinein ... Ist wirklich nimmer notwendig! ... ah, für ihn schon ... er muß heut' noch andere Leut' bedienen! –

»Habe die Ehre, Herr Leutnant!«

»Guten Morgen.«

»So früh heute, Herr Leutnant?«

»Ah, lassen S' nur – ich hab' nicht viel Zeit, ich kann mit'm Mantel dasitzen.«

»Was befehlen Herr Leutnant?«

»Eine Melange mit Haut.«

»Bitte gleich, Herr Leutnant!«

Ah, da liegen ja Zeitungen ... schon heutige Zeitungen? ... Ob schon was drinsteht? ... Was denn? – Mir scheint, ich will nachseh'n, ob drinsteht, daß ich mich umgebracht hab'! Haha! – Warum steh' ich denn noch immer? ... Setzen wir uns da zum Fenster ... Er hat mir ja schon die Melange hingestellt ... So, den Vorhang zieh' ich zu; es ist mir zuwider, wenn die Leut' hereingucken ... Es geht zwar noch keiner vorüber ... Ah, gut schmeckt der Kaffee – doch kein leerer Wahn, das Frühstücken! ... Ah, ein ganz anderer Mensch wird man – der ganze Blödsinn ist, daß ich nicht genachtmahlt hab' ... Was steht denn der Kerl schon wieder da? – Ah, die Semmeln hat er mir gebracht ...

»Haben Herr Leutnant schon gehört?« ...

»Was denn?« Ja, um Gotteswillen, weiß der schon was? ... Aber, Unsinn, es ist ja nicht möglich!

»Den Herrn Habetswallner ...«

Was? So heißt ja der Bäckermeister ... was wird der jetzt sagen? ... Ist der am End' schon dagewesen? Ist er am End' gestern schon dagewesen und hat's erzählt? ... Warum red't er denn nicht weiter? ... Aber er red't ja ...

»... hat heut' nacht um zwölf der Schlag getroffen.«

»Was?« ... Ich darf nicht so schreien ..., nein, ich darf mir nichts anmerken lassen ... aber vielleicht träum' ich ... ich muß ihn noch einmal fragen ... »Wen hat der Schlag getroffen?« – Famos, famos! – ganz harmlos hab' ich das gesagt! –

»Den Bäckermeister, Herr Leutnant! ... Herr Leutnant werd'n ihn ja kennen ... na, den Dicken, der jeden Nachmittag neben die Herren Offiziere seine Tarokpartie hat ... mit'n Herrn Schlesinger und 'n Herrn Wasner von der Kunstblumenhandlung vis-a-vis!«

Ich bin ganz wach – stimmt alles – und doch kann ich's noch nicht recht glauben – ich muß ihn noch einmal fragen ... aber ganz harmlos ...

»Der Schlag hat ihn getroffen? ... Ja, wieso denn? Woher wissen S' denn das?«

»Aber Herr Leutnant, wer soll's denn früher wissen, als unsereiner – die Semmel, die der Herr Leutnant da essen, ist ja auch vom Herrn Habetswallner. Der Bub, der uns das Gebäck um halber fünfe in der Früh bringt, hat's uns erzählt.«

Um Himmelswillen, ich darf mich nicht verraten ... ich möcht' ja schreien ... ich möcht' ja lachen ... ich möcht' ja dem Rudolf ein Bussel geben ... Aber ich muß ihn noch was fragen! ... Vom Schlag getroffen werden, heißt noch nicht: tot sein ... ich muß fragen, ob er tot ist ... aber ganz ruhig, denn was geht mich der Bäckermeister an – ich muß in die Zeitung schau'n, während ich den Kellner frag' ...

»Ist er tot?«

»Na, freilich, Herr Leutnant; auf'm Fleck ist er tot geblieben.«

O, herrlich, herrlich! – Am End' ist das alles, weil ich in der Kirchen g'wesen bin ...

»Er ist am Abend im Theater g'wesen; auf der Stiegen ist er umg'fallen – der Hausmeister hat den Krach gehört ...

na, und dann haben s' ihn in die Wohnung getragen, und wie der Doktor gekommen ist, war's schon lang' aus.«

»Ist aber traurig. Er war doch noch in den besten Jahren.« – Das hab' ich jetzt famos gesagt – kein Mensch könnt' mir was anmerken ... und ich muß mich wirklich zurückhalten, daß ich nicht schrei' oder aufs Billard spring' ...

»Ja, Herr Leutnant, sehr traurig; war ein so lieber Herr, und zwanzig Jahr' ist er schon zu uns kommen – war ein guter Freund von unserm Herrn. Und die arme Frau ...«

Ich glaub', so froh bin ich in meinem ganzen Leben nicht gewesen ... Tot ist er – tot ist er! Keiner weiß was, und nichts ist g'scheh'n! – Und das Mordsglück, daß ich in das Kaffeehaus gegangen bin ... sonst hätt' ich mich ja ganz umsonst erschossen – es ist doch wie eine Fügung des Schicksals ... Wo ist denn der Rudolf? – Ah, mit dem Feuerburschen red't er ... – Also, tot ist er – tot ist er – ich kann's noch gar nicht glauben! Am liebsten möcht' ich hingeh'n, um's zu seh'n. – – Am End' hat ihn der Schlag getroffen aus Wut, aus verhaltenem Zorn ... Ah, warum, ist mir ganz egal! Die Hauptsach' ist: er ist tot, und ich darf leben, und alles g'hört wieder mein! ... Komisch, wie ich mir da immerfort die Semmel einbrock', die mir der Herr Habetswallner gebacken hat! Schmeckt mir ganz gut, Herr von Habetswallner! Famos! – So, jetzt möcht' ich noch ein Zigarrl rauchen ...

»Rudolf! Sie, Rudolf! Sie, lassen S' mir den Feuerburschen dort in Ruh'!«

»Bitte, Herr Leutnant!«

»Trabucco« ... – Ich bin so froh, so froh! ... Was mach' ich denn nur? ... Was mach ich denn nur? ... Es muß ja was gescheh'n, sonst trifft mich auch noch der Schlag vor lauter Freud'! ... In einer Viertelstund' geh ich hinüber in die

Kasern' und laß mich vom Johann kalt abreiben ... um halb acht sind die Gewehrgriff', und um halb zehn ist Exerzieren. – Und der Steffi schreib' ich, sie muß sich für heut abend frei machen, und wenn's Graz gilt! Und nachmittag um vier ... na wart', mein Lieber, wart', mein Lieber! Ich bin grad' gut aufgelegt ... Dich hau' ich zu Krenfleisch!